욕망의 혀

박서영 소설집

청어

욕망의 혀

박서영 소설집

발 행 처·도서출판 **청어**
발 행 인·이영철
영 업·이동호
기 획·이용희
편 집·방세화
디 자 인·이해니 ㅣ 이수빈
제작부장·공병한
인 쇄·두리터

등 록 · 1999년 5월 3일
(제1999-000063호)

1판 1쇄 인쇄 · 2019년 8월 1일
1판 1쇄 발행 · 2019년 8월 10일

주소 · 서울특별시 서초구 남부순환로 364길 8-15 동일빌딩 2층
대표전화 · 02-586-0477
팩시밀리 · 0303-0942-0478

홈페이지 · www.chungeobook.com
E-mail · ppi20@hanmail.net
ISBN · 979-11-5860-664-0(03810)

이 도서의 국립중앙도서관 출판시도서목록(CIP)은 서지정보유통지원시스템 홈페이지
(http://seoji.nl.go.kr)와 국가자료공동목록시스템(http://www.nl.go.kr/kolisnet)에서 이용
하실 수 있습니다.(CIP제어번호: CIP2019022904)

욕망의 혀

박서영의 작품 세계

유한근(문학평론가, 서울문화대학교 교수)

작가 박서영의 소설을 주목하는 이유는 인간이나 삶을 진지하게 탐색한다는 점이다. 이것이 이른바 잘나간다는 여류소설가와의 변별성이다. 그들은 인간의 관계양식과 존재 양식을 가볍게 터치한다. 하나의 놀이쯤으로 생각하는 경향이 있다. 이에 반해 박서영은 정교한 문체와 진지한 인간과 삶에 대한 탐색으로 한국 현대소설의 엄숙주의 환원을 시도한다. 그뿐 아니라 그가 다루는 소설적 모티프는 사랑과 이별, 돈과 섹스, 그리고 삶에 좌초한 인간 군상들의 편에서 그들의 삶을 조망한다. 정통적인 소설문법을 차용하고 있는 셈이다. 때로는 추리소설기법을 통해 독자를 흡입하고 때로는 부적절한 사랑의 정당화로 우리를 당황하게 하지만 그는 이를 통해 새로운 사랑의 지평을 제시하려 한다.

작가는 작품으로 말한다

이영철(소설가, 한국문인협회 이사)

소설은 작가가 살아온 삶의 경험을 바탕으로 주변 인물과 시대적 상황을 소재로 한 씨줄과 작가적 상상의 허구라는 날줄로 직물을 엮듯 한 것이다. 이런 측면으로 봤을 때, 박서영 작가의 작품을 보면 인물의 묘사(캐릭터)들이 망원경적 시각과 현미경적 시각들이 작품의 근간을 이뤄 정교하게 교차하며 잘 그려내고 있다. 담대함과 예리함의 좋은 시각을 가진 것은 작가의 큰 장점이라 하겠다. 일반적인 시각에서 벗어난 뒤틀린 사랑조차도 작품을 읽다 보면 고개가 끄덕여지며 공감하게 만드는 것 또한 작가의 큰 역량이라 하겠다.

작가의 작품에 나타나는 주제의 스토리 라인 또한 매끄럽고 사건이 전개되는 공간적·시간적 의미(이야기 전개)를 단축하는 솜씨 또한 남다른 장점을 가지고 있다.

  작가는 작품으로 말한다고 한다. 작품의 면면을 보면 작가가 허투루 살아오지 않고 치열한 삶을 살고 있다는 것을 곳곳에서 엿 볼 수 있다. 작품을 통해 일반적인 사람들의 상식적 관점을 비틀고 뛰어넘으려는 시각 또한 매우 긍정으로 받아들여진다. 그녀는 작가이기 때문이다.

작가의 말

책을 오랜만에 내놓게 되었다. 10년 전에 단편집을 냈는데 너무 부실했다. 그때의 아쉬움 때문일까. 남들이 책을 몇 권씩 내는데도 부럽지가 않았다. 책을 꼭 내야 하나 싶었다. 독자도 점점 줄어드는 추세인데. 하지만 결국은 내게 되었다. 그래서 그때 쓴 소설도 함께 수록했다. 인터넷에서 장난스럽게 쓴 소설이 있다. 「블로홀」이다. 꽤 야하다. 그래도 동서문학상까지 탔으니 야설은 아니라고 우기고 싶다. 한 편은 추리소설이라 할 수 있는 중편소설이다. 이 소설집의 표제인 「욕망의 혀」는 효도한 작품이다. 여러 곳에서 청탁을 받았고 돈도 되었다. 「가면무도회」는 근로자 문학상 은상을 받은 작품이다. 그렇게 8편이 수록되어 있다. 어느 것 하나 애착이 안 가는 것은 없다. 누가 묻는다. 소설을 왜 쓰냐고. 나도 내게 묻는다. 왜 쓰느냐고? 독자를 위해 쓴다고 할 수 있을까? 솔직히 나를 위해 쓴다고 말하고 싶다.

어릴 때 꿈이 뭐였냐고 물으면 순간 흠칫한다. 분명한 건 작가는 아니었다. 그렇다고 연예인이라고 대답하기는 부끄럽다. 어릴 때는 누구나 한 번씩 꾸어보는 흔한 꿈 아닌가. 아버지가 동네 사람들 사주를 봐주고 그 끝에 나를 봐주면서 너는 외롭고 고독하게 살 팔자구나, 하시던 말씀이 내 기억에 남아 있다. 나는 처음부터 글을 쓸 수밖에 없는 운명이었던 것은 아닐까.

나는 작품에 들어가 남의 인생을 연기한다. 살인자가 되었다가 선한 소녀가 되었다가 탐욕스러운 여자가 되었다가 부자가 되었다가 가난뱅이가 되었다가. 그래서 나는 연예인의 꿈을 어느 정도 이뤘다고 자평한다.

다른 작가를 인터뷰하는 중에 내가 물었다. 소설, 시, 그림 다 하신다기에 묻는데 어느 것이 더 쉬우냐고. 다 같지는 않겠지만 그림이라고 했다. 소설 쓰기가 가장 힘이 든다고 했다. 공감한다. 소설 쓰기가 점점 힘이 든다. 모두 소설 쓰기는 중노동이라고 표현한다. 지구력과 싸워야 한다. 그것이 힘이 든다. 그러다가 막상 작품 속에 빠져 있는 동안은 아무것도 부럽지 않다. 곁에서 수억 로또를 맞았다고 환호성을 쳐도 들리지 않을 것이다. 그만큼 내게 소설은 종교 같은 것이다.

차 례

단편소설

욕망의 혀

깊이 잠들어 있던 새벽녘이었다. 탁. 탁. 매우 둔탁한 소리였다. 집 안 어딘가를 두들기는 것도 같았다. 탁. 탁. 가만히 귀를 열고 들어보니 지팡이로 방문을 두들기는 소리였다. 이봐요. 문 좀 열어봐요. 신 씨였다. 신 씨는 뭣엔가 쫓기는 듯했다. 그녀의 목소리에는 떨림이 가미되어 있었다. 올 것이 왔구나 싶어 봉숙은 벌떡 일어났다. 이런 시간 신 씨가 정신줄을 놓지 않고서는 남의 방문을 두들길 여자가 아니었다. 어둑한 허공에는 시커먼 보자기를 뒤집어 쓴 형상이 앉아 있었다. 휠체어에 앉은 검은 형상은 허공에 대고 지팡이로 노를 젓고 있었다. 왜요? 무슨 일 났어요? 봉숙은 놀란 가슴을 진정시키는 대신 검은 형상에 대고 질문부터 던졌다. 죽었나봐. 좀 가 봐. 신 씨는 남이 먼저 말을 걸 때는 반말로 대꾸를 하다가도 본인이 말을 걸 때는 어정쩡한 존댓말을 썼다. 상황 설명을 더 듣지 않아도 사태를 파악한 봉숙은 이불을 제치고 황 씨 방으로 내달렸다. 검은 허공에서 분리된 신 씨는 휠체어를 굴리며 봉숙의 꽁무니를 따라 붙었다. 얼굴을 벽 쪽으로 돌린 황 씨는 침대에 푹 엎어져 있었다. 할아버지! 할아버지! 봉숙은 오렌지색 티셔츠를 잡아 흔들었다. 한 번, 두 번, 세 번. 아무 반응이 없었다. 어서 미화한테 연락을 해봐요! 신 씨는 휠체어를 굴리고 다니며 허둥대

고 있었다. 119에 연락 안했어요? 답답하긴! 119에 신고부터
해야지. 황미화의 목소리는 차분했다. 헝클어져 있던 옷장
의 옷들이 말끔하게 정돈된 것 같다고나 할까. 그러한 반응
은 의외였다. 심호흡을 깊게 하고 난 봉숙은 119를 눌렀다.
여기요. 사람이 쓰러졌어요. 빨리 도와주세요. 다급한 이쪽
에 비해 저쪽에선 짜증날 만큼 침착했다. 7분쯤 걸린다는
119구급대원의 말을 떠올리며 봉숙은 황 씨의 오렌지색 등
판을 담담한 표정으로 내려다보았다. 바닥에 깔린 한쪽 볼
은 보이지 않았으나 다른 한쪽 표정은 확연히 눈에 들어왔
다. 죽은 사람을 봤다는 사람들이 "꼭 자는 것 같더라." 하
고 한결같이 말하던 것이 생각났다. 황 씨는 정말 자는 듯
했다.

  아파트 입구에 한 여자가 스쿠터를 몰고 나타났다. 여자는
시동을 끄더니 한눈에도 꽤 묵직해 보이는 장바구니를 가볍
게 옆구리에 끼고 현관으로 들어섰다. 도어록의 비밀번호를
누르고 집 안으로 들어온 여자는 할머니 할아버지를 교대로
불렀다. 안에서는 아무 기척이 없었다. 여자는 대꾸가 있거
나 말거나 개의치 않는 듯 콧노래를 부르며 장바구니를 풀었
다. 그때 신 씨가 휠체어를 밀면서 나타났다. 뒤이어 지팡이

를 짚으며 황 씨가 거실로 나왔다. 어제 미화가 반찬을 한 보따리 해 갖고 왔는데, 장을 또 봐 갖고 왔어? 이렇게 카드를 긁어대면 무슨 수로 당해내? 황 씨가 볼멘소리를 했다. 여자는 눈을 흘기며 대꾸했다. 딸내미가 해 갖고 온 반찬이 한 보따리면 뭐해? 한 젓가락도 안 먹는데. 그 반찬은 할아버지만 먹잖아? 할머니는 내가 만든 반찬만 좋아 하신다고. 솔직히 할아버지는 먹성이 좋으셔서 매일 이만큼씩 장을 봐와도 금방 없어지고. 감당이 안 되는 걸 잘 아시면서 또 잔소리를 해. 황 씨의 잔소리를 받아치며 주방으로 들어가는 여자의 머리에는 아직도 헬멧이 얹혀 있었다. 미화가 뭘 해 갖고 왔는지 풀어봐 봐. 지들 안 먹는다고 여태 열어 보도 않아? 황 씨가 소파에 털썩 드러누우면서 말했다. 봉숙은 냉장고에서 황미화가 가져온 반찬들을 끄집어냈다. 그중에 하나를 들어내 뚜껑을 열었다. 푸른 것이 취나물 무침 같았다. 봉숙은 손가락으로 나물을 집어 고개를 젖히고 입에 넣었다. 아니 나물에도 설탕을 넣다니. 반찬들이 달아도 너무 다네. 이 양반 설탕하고 원수졌나? 달긴. 난 달아야 좋던데. 황 씨가 미화의 역성을 드는 동안 신 씨는 입을 삐쭉거리며 봉숙의 얼굴을 쳐다보고 있었다. 할머니 입 좀 벌려 봐. 봉숙은 취나물을 집어 신 씨에게 내밀었다. 신 씨는 머리를 흔들며 손사래를 쳤다. 나 미화 반찬 못 먹어. 달아서. 단 것 좋아하는 저 영감이나 주라고. 휠체어를 굴리며 신 씨가 방으로 돌아가는 모습을 지켜보던 봉숙은 반찬통 뚜껑을 힘주어 닫고 냉장고 속에 집어넣었다.

봉숙은 뚝배기 된장찌개를 식탁에 올렸다. 나박김치도 유리그릇에 담아 내왔다. 여기에 은수저만 올려놓으면 신 씨의 상차림은 끝이었다. 입에 맞을만한 반찬이 아무리 많아도 신 씨가 찾는 것은 오직 나박김치와 일명 뽀글이 된장찌개였다. 주는 대로 그릇을 싹싹 비우는 황 씨에 비하면 신 씨의 식성은 까다로웠다. 먹성 좋은 봉숙은 황 씨와 식성이 척척 맞았다. 오늘처럼 식비가 어쩌고저쩌고 불평하는 날도 있기는 하지만 사실 돈 많은 황 씨는 식비 걱정할 입장은 아니었다. 봉숙도 그것을 알기 때문에 마음대로 카드를 긁었다. 오늘 교회 가는 날인 거 아시죠? 가야지. 신 씨의 대답은 간단했다. 언제나 고양이처럼 까만 눈동자만 깜빡거릴 뿐 말이 없었다. 신 씨가 밥알을 세고 있을 때 황 씨는 5분도 안되어 한 그릇을 뚝딱 해치운다. 그러고는 찌그러진 담뱃갑을 들고 뒤뚱거리며 밖으로 나간다. 아파트 담벼락에 기대어 담배를 피우던 황 씨가 꽁초를 풀밭에 휙 던지고 들어오면 그때

쯤 신 씨가 빈 그릇을 주섬주섬 포개놓고 식탁을 떠난다.

신 씨가 옷을 다 갈아입고 지팡이는 휠체어에 대각선으로
올려놓고 앉아 있었다. 그건 외출준비가 끝났다는 신호였다.
봉숙은 앞치마를 벗어놓고 신 씨가 탄 휠체어를 현관 쪽으
로 밀었다. 신 씨가 팔을 뻗쳐 현관문의 자동장치를 눌렀다.
늘 맡아 놓고 하는 신 씨의 몫이었다. 5층에서 1층까지 엘리
베이터가 도착하는 시간은 길지 않았다. 오전 9시는 여느
아파트와 마찬가지로 가장 한산한 시간이었다. 출근하는 사
람들은 거의 다 빠져나가고 없었다. 이 아파트의 거주자는
대부분 황 씨 부부처럼 나이가 많은 사람들이었다. 재개발
을 기다리는 낡은 아파트였지만 입지가 좋아 시세는 비쌌다.
5분쯤 휠체어를 밀면서 골목길을 오르니 곧바로 교회의 십
자 탑이 보였다. 길이 끝나는 곳에 나오는 도로는 인도처럼
한산했다. 거기서 횡단보도를 건너고 다시 2분쯤 언덕길을
돌아가면 교회로 쓰는 5층 건물이 나왔다. 아유, 이쁜이 집
사님! 오시네. 호호호. 유자차 한 잔 하세요. 탤런트 전원주
를 닮은 중년의 여자가 신 씨를 반겼다. 수요일이면 마중 나
오듯 빠짐없이 교회 입구에 나타나 공짜로 차를 권하는 여
자. 몽둥이찜질을 당한 듯 전신이 아팠던 자신의 몸을, 거뜬

히 낮게 해 준 하나님의 은혜에 보답하기 위해 모든 사람들에게 차를 대접한다는 여자였다. 앞니가 돌출되고 헤벌어진 입술에 립스틱을 벌겋게 떡칠한 이 여자가 보이면 아, 그래 오늘이 수요일이었어! 하고 새삼 깨닫게 된다. 오늘도 나오셨네요. 그럼요 나와야죠. 오호호호. 이렇게 할머니를 매번 교회에 모셔다드리고, 좋은 일 하시네요. 비밀창고처럼 입술을 밀봉한 신 씨 대신 그 여자와 요란한 인사를 한바탕 나누는 일은 봉숙이의 몫이었다. 신 씨의 휠체어는 안내를 맡은 당번이 넘겨받았다. 점심 드시고 안에서 기다리고 계세요. 할머니. 얼굴빛이 밝아진 신 씨는 고개를 두 번 끄덕거렸다. 한 번이 아닌 두 번을 끄덕거렸다는 것은 적극적인 긍정의 뜻이었다. 집사님이 교회에 오니까 기분이 좋으신가 보네. 저 집사님은 교회에 오시면 표정이 달라져. 다른 데서 보면 영 아닌데 말이야. 전원주를 닮은 여자가 신 씨의 뒷모습을 물끄러미 바라보며 중얼거렸다. 봉숙이 실실 웃으면서 자기가 보기엔 똑같은데 뭐가 다르냐고 하자 여자는 정색을 하며 목소리를 낮췄다. 내가 저 집사님을 젊어서부터 아는데 어떻게 몰라! 에이고. 우리 집사님 할머니가 처음부터 저랬거니 했나봐. 아무렴 사람이 어떻게 처음부터 저렇게 말이 없고 반응이 없을 수가 있겠냐구. 여자는 아무나 보고 집사님이란다. 아니, 그럼 무슨 사연이 있었어요? 봉숙도 갑자기 목소리를 낮추고 은근한 태도로 물었다. 여자도 덩달아 소리를 더욱 낮추니 거의 속삭이는 소리로 들렸다. 왜 있잖아, 그 딸. 미화. 걔가 글쎄…… 엄마를 밀었대잖아. 계단에서.

봉숙이가 여자에게서 들은 이야기는 이랬다. 실성한 황 씨의 전처는 젖먹이인 황미화를 두고 집을 뛰쳐나갔다. 이후에 정신이 돌아온 전처는 가끔 집으로 들락거리는 것만 허용됐다. 그 무렵 신 씨는 남편과 사별했다. 아들이 둘씩이나 됐는데 혼자서 키울 수가 없어 시부모에게 맡기고 혼처를 알아보다가 돈이 많다는 홀아비를 친척에게 소개 받아서 황 씨와 재혼했다. 아무 것도 모르는 어린 미화는 계모 신 씨를 당연히 엄마로 알고 자랐다. 하지만 생모가 따로 있다는 걸 알게 되자 신 씨를 거부했다. 자라면 자랄수록 미화에게서는 반발심도 커져갔다. 앞에서 거리낌 없이 퍼 대는 미화를 볼 때마다 저런 것을 키워서 무얼 하나 싶어 신 씨 역시 정나미가 떨어졌다. 네가 싫다면 나도 네 어미노릇 할 생각 없다, 하고 신 씨 쪽에서도 선을 그었다. 두 여자의 갈등은 점점 더 깊어갔다. 하지만 신 씨는 한편으론 미화가 지금은 함부로 입을 놀려대도 철이 들면 또 달라지겠지 하는 기대를 버리지 않고 수모를 무던히도 참고 견뎠다. 허나 그것은 오산이었다. 미화의 태도가 공손해질 기미는 보이지 않았다. 미화가 중3때였다. 학교에서 호출이 왔다. 연락을 받고 가보니 미화가 후배들을 때리고 교사에게 난동을 부렸다고 했다. 신 씨는 퇴학만큼은 시키지 말라고 손이 발이 되도록 비는 수밖에 없었다. 두 여자의 막장드라마 같은 결말은 신 씨가 이날 학교에서 막 돌아왔을 때, 아파트 비상계단을 무대로 벌어졌다. 아직도 귓가에 교사의 빈정거림이 선한 신 씨의 눈에 비상계단에 앉아서 담배를 피우는 미화의 모습이 들어왔다. 황미화는 연기가 솔솔 나는 담배를 손에 그대로 든 채로 신 씨에게 달려들었다. 학교 가서 뭐라고 했는지 말해 봐요! 퇴학시키라고 했어요? 그랬으면 가만있지는 않을 거야. 그래? 가만 안 있으면 어떻게 할 거니? 이 엄마가 그렇게도 미우냐? 엄마? 누가 엄마라고 그래요? 자기 맘대로? 분명히 엄마로 취급 안 한다 그랬죠?

  그날, 신 씨는 비상계단 맨 위에서 굴러 떨어졌다. 신 씨는 큰 부상을 입고 생사를 넘나들어야 했다. 12시간의 수술이 끝나고 응급실에서 회복기를 거치고 일반 병실로 옮기던 날, 신 씨는 남편 황 씨에게 작심을 하고 그날의 진실을 말했다. 신 씨는 계단에서 실수로 떨어진 것이 아니라 황미화에게 떠밀린 것이었다. 처음에 황 씨는 펄쩍 뛰었다. 그러나 시간이 흐르면서 태도를 미묘하게 바꿨다. 내심으로는 신 씨의 말을 믿고 있었지만 어느 순간부터 해결하자니 괴롭기만 한 진실에서 눈을 돌리고 싶어졌다. 자기는 안 그랬다고 울고불고하며 믿어달라고 하는 딸의 거짓말을 믿는 쪽이 여러 모로 수월했다. 이후 둘 사이는 부부라고 할 수 없는 냉담한 사이가 되었다. 그 비상계단에서 있었던 일은 결국 미궁 속에 빠졌지만 신 씨는 솟구치는 울분을 삭이지 못하고 명치에 차곡차곡 쌓아놓았다. 전처 딸의 괘씸한 짓과 남편의 배신이 신 씨의 뇌리에 중요문서 파일처럼 고이 저장되었다는 것이 비극이었다. 황미화로서는 자기에게 썩 유리하지 못한 그 사건이 흉측한 소문으로 더더욱 각색되어 들판을 휘젓는 폐지처럼 동네를 떠다니는 것에 치를 떨었다. 에미를 계단에서 떠다 밀어서 병신으로 만든 배은망덕한 년. 사람으로 취급하면 안 될 년. 봉숙은 전원주와 함께 연신 고개를 끄덕이며 이런 말들을 몰래 주고받았다.

신 씨를 교회에 데려다 주고 돌아온 봉숙은 현관문을 열었다. TV에 넋이 나간 황 씨가 등을 보이고 앉아 있었다. 사람이 들어오는 것도 모르고 있는 황 씨를 보니 건드려보고 싶은 충동이 일었다. 할아버지, 도둑이 다 쓸어가도 모르겠네요. 황 씨가 그제야 고개를 약간 돌렸다. 도둑이 어떻게 들어온다고 그래? 다시 황 씨가 TV로 시선을 옮겼다. 뭘 저렇게 눈 빠지게 보고 있나 하고 봉숙이 들여다보니 남녀가 인적 드문 도로에 차를 세워두고 자동차 안에서 성행위에 열을 올리는 장면이었다. 봉숙은 실소를 흘렸다. 할아버지, 올해 몇이세요? 그건 왜 물어? 할아버지 연세에도 그게 되나 해서요. 나이는 상관없는 겨. 이구, 남자는 다 똑같아. 지금도 여자 생각이 난다구. 킥킥. 생각만 나면 다인가요? 거기에 힘이 들어가야지. 황 씨가 흥분하면서 말했다. 허, 허! 난 이래봬도 젊었을 때는 두 시간짜리였어. 봉숙은 깔깔거리고 뒤로 넘어갔다. 할아버지 또 허세 부린다. 하여간 노인네 못 말려.

말씨름이 끝나고 봉숙이가 주방에 잠시 갔다 돌아오니 황 씨는 TV 리모컨을 들고 다시 야한 장면을 찾느라 채널 돌리기에 여념이 없었다. 봉숙이 들어오는 기척을 느낀 황 씨는 리모컨을 내려놓고 손짓으로 봉숙을 불렀다. 봉숙을 옆에 앉힌 황 씨가 문갑을 뒤적거리더니 약병 하나를 꺼냈다. 그동안 때때로 보였지만 별로 신경 쓰지 않던 약병이었다. 이게 뭐에요? 어? 이거 비아그라잖아! 이거 어디서 났어요? 얼마 주고 샀어요? 봉숙이 신기한 듯 약병을 손 안에서 이리 저리 굴리며 들여다보고 있을 때 황 씨가 만면에 웃음을 띤 채 말했다. 나 허세 아냐. 이거만 있으면 얼마든지 돼. 5만 원 주고 친구한테서 샀는데 아직 할멈한테는 안 가봤어. 아 줌마가 한 번 시험해 볼려? 할아버지하고 나하고 무슨 재미로 해요? 난 젊은 오빠가 아니면 안 해요. 봉숙은 농담으로 받아치고 주방으로 돌아왔다. 그런데 뜻밖에도 황 씨가 절 뚝거리며 주방까지 따라 들어오는 것이었다. 이봐, 아줌마. 아줌마는 내가 젊었을 때 돈을 어떻게 벌었는지 얘기 못 들 었지? 글쎄요. 장사하셨어요? 황 씨는 답답하다는 듯 손을 내저으며 엉거주춤 식탁 의자에 엉덩이를 걸쳤다. 내가 어렸 을 때, 일본에 징병을 끌려갔어. 19살 땐데, 뒤를 돌아보니 까 어머니가 사립문을 붙잡고 울고 계시더라구. 어머니가 그 러는 걸 보니까 나도 눈물이 막 나는 거야. 살아서 다시 이 길을 못 돌아올 것 같더라구. 동네 형들도 많이 징병엘 나갔 는데, 하나도 못 돌아왔어. 한 집 건너 전보를 받고 초상집 이 되더란 말이야. 그런데 내가 죽을 명은 아니었나봐. 일본 에 가자마자 이게 해방이 된 거라. 나랑 같이 온 사람들은 죄다 배타고 고향으로 돌아가는데 난 안 가기로 했어. 아니, 왜요? 어느새 이야기에 몰입하고 있던 봉숙에게서 질문이

자동으로 튀어나왔다. 찢어지게 가난한 집에 빈손으로 돌아
가 봤자 별 수 있겠느냐 이 말이야. 일본에 있으면 돈을 벌
데가 많으니까 돈을 벌어서 고향에 가야겠다, 이 생각을 했
지. 그래서 성냥 공장엘 들어갔어. 거기서 번 돈을 죄다 고
향에다가 송금을 했는데, 그 공장에서 벤또를 싸갖고 오게
했거든. 벤또를 다 먹으면 그 안에다가 몰래 훔친 성냥을 가
득 넣어서 가지고 나왔단 말야. 그리고 그걸 또 시장에 갖다
가 판 거야. 그래서 돈 엄청 벌었다구. 그렇게 10년을 일하다
가 고향에 와보니까, 사람들이 우리 집이라고 가르쳐 주는
데 뭐 어마어마해. 아버지는 내가 보낸 돈을 한 푼도 허투루
안 쓰고 죄다 논밭으로 사들인 거야. 가보니까 뭐, 그 동네
에서 제일 큰 부자가 되어 있는 거지. 이야, 그 할아버지도
참 대단하시네요. 그럼 그 돈이 지금은 다 어떻게 됐어요?
어떻게 되긴 뭘 어떻게 돼. 황 씨는 너털웃음을 지었다. 부모
님 모시고 형제들한테 한 몫 주고 나도 젊었을 때 좀 쓰고
했지만 또 땅값이 펑펑 오르고 해서 몇 배가 됐지. 나, 이 집
말고도 다른 집도 있고 상가도 있고 안 팔고 남은 땅도 꽤
돼. 황 씨는 이런 얘기들이 봉숙에게 영향력을 점점 끼쳐나
가는 것을 느낄 수 있었다. 나름대로 절박한 심정의 황 씨는
헤벌어진 봉숙의 입을 주시하고 있었다. 어쩜, 그러셨구나,

하는 말만 되풀이하는 봉숙에게 황 씨가 제안했다. 그러니까, 아줌마. 아줌마한테도 내가 큰 것을 집어줄 수 있어. 내가 아파트 하나 줄게. 황 씨는 자신의 말이 봉숙에게 반응을 일으킬 때를 기다렸다. 봉숙은 어쩔 줄 몰라 하는 것 같았다. 어떻게요? 대뜸 이런 말이 나왔다. 황 씨는 속으로 쾌재를 부르면서 봉숙의 호빵 같은 얼굴을 지그시 바라보면서 말했다. 그거야 내가 마음먹기 달린 거지. 내가 주고 싶을 때는 언제든 줄 수 있는 거고. 할망구하고는 몸은 완전 남남이야. 그래도 할망구가 집에 있을 때는 안 되니까 교회 가는 날 있잖아, 그때 하면 되는데 한번 생각해 봐요.

먼저 있던 가사도우미가 허리가 안 좋다고 해서 그만 두게 하고 1년 전에 새로 들인 도우미가 봉숙이었다. 으레 그놈의 스쿠터를 타고 나타난 거구의 봉숙을 처음 봤을 때 황 씨는 대놓고 혀를 찼다. 술통 같은 체형에 머리는 남자처럼 깎았고 얼굴에는 점이 빼곡해서 흡사 별자리 지도 같았다. 이제는 보는 낙도 글렀다고 체념한 황 씨였지만 며칠이 지나지 않아 봉숙을 새로운 각도에서 보게 되는 일이 생겼다. 거동이 불편한 마누라를 목욕시키고 땀이 났다면서 자기도 바로 목욕을 하곤 했는데 그럴 때마다 수건 한 장만 걸친 채로

욕실에서 나와서 황 씨의 눈앞을 거리낌 없이 지나다니는 것
이었다. 의식하지 않아서 하는 행동이었지만 그것은 어쨌든
황 씨의 관심을 끄는 계기가 되었다. 하루 종일 같이 있다
보니 이런 저런 얘기도 하고 농담도 하는데, 봉숙은 야한 농
담도 잘했다. 자기 말로는 "늘씬" 했다는 처녀 시절, 부모님
이 정해 준 착실한 약혼자와 육군 장교 사이를 오가던 얘기
가 즐겨 꺼내는 소재였다. 부모님이 결혼 날짜까지 잡아 놓
고 윽박지르자, 반발심에 육군 장교에게로 가서 1주일 내내
여관에서 뒹구는 것을 부모가 머리채를 잡아끌고 와서 지금
의 남편과 결혼시켰다고 한다. 황 씨가 웃으면서 1주일씩이
나 무얼 했냐고 묻자, 봉숙도 웃으면서 "어디가 어떻게 좋았
는지" 과장을 해가며 질펀하게 넉살을 부렸다. 결국 결혼하
고 난 뒤에도 그 장교를 못 끊어서 몰래 만났더랬다. 그 장
교가 몇 년 있다 결혼을 했는데, 남편 몰래 혼수를 100만
원을 들여 선물하면서 많이 울었다고 했다. 그 외에도 스쳐
지나듯 만난 남자들 얘기를 많이 했는데, 아무래도 몸이 그
모양이다 보니 봉숙에게는 연애 경험이 무엇보다도 각별한
의미인 것 같았다. 그런 얘기를 남한테 하고 나면 자기가 섹
시하게 여겨지고 자부심이 생기는 것 같았다. 지금 남편하고
사이가 좋지 않으냐 하고 물었더니, 봉숙은 빨래를 개다가

말고 한숨을 쉬면서 사이가 안 좋은 건 아닌데 피차 늙어서 그런지 그런 건 이제 재미가 없어졌고 다만 돈이 걱정이라는 말을 남겼다.

수증기가 자욱한 욕실 안에 옷을 전부 벗은 황 씨와 반팔에 반바지를 입은 봉숙이 들어갔다. 미끄러지지 않기 위해서 온 체중을 봉숙의 몸에 싣는 황 씨를 붙잡아서 뜨거운 물을 가득 채운 욕조에 눕혔다. 오늘은 1주일에 두 번 있는 목욕시키는 날이었다. 황 씨는 봉숙이 비누칠을 할 수 있도록 등을 돌렸다. 황 씨는 물이 뜨듯하고 노곤한 것이 막 눈이 감기려고 하는 찰나에 봉숙이 말을 걸어 흠칫 놀랐다. 아파트 말이에요, 언제, 어떻게 주실 거예요? 왜. 생각해 봤어? 생각해 봤는데요, 할머니도 있고 딸도 있는데 할아버지가 주실 수 있겠어요? 황 씨는 다시 혀를 찼다. 아무도 모르게 줘버리고 명의이전까지 다 해버리면 그때 와서 누가 뭐라고 하나? 약속 안 지키기만 해 봐요. 아, 25평짜리 아파트가 무슨 개 이름이여? 내 말 안 듣는다면 별 수 있어? 욕실엔 다시 침묵이 흘렀다. 황 씨는 노인답지 않게 피둥피둥한 허벅지를 내밀며 여기도 좀 마사지를 하라고 종용했다. 봉숙은 물속으로 손을 넣어 황 씨의 성기를 지그시 쥐고 당겼다.

오븐에서 막 꺼낸 풋가지처럼 물컹한 그 물건이 봉숙의 손 안에서 자유자재로 모양이 바뀌었다. 할아버지. 여기도 마사지 해드릴까요? 황 씨는 잠자코 있다가 한 마디를 꺼냈다. 문갑에서 비아그라 꺼내 와.

황미화는 집 안을 서성거리면서 씩씩거렸다. 아버지한테 하나밖에 없는 사위가 사업 자금이 모자라는데 이자 드릴 테니까 좀 빌려주십사 했던 요청이 매몰차게 거절당한 터였다. 분노와 동시에 한탄도 나왔다. 어째서 애비라는 저 화상은 쓰지도 못 할 돈을 싸 짊어지고 들어앉아서 내가 고통당하는 걸 즐기고 있는 걸까. 이건 내가 박복한 탓이 아니라 저 노인네가 터무니없이 욕심이 많고 어리석어서 이 딸을 제대로 알아보지 못하는 탓이다, 라고 말하면 남편이 코웃음을 치는 소리가 들렸다. 얼마 전, 생활비가 모자라니 한 달에 백여만 원이라도 보태달라고 아버지께 조아렸는데, 줄 돈은 없으니 이거나 가져가서 살림에 보태라 하고 황 씨가 통장 하나 던져 주기에 뭔가 하고 열어 보니 한 달에 칠만 사천 원 나오는 노령연금 통장이었다. 그 후로 남편은 부부싸움을 할 때마다 그 노령연금 통장을 들고 나와 눈앞에서 살랑살랑 흔들며 니 애비가 나를 칠만 원짜리로 취급했다며 욕설을 늘어놓고, 그걸로 황미화의 뺨을 툭툭 치기도 했다. 그럴 때면 황미화도 참지 못했다. 죽여라 이 자식아, 하고 고함을 치며 달려들어서 옷을 찢어버리고, 의자를 휘두르다가 형광등을 깨버렸다. 깨진 형광등에서 후두둑하고 잔해가 이부자리 위로 떨어져도 아랑곳하지 않고 싸우다가 싸움이 끝나면 냉정을 되찾고 이불을 베란다 밖에 털어버렸다.

그런 황미화가 매주 토요일마다 반찬을 만들어 갖고 황 씨 집을 들락거리기로 결정한 것이다. 황 씨는 탐탁지 않게 여겼다. 내가 시키면 그 속셈을 모를 줄 알아? 나 죽을 때만 기다리고 있지? 이건 자식이 아니라 도둑년이여. 도둑년. 황 씨가 황미화를 무시하는 것을 보면서 봉숙도 자연히 황미화를 무시하게 되었다. 그런 봉숙의 태도를 알아챈 황미화는 시도 때도 없이 들이닥쳐 봉숙을 잡았다. 나이로 치면 5살이 위기는 하지만 그 광기를 참아내기 역겨웠다. 당신 뭐하는 사람이야? 우리 아버지 하나 똑바로 못 모시나?"로 시작하는 황미화의 호통은 순전히 자기 기분에 의한 것이었다. 봉숙의 태도는 시종일관 못 알아듣는 척이었다. 사실 황미화는 존재를 인정받기 위해 아버지 앞에서만 생각해 주는 척 연극을 하는 것이다. 봉숙은 속지 않았다. 봉숙은 황미화가 어떤 부류의 인간인지 알고 있었다. 크크크. 저것이 유산 상속자라고 까불고 있지만 나도 유산을 받게 된다는 사실을 알면 어떤 표정이 될까. 최근에 황미화를 대하는 봉숙의 입가에는 의문의 웃음이 박꽃처럼 번져 있었다. 커다란 엉덩이를 좌우로 흔들며 주방으로 들어간 봉숙은 정수기에서 얼음냉수를 받아 입에 넣고 와작 와작 깨물며 폭발직전의 웃음을 억눌러야 했다.

황 씨는 담배를 태우며 미화를 어떻게 해야 할지 생각하고 있었다. 주말마다 반찬을 싸 갖고 와서 부모 안부나 살피고 가정부 군기나 잡으러 오는 것이 아니었다. 황미화는 아버지가 돌아가시기 전엔 돈을 달라고 하지 않을 테니 대신 유언장을 써 달라고 졸랐다. 그러거나 말거나 귀마개를 한 듯 들은 척도 않고 버티면 되는 일만도 아니다. 슬슬 이제 저 년을 어떻게든 해야 되겠다는 판단이 서고 있었다. 미화가 와서 펄펄 뛰기 시작하면 도무지 시끄러워서 살 수가 없었다. 어느 날 저녁, 황 씨는 느닷없이 황미화를 불렀다. 소식을 듣자마자 다음 날 새벽 댓바람에 달려온 황미화는 아버지가 이제 기운이 떨어질 대로 떨어진 모양이라고 짐작했다. 봉숙이도 사태가 조금 이상하다는 게 느껴졌는지 물건을 찾는 척 하면서 안방으로 슬그머니 발을 들여놓았다. 왕 방울만하게 눈을 치켜 뜬 황미화가 너는 여기 왜 있냐는 뜻으로 봉숙을 쳐다보았으나 곧 돋보기를 끼고 서류를 들여다보고 있는 황 씨에게로 눈을 돌렸다. 나 죽으면 나누어들 쓰면 되지, 뭔 유언장을 쓰라고 사람 못살게 들들 볶는지 모르겠구먼. 아버지는 참말, 그러다가 아버지 아프시면 재산 싸움 난다구요. 건강하실 때 명확하게 선을 그어 놓아야 한다고요. 저 어머니도 그걸 바랄 거예요. 황미화가 신 씨를 흘긋 곁눈질하면서 말했다. 언제부터인지 황미화는 신 씨를 '저 어머니'라고 부르고 있었다. 그러고 보니 물건 찾을 때를 빼고는 황 씨 방에는 얼씬도 않던 신 씨가 언제부터 들어와 있었는지 휠체어에 앉아 무릎 위에 성경책을 펼쳐 놓고 있었다. 거, 임자도 할 말 있으면 해 봐. 됐어요. 나 신경 쓰지 말아요. 유언장에 대해서 의견이 있으면 한 마디 해보라는 황 씨의 배려였는데 신 씨는 한마디만 쏴대고는 입을 다물었다. 황미화가 아버지 생전에 한몫 받아내지는 못하더라도 나중에 재산 분배 할 때 계모보다 적은 몫을 받는 불상사는 방지하자고 생각해 낸 것이 유언장이었다. 황 씨는 유언장에 뭐라고 끼적거렸는지 설명도 없이 볼펜을 신경질적으로 턱 놓더니 담배를 빼들고 밖으로 나가버렸다. 유언장을 집어든 황미화의 쩍 벌어진 입을 보고 봉숙은 가슴이 철렁했다. 할아버지 재산 전부가 황미화한테 돌아간 게 틀림없었다. 이 아파트도 10억 정도 가니까 저 어머니도 서운하시진 않으시죠? 휠체어를 밀고 거실로 나가는 신 씨의 뒤통수에다 대고 황미화가 느물거렸다. 황미화는 주체 못 할 기쁨에 유언장을 가슴에 끌어안고 몸을 떨었다.

봉숙은 소파에 앉아 있는 황 씨 앞으로 다가갔다. 마침 신 씨는 교회에 가고 없었다. 추리닝 바지 속으로 들어간 황 씨 팔뚝에 근육이 꿈틀거렸다. 할아버지! 지금 뭐 해요? 화통을 삶아 먹은 것 같은 봉숙의 고함에 놀란 황 씨가 바지 속에 있던 손을 뽑았다. 그때 축 늘어진 살덩이가 따라 올라왔다. 그것은 황 씨 손에서 해방된 노인의 그 물건이었다. 푹 들어간 황 씨의 눈언저리 안에서는 광채를 잃은 눈동자가 멀뚱히 봉숙을 바라보고 있었다. 지금 뭐하는 거예요? 그리고 왜 약속 안 지켜요? 뚱딴지 같이 무슨 말을 하는 거여? 유언장이요, 유언장! 25평 아파트를 준다고 했잖아요! 아, 딸하고 마누라가 지켜보고 있는데, 그럼 어쩌? 그래요? 그럼 지금은 아무도 없으니까 되죠? 그렇지 않아 고쳐놓으려고 했구먼. 그럼 잘됐어요. 말 나온 김에 지금 고쳐놓으세요. 그제야 봉숙은 어조를 조금 누그러뜨렸다. 지금은 이 노인의 비위를 맞추고 달래는 것이 상책이란 판단이 들었다. 자신에게는 일언반구 말도 없이 어제 느닷없이 황미화를 불러 놓고 유언장을 쓰는 것을 보고 적잖은 충격을 받았던 터였다. 배신감에 잠을 이루지 못한 봉숙은 자기도 당장 유언장을 받아낼 거라고 작심했었다. 미리 준비한 A4용지를 황 씨 앞에 갖다 놓고 볼펜을 손에 쥐어주었다. 어제 썼던 그대로 쓰시라고요. 내참, 알았어. 황 씨는 혀를 차며 볼펜을 바로 잡았다. 은행에 있는 적금을 비롯해서 고향의 땅과 8층짜리 상가는 황미화에게 주고, 25평짜리 아파트는 봉숙에게 준다고 적었다. 지금 살고 있는 이 아파트는 신 씨의 몫이었다. 날짜를 쓰고 서명까지 하는 것을 보자 봉숙의 마음속에도 어제 황미화가 느꼈던 승리감이 차올랐다.

황 씨는 요즘 수요일만 기다리는 것 같았다. 그게 황 씨가 사는 낙이었다. 한편 봉숙은 유언장에 자기 몫을 약속받기는 했지만 그래서 자기 처지가 달라진 게 뭐가 있느냐 하는 생각이 들었다. 어쩌면 할아버지 생전에 미리 받을 수도 있었을 아파트를 유언장을 빌미로 먼 훗날로 미뤄버린 것은 아닌지 걱정이 되었다. 황 씨 역시 유언장을 써 준 이후론 아파트의 '아'자도 꺼내지 않고 있었다. 이건 봉숙이가 바라는 것이 아니었다. 유언장은 언제 개봉하고 아파트는 어떻게 넘어오는 것인지 답답했다. 봉숙은 더 이상 기다리고 있을 수가 없었다. 봉숙은 세상이 공평하지 못하다는 생각이 들었다. 자신같이 돈이 필요한 사람에게는 돈이 없고 돈이 필요 없는 저런 늙은이에게는 돈이 많다는 것은 비극이 아닐 수가 없었다. 저 늙은이를 어떻게든 꼬드겨서 그때그때 필요한 돈이라도 손에 넣자는 생각이 들었다. 돈 좀 주실래요? 돈? 만 원이면 돼? 아니요. 많을수록 좋죠! 많은 돈이 왜 필요한 거여? 황 씨는 지력이 다된 황량한 논배미 같은 눈동자를 내리깔더니 한숨을 쉬었다. 아파트면 됐지 뭔 돈을 또 달래? 그건 나중이고 지금 필요해서요. 황 씨의 말은 거기에서 단절되고 그야말로 인분 씹은 얼굴을 하고 있었다. 봉숙의 예측이 딱 맞았다는 생각은 들었지만 그래도 기다려 보기로 했다. 결국 황 씨는 돈 얘기를 꺼내고 나서 며칠을 궁리하는 척 하더니 입을 닫아버렸다. 봉숙은 황 씨를 향해 웃음을 머금은 입술로 아까우면 그만두라. 하고 아무렇지도 않은 척 했다.

볼일 다 봤다는 식의 황 씨의 태도는 생각할수록 분했다. 담배 심부름을 시키고 조금 늦게 잔돈을 꺼내 놓아도 우수리 돈 왜 안주는 거여? 하고 그새 의심을 품는 늙은이였다. 단 한 번도 거스름돈을 심부름 값으로 가지라고 한 적이 없는 늙은이였다. 영감탱이. 돈을 못 주겠다? 흠. 그렇게 나온다면 나도 생각이 있소이다. 봉숙은 인터넷을 검색했다. "유언장은 유언을 한 사람이 사망하고 난 후라야 비로소 효력이 발생하고 상속인들이 법원의 검인을 받아 집행한다."라고 되어 있었다. 예상대로 아파트를 가지려면 이 영감탱이가 죽어야 한다는 얘기였다. 유언장 작성자가 죽고 나서야 유언을 집행할 수가 있다면 황 씨는 봉숙을 위해 죽어줘야 하는 것이다. 이 영감탱이. 어떤 방법으로 목숨을 끊어줄까. 귀신도 모르게 감쪽같이 단축시키는 방법은 없을까. 황 씨는 지금 혈압도 높고 당뇨병을 앓고 있다. 그때 마침 요즘 황미화가 만들어 오는 음식들에 생각이 미쳤다. 황미화는 캐러멜을 통째로 쏟아 부은 것 같은 약밥을 만들어오고 기름진 통닭에다가 곰국도 냉장고에 가득 채워 놓았다. 하나같이 당뇨병 환자가 먹어선 안 되는 음식들이었다. 그 화상이 당뇨병에 치명적인 음식들만 만들어 오다니. 아무리 무식해도 그 정도는 상식으로 알고 있어야 하지 않나? 하지만 생각해보니 봉숙에게는 잘 된 일이었다. 가족들은 어느 누구도 황 씨의 식단에는 관심을 기울이지 않았다. 밥상을 차리는 봉숙에게 이건 안 된다, 저건 안 된다 하고 지시하는 사람도 없었다. 돌팔매질 하는 무리에 섞여 돌멩이 하나를 던지는 것에 불과하다. 기울고 있는 수수깡 집에 손가락 하나를 무심하게 툭 갖다 대는 것에 불과하다. 말만 안 하면 귀신도 모른다는 게 봉숙의 생각이었다. 봉숙은 인터넷을 열어 당뇨병에 나쁜 음식을 검색했다. 당뇨병 금기 식품이 줄줄이 나왔다. 콜레스테롤이 높은 전형적인 음식은 장어, 계란노른자, 곱창, 피자, 치즈, 패스트푸드, 분식, 쌀밥이었다. 거기다가 식후 30분의 운동을 하지 못한다면 치명적이었다. 봉숙은 황 씨가 걸어갈 황천길을 닦아놓고 기다리기로 했다. 그날부터 봉숙은 식전에 먹는 당 수치 떨어지는 약을 소화제와 바꾸어 놓았다. 아침식사는 보리밥이 아닌 백미로 밥을 지어 황미화가 갖다 놓은 반찬을 식탁에 올렸다. 점심에는 국수나 빵 같은 탄수화물을 먹이고 합병증이 나타나기를 기다렸다. 간식은 설탕을 듬뿍 넣은 호떡을 만들어 주고, 엿장수에게서 호박엿을 사갖고 들어와 나누어 먹었다. 피자도 사다가 냉동실에 잔뜩 넣어 두고 전자레인지에 덥혀서 먹었다. 저녁식사는 내장탕을 끓여서 백미 밥을 한 그릇 말아 먹였다. 식후에 해야 하는 운동은 배가 아플 수 있다는 이유로 만류했다. 황 씨는 주는 것마다 싹싹 비워냈다. 돈은 그렇게도 따지는 양반이 신기하게도 자기가 먹는 것엔 아무 자각이 없었다. 황 씨의 몸은 눈에 띄게 비대해져갔다. 바람 든 풍선처럼 전신은 팽창되어 걷기조차 부자연스러웠다. 그쯤 되자 봉숙에게 하던 짓도 그만 뒀다. 이봐! 연고 좀 사와! 연고는 뭐하게요? 발가락에 바르려고. 황 씨가 아침댓바람부터 연고를 사오라고 악다구니를 썼다. 양말을 벗겨보니 황 씨의 발에서는 검붉은 핏물이 스멀스멀 나왔다. 봉숙의 입가에는 미소가 번졌다. 이제 반응이 왔구나 싶었다. 봉숙은 모르는 척하고 연고를 발라주었다. 검은색 양말은 안에서 일어나는 비밀을 감추는 베일처럼 다시 황 씨의 발에 씌워졌다. 걸음을 내딛는 황 씨의 발자국마다 붉은 피로 도장이 찍혔다. 신 씨가 의아하다는 표정으로 바닥에 찍힌 핏자국을 들여다보고 있었다. 신 씨가 눈치를 챘다고 생각한 봉숙은 움찔했다. 하지만 신 씨는 아무 말 없이 밀대를 가져다가 핏자국을 닦아냈다.

병원으로 가자고 조른 사람은 황 씨였다. 팅팅 불어터져 피고름이 나는 발가락을 보면서도 아무도 관심을 두지 않자, 황 씨는 덜컥 겁이 났다. 특히 통증이 없는 것은 아무래도 이상했다. 이봐요! 당신 뭐 하는 사람이야? 당 수치가 400이래. 400! 진찰실에서 의사를 만나고 나오던 황미화는 봉숙을 보자 다짜고짜 목소리를 높였다. 봉숙은 펄펄 끓는 물을 뒤집어 쓴 것처럼 깜짝 놀랐다. 자신도 모르게 큰소리의 기세에 압도당한 봉숙은 뒤로 움찔 물러났지만 마음속에서는 반발심이 용트림을 쳤다. 아버지 발가락을 잘라야 한대! 이거 다 당신 책임 아냐? 몰랐어요. 봉숙은 기가 죽은 척 움츠리며 고개를 조아렸다. 하지만 입으로는 기가 죽은 것이 아니었다. 이제까지 드시던 것을 드렸어요. 미화 씨가 가지고 온 반찬을 드렸구요. 봉숙은 교활한 눈빛으로 황미화의 얼굴을 살폈다. 황미화는 표정의 변화 없이 말했다. 다른 건 해드리지 말고 내가 해 온 반찬만 드시게 해요. 많이 드시게 하니까 이런 일이 생기잖아. 과식하지 못하게 하고. 그리고 과일 좀 사 드려요.

황 씨의 장례식은 조용했다. 남의 이목 때문에 억지로 하는 곡소리 같은 것은 들리지 않는 상갓집이었다. 신 씨는 어떤 상황에서도 흐트러짐 없는 담담한 모습을 유지하기로 결정한 것 같았다. 황미화 역시도 이리저리 설치고 다니며 문상객들에게 참견하는 걸 보면 슬픔과는 거리가 멀어 보였다. 폭죽을 터뜨리는 것 같이 요란하고 거슬리는 황미화의 웃음소리가 빈소를 간간이 뒤흔들었다. 며칠 전만 해도 돌아가실 것 같지 않았는데 어쩌다 이렇게 된 겨? 두 살 터울의 황 씨 남동생이 문병을 다녀간 지 일주일 만에 문상을 왔다. 봉숙은 자신의 몸이 긴장하는 것을 느꼈다. 자기도 모르게 두 사람의 대화에 신경을 집중했다. 의사도 그랬어요. 원래 대수술을 받으면 회복하는 도중에 잘못될 수도 있대요. 아니, 아무리 그래도 그렇지 당뇨병이 그렇게 무서운 병이냐? 아휴, 아버지는 보통 사람들보다 더 심했어요. 처음엔 발가락만 잘랐는데 나중엔 발목까지 절단해야 될 지경이었다니까요. 불어터진 발가락 같은 인상을 한 영정사진 앞에서 두 사람은 문답을 주고받고 있었다. 황미화는 아버지 잘못 모셨다는 말을 들을까봐 연막을 치고 있었다. 봉숙은 두 사람의 대화를 더 듣고 싶었지만 때마침 신 씨가 가보라고 하는 바람에 자리를 뜰 수밖에 없었다. 수고 많았어요. 이제는 자네가 할 일이 없으니까 집에 가서 쉬어요. 곧 연락을 하겠네. 봉숙은 문상객들을 지나쳐 장례식장을 빠져나왔다.

황 씨의 장례가 끝났지만 봉숙은 언제쯤 나서야 좋을지 알 수 없어 초조했다. 신 씨나 황미화에게서는 그 후로 아무 연락이 없었다. 분명 황미화는 아버지를 화장한 재가 식기도 전에 재산 분배에 대해서 말을 꺼냈을 것이다. 상 치르고 경황이 없겠거니 하고 지레 짐작해서 안일하게 있다가 지들끼리 다 나눠 갖는다면 자신은 꼴이 우스워질 것이다. 그렇게 되기 전에 움직여야 한다. 갑자기 솟구치는 불안감에 봉숙은 경황없이 황 씨의 집으로 향했다. 문 앞에 도착해서 벨을 눌렀다. 비밀번호는 알고 있었지만 이제는 번호를 눌러서는 안 될 것 같다는 생각이 들었다.

현관문을 연 황미화는 봉숙의 넓적한 얼굴이 거기 있는 것을 보고 할 말을 잃었다. 곰 같은 년이라고만 생각했는데 뒤에서 이런 일을 꾸민 것을 알고 나니 어찌나 기가 막혔는지 모른다. 아파트 받으려고 왔어? 황미화가 조롱기 가득한 말로 선수를 쳤다. 그래요 맞아요. 봉숙의 태도는 당당하고 뻔뻔했다. 할아버지 생전에 정성껏 해드릴 만큼 해드렸어요. 할아버지가 고맙다고 저도 좀 챙겨줘야겠다고 생각하신 거죠, 유언장에 써놓으셨으니. 저도 법적으로 권리가 있는 거 아닌가요? 그런데 황미화의 태도가 좀 이상했다. 봉숙의 당돌한 말에 화를 내기는커녕 으레 그 폭죽 같은 웃음을 터뜨리며 한참을 웃는 것이었다. 하하하하! 유언장? 유언장은 쓸모가 없어! 유언장으로 나눠 가질 재산이 한 푼도 없는 걸 어쩌나! 처음부터 두 늙은이들이 짜고 가짜로 유언장을 써주는 척 한 거야. 저 늙은 년이 이미 옛날 옛적에 재산을 친

아들들한테 다 빼돌려 놨더라고. 세상에! 땅이고 집이고 아버지 명의로 된 재산이 하나도 없어! 이미 재산을 다 빼돌렸는데 공증도 안 받은 유언장을 가지고 뭘 하겠어? 나한테도 가짜로 유언장을 써 줬는데, 그깟 유언장. 백 장이든 천 장이든 못 써? 그쪽이나 나나 완전히 속은 거야. 봉숙은 몸이 떨리는 것을 참으며 간신히 한마디 물었다. 그럼, 유언장은 아무 소용이 없는 건가요? 황미화는 허공에 대고 소리쳤다. 나! 소송 걸었어! 우리 아버지 재산 다 찾을 거야. 나 이 집에서도 절대 못 나가! 사태가 어떻게 돌아갈지 예감한 봉숙은 더 이상 말을 잇지 못하고 비틀거리며 일어섰다. 현관문으로 나가는 봉숙의 귀에다가 황미화가 믿을 수 없는 말을 또 한 번 던졌다. 그 교활한 늙은 년이 목사 아들 내외를 지척에 두고 못된 짓거리를 하고 다니는 것도 몰랐어?

옆모습이었지만 신 씨가 틀림없었다. 언제나 입을 굳게 다물고 웃음에 인색하던 신 씨였다. 지금 신 씨의 모습은 자목련같이 고고한 모습이 아니라 개천가에 흐드러진 개나리 같은 모습이었다. 같은 것은 언제나 무릎 위에 얌전히 펼쳐져 있던 성경뿐이었다. 용머리 형상의 지팡이가 없는 대신, 중년의 남자가 휠체어 옆에 쭈그리고 앉아 신 씨의 팔을 쓰다 듣고 있었다. 어머니, 고생 많이 하셨어요. 이제 저희들 곁으로 돌아오셨으니 편히 모실게요. 신 씨는 잔잔한 미소를 입가에 띠고 황 씨의 인감도장이 들어 있는 작은 지갑을 만지작거렸다. 휠체어에 앉아서 기다리고 기다리며 전 재산을 손에 넣기까지의 일들이 떠올랐다. 미화가 만들어 가지고 온 달아 빠진 음식이 생각났다. 방바닥에 찍힌 핏자국을 밀어낸 일이 떠올랐다. 미화가 당뇨에 치명적 음식을 해다 먹이는 속셈을 알고 있었다. 잘 되었구나, 손을 안 대고도 코를 풀 수 있다니, 하늘이 도와주는구나 싶었다. 단지 봉숙이가 거기 끼어든 것이 예상 밖이었다. 결국은 미화와 봉숙이 덕택에 이 같은 날이 앞당겨지게 된 것이다. 신 씨와 목사가 서 있는 나무 밑으로 전원주를 닮은 여자가 다가왔다. 목사와 전원주를 닮은 여자는 휠체어의 손잡이를 잡았다. 세 사람은 이내 자리를 옮겼다. 높고 큰 웃음소리가 그들이 사라진 뒤에도 한동안 그 자리에 머물러 있었다.

단편소설

블로홀

문틈 사이로 불빛이 들어와 여자 얼굴을 붉게 물들였다. 여자는 조용히 일어나 창문가에 다가선다. 귀갓길을 서두르는 차량이 엇박자로 불빛을 반사하고 있었다. 지난 날 무의식의 공백 터널에서 헤맸던 기억이 섬광처럼 번쩍하고 여자의 정수리를 때렸다. 되새김질은 체질적으로 거부하지만 의지와는 다르게 여자의 기억 수레바퀴는 잠자는 의식을 한 번씩 흔들어 깨우곤 했다.

핸드폰이 요동쳤다. 또나 엄마일 것이다. 그녀는 9시만 되면 전화를 했다. 또나 엄마는 여자에게 주식투자자 동료이며 술친구이기도 했다. 주식 투자로 돈을 벌면 한턱낸다고 해서 한 잔 마시고, 돈을 잃어도 위로 한답시고 또 한 잔을 마시는 그런 친구였다. 또나, 엄마는 딸만 셋이다. 딸만 낳아댄다고 남편이 막내딸을 낳았을 때 또나라고 지었단다.

"인터넷주식 그만두고 전화주문으로 하자. 그게 편해, 유능한 펀드가 다 해주니까. 한 번만 더 해보자, 잃은 거 억울하지 않니?"

"난 그만하고 끝내려고 하는데……."

"이번만 해보자."

또나 엄마는 인터넷 주식은 집어 치우고 전화주문으로 바꿔보자는 것이다. 여자는 또나 엄마 말대로 김펀이라는 펀드매니저를 소개받았다. 김펀이라 부르는 펀드매니저는 역삼동 신영증권에서는 가장 유능하다고 했다.

"김펀, 그게 이름이니?"

"아니야. 이름은 따로 있는데, 그 닉네임이 더 많이 알려졌다고 하더라. 뭐 이름이 무슨 상관이냐? 돈만 잘 벌어주면 되는 거지."

전화 주문을 하다 보니 김펀의 음성은 하루에도 몇 번씩 들었다. 하지만 김펀의 모습을 보는 일은 좀처럼 없었다. 하지만 그는 목소리만 들어도 다정한 사람 같았다. 흔히 말하는 욕망과 탐욕에 절어 빠진 수단가는 아니었다. 김펀과 여자의 관계는 투자자와 펀드매니저 그뿐이다. 여자에게 이익을 내주고 수수료만 챙기면 되는 관계. 그런 명확한 선이 그어져 있는 관계였다. 그런 김펀에게서 어느 날 여자에게 만나자는 문자가 왔다. 만날 일이 없는데 이건 뜻밖이었다.

여자는 역삼역 8번 출구를 통해 올라오라는 문자를 보냈다. 뚜벅뚜벅 층계를 올라오는 젊은 남자가 여자의 사야에 들어왔다. 출구를 빠져 나온 김펀과 여자의 시선이 마주쳤다. 단박에 저 남자구나. 싶었다. 여자는 김펀을 발견하고 옅은 미소를 지었다. 그는 오른쪽 손을 올려 여자의 미소에 답했다. 홍보용 사보에 실렸던 사진과 닮아 있었다. 김편의 눈빛도 저 여자구나. 하는 것 같았다. 귀에 익어서인지 김편의 음성은 낯설지 않았다. 상아색 상의 하의는 청바지에 짙은 가지색 콤비, 얼핏 보아도 멋 좀 낸다 싶었다. 김편은 여자 앞으로 성큼성큼 다가왔다. 그는 방금 따온 풋사과 같은 미소를 지었다. 그 안에 돌출된 송곳니가 눈에 들어왔다. 보기에 좋아보였다. 남자로선 좀 말랐다 싶을 만큼 가녀린 체구였다. 해물탕 집으로 안내한건 여자였다. 평소에도 여자는 술안주로 해물탕을 즐겨 먹었다. 그는 묻지도 않고 맥주 한 병에 소주 한 병을 주문했다.

"소맥 드실 줄 아시죠?"

"조금은요."

"하하. 술 잘 드신다는 정보는 입수했지요."

"잘못 입수한 정보 같은데요."

"저 김편입니다."

"알아요. 별명이라는 것도요."

그는 소주와 맥주를 글라스에 넣고 두 잔을 만들었다. 그는 왜소한 이면에 숨겨진 강인함도 엿보였다. 직업과 연관이 없는 것 같은데도 학창시절 문학적 소질이 있었는지 문학작품과 유명한 위인들을 나열할 때는, 이 사람 혹시 작가나 시인이 아닐까 하는 착각마저 들었다. 벌겋게 불붙었던 주식이 개미들이 대들자 기관과 외국인들이 팔아 제껴서 바다처럼 시퍼렇게 폭락했다는 이야기를 했다. 그러다가 이번에는 선물투자 한번 해보라는 질문을 받을 때였다. 빗방울이 유리창을 툭툭 치는가 싶더니 빗물은 이내 유리창에 가느다란 물길을 열었다. 그 그림을 함께 바라보고 있던 그가 뜬금없이 말했다.

"우리 만남이 비가 내리고 있어 더 아름답네요?"

"우리? 그렇게 큰 의미까지야."

그가 만남에 대해 그럴듯한 의미를 부여했다. 이 얘기 저 얘기를 하다 보니 소주병과 맥주병이 도합 4개나 되었다. 손님들은 언제 나갔는지 아무도 없었다. 종업원들이 끝낼 시간이 되었다고 눈치를 주었다. 그들은 들으라는 신호로 설거지 하는 소리에 청소하는 소리에 어수선한 분위기를 만들었다. 두 사람은 떠밀리듯 밖으로 나왔다. 밖에는 방금 전까지 내리던 비는 그치고, 세상은 온통 빗물의 분진이 너울거렸다.

"우리 저기 가요."

"아이리스? 뭐하는 곳이지요?"

"술집이죠."

그가 손가락으로 가리킨 그곳은 네온사인이 붉게 물든 술집이다. '아이리스' 입구에는 이름 모를 조화들이 오밀조밀 마을을 이루고 있었다. 진짜보다 더 진짜 같은 가짜 꽃들이 비에 젖어 눈물을 흘리고 있었다.

"이게 조화겠지요."

여자가 빗물에 젖은 꽃을 매만지며 말을 걸었다.

"맞아요. 요즘 꽃은 조화도 감쪽같아요."

아이리스로 들어가자 대형 화분이 꽉 들어차 식물원을 방불케 했다. 여름의 푸른 운치가 그대로 느껴지는 곳이었다.

"이 동네에 10년이나 살았지만 이런 곳이 있다는 것조차 알지 못했는데……."

여자는 혼잣말을 하면서 그의 앞자리에 앉았다.

"마치 식물원 같은 분위기죠."

"그러게요, 운치 있네요."

각자 앞자리에 놓인 술잔을 들어 마셨다. 그는 카프리를 시켰고 여자는 진토닉을 시켰다. 전주가 있어선지 갑자기 취기가 왔다. 여자는 그와 대화가 잘 소통된다고 생각했다. 정치면 정치, 사회, 경제, 종교, 예술, 어느 것 하나 막힘없는 달변가였다. 그 분위기에 동화되었던 것일까. 붉은 등 때문이었을까. 술의 조화 때문이었을까. 여자는 그에게서 남자가 느껴졌다. 터질 듯 탱탱한 허벅지와 통통 뛰는 젊음이의 대화, 그 젊음이 이유였을까. 여자는 걷잡을 수 없이 모호한 감정에 빠져들었다. 나이차 같은 것은 까맣게 잊어버리고. 욕망에 감전된 듯 시간이 경과할수록 더해만 갔다. 갈수록 사업적 동료의식 같은 동등한 관계가 흔들렸다. 여자는 더 은밀한 곳으로 더 깊이 빠져 들었다. 여자는 몰락의 터널을 향하고 있었다. 그때, 김편은 여자의 음탕한 마음을 눈치라도 챘던 것일까. 그는 여자를 눈 속으로 집어넣을 태세로 뚫어지게 바라보았다. 어쩌면 그에게 끌림을 당하고 있는지도 모르겠다.

"당신 참 예뻐요? 미운 곳이 없어요."

"그런 말 처음 들어요."

여자는 보기드믄 미인은 아니었다. 예쁜 곳이 없는 듯 어정쩡한 태도로 대꾸는 했지만 사실 그것도 아주 틀린 말은 아니었다. 미인이 아닌데도 묘한 매력이 있는 여자, 세상 여자들이 다 여자를 따르고 좋아하다가도 어느 새 여자에게 질투심이 느껴지고 시샘하다가 모두 떠나버렸다. 더구나 남자들 있는 자리에서는 더 심했다. 그만큼 치명적인 매력이 있는 여자였다.

아이리스를 나왔다. 그가 슬그머니 여자의 어께에 손을 얹었다. 여자는 거부하지 않았다. 오히려 즐겼는지도 모른다. 그때 남자가 말했다.

"방금 내 몸에 닿았던 게 뭐지요? 가슴이 콩콩 뛰는데요?"

"천둥소리만큼 크게 들리죠?"

"하하하. 하여간 매력 있어요. 노래방 가죠. 제가 대학가요제에서 금상을 탔어요. 한번 들려주고 싶어요."

"그래요? 가죠."

담배연기 자욱한 노래방은 발가벗은 요녀가 가짜 가슴을 드러내 놓고 풍만한 육신을 뒤틀었다. 가식적 흥분을 자아내며 대형 화면 가득 클로즈업 되어 그들에게 달려들었다. 대학가요제에 나가 금상을 탔다는 말은 거짓말이 아니었다. 가수 뺨칠 정도의 실력이었다. 김범수의 '하루' '약속'을 연거푸 부르는 그의 모습은 슬픔을 간직한 한 마리 사슴 같았다. 그가 부르는 노래는 여자의 애창곡이었다. 아니, 여자의 첫사랑 애창곡이었다. 그가 'Lead Me On'을 열창했다. 이 노래 또한 첫사랑의 애창곡이다. 여자의 첫사랑 고연수는 인기 뮤지션이었다. 연수는 신들린 사람처럼 조용필 노래를 모두 소화해 냈다. 음악에 빠져 살았던 연수가 운동권 리스트에 들었다는 것은 지금 생각해도 의문이다. 연수는 뮤지션으로 학생운동하고는 거리가 멀었다. 당시 운동권 학생들과 함께 있었던 그는 운동권애들이 연행될 때 함께 묶여갔다. 당연히 혐의가 풀리면 석방되리라 믿었다. 그렇게 모두들 안심하고 있었지만 결국 풀려나지 못했고, 얼마 지나지 않아 입대 했다는 소식이 날아들었다.

연수는 그렇게 강제 입대 당했다. 인사 한마디 못하고 영원한 이별을 했다. 연수는 얼마 후 탈영을 시도했고 헌병대에서 조사를 받던 중 화장실 창을 뜯고 3층에서 뛰어내려 죽었다는 통보를 받았다. 여자는 그 소식을 접하고도 믿지 않았지만 그는 정말 거짓말 같이 싸늘한 시신으로 돌아왔다. 해질 무렵 연수는 지프차에 실려 왔고 집 앞에 도착했을 때, 그의 부모님은 졸도를 반복하면서 동네가 떠나가도록 목 놓아 울었다. 그때 동네 사람들은 다 나와 지켜보면서 따라 울었고, 그렇게 연수는 다시 병원으로 실려 갔다.

연수가 자살했다는 사실을 누구도 믿지 않았다. 세계적 한류가수가 되겠다고 꿈에 부풀어 있던 사람이었다. 자살할 이유가 없었다. 그토록 사랑하는 사람을 꿈을 꾸듯 허망하게 떠나보내고 여자는 죽을 만큼 아팠고 죽을 만큼 그리웠다. 지금 김편이 부르는 'Lead Me On'는 그녀가 좋아했던 노래였고 사랑하는 여자를 위해 연수가 불러 주던 노래였다.

여자는 노래에 취했고 술에 취했다. 여자는 뭔가에 취한 듯 자리에서 일어나 연수에게로 다가갔다. 연수에게 다가간 여자는 그의 가슴에 기대었다. 연수는 그런 여자를 끌어당겨 가슴에 안았다. 캠퍼스 축제에서 두 사람은 춤을 추었다. 왈츠를 추었고 룸바를 추었고 브루스를 추었다. 그러다가 갑자기 현이 끊긴 듯 음악이 멈춰졌다. 아득히 들리던 연수의 노래 소리도 들리지 않았다. 여자는 눈을 번쩍 떴다. 방금 노래를 들려주었던 연수는 없었다. 여자는 연수의 환영을 밀쳐내고 황급히 돌아섰다. 그때 여자를 거칠게 돌려세운 그가 여자 입술에 자신의 입술을 덮었다. 알싸한 남자 체취와 리코찐 냄새가 폐부 속을 파고들었다. 여자는 눈을 감았다. 시간이 흐르고 그는 여자의 입술에서 입술을 거두었다.

"아, 달콤해라."

"......!"

"얼마 만에 해보는 키스인지 몰라요. 친구 놈 하는 말이, 섹스하면서 키스하는 부부는 거의 전멸되었을 거라고 하더니 맞는 말이에요. 어떻게 섹스는 한다 해도 키스는 정말 안 돼요."

"아내가 있나 보군요?"

"오늘밤 저와 함께 해주세요."

남자는 지친 모습이다. '이 남자 아내가 있으면서 무엇 때문에 자신을 찾아 왔을까. 무엇을 찾기 위해, 무엇이 아내와 함께 나누는 시간을 막았을까. 그늘지고 어두운 저 표정, 우수에 젖은 저 눈빛, 슬픔을 담고 있는 애절한 저 목소리, 이것은 무엇을 뜻하는가, 뭔가에 짓눌려 있는 중압감일까, 그 뭔가는 무엇일까? 삶에서 추구하던 무거운 등짐 같은 것은 아닐까, 삶의 역경 속에서 밀려오는 현실 도피 같은 것인가?'

"오늘처럼 삶의 중압감을 이기지 못하는 날이면 견딜 수가 없어요. 당신한테라도 이렇게 찾아오지 않으면 곧 죽을 것만 같더라고요, 그 누가 곁에 있어도 힘이 되지 않았어요. 나도 모르게 당신을 그리워했나 봐요. 남자는 삶에 위기감을 느끼고 자신이 절벽 끝에 서 있다고 느낄 때는, 자신을 편안히 안아 줄 여자가 생각나는가 봐요."

"그 사람이 나인가요?"

"네, 당신을 사랑해요. 순간의 욕망도 사랑이라고 생각해요."

"나도 사랑을 느끼는 순간이 많은 시간이 필요하다고는 생각하지 않아요."

"부탁이에요. 같이 있어줘요."

"나는 가야 해요."

"그냥 저를 따라오면 돼요."

그는 순간적 욕망을 사랑이라 했다. 여자가 말했던 많은 시간이 필요하지 않다는 말의 개념과는 다른 말이다. 그가 느끼는 감정은 일회성 유희 같은 것이다. 그렇다면 자신은 오늘 이 남자 유희 놀이에 제물이 되는 것 아닌가! 사실 그가 마음에 없는 것은 아니다. 오늘밤 그의 요구를 기꺼이 들어 줄 수도 있다. 그러나 한쪽 구석에선 자존심이 고개를 쳐들었다. 어쩌다 순식간에 입맞춤까지는 갔지만 더 이상은 아니다. 요즘 여자들 하룻밤 즐기려는 풍토가 유행처럼 번져가고 있지만 그런 싸구려 물건으로 전락되어 스스로를 격하시키고 싶지 않다.

갑자기 여자는 자신의 가치가 땅바닥으로 떨어지는 모멸감이 들었다. 여자는 자리에서 벌떡 일어섰다. 그 모습을 본 남자가 다급한 상황에 맞닥뜨린 절명의 순간을 맞이한 사람처럼 당황했다. 대단한 것을 결심한 듯 광기 어린 결의가 얼굴에 내비치더니 여자의 발밑에 무릎을 꿇었다. 상상도 못했던 돌발적 행동이었다. 이토록 강하게 나올 것을 예상하지 못했던 여자가 당황했다. 여자 앞에 꿇어앉은 남자는 그렁그렁 눈 안에 눈물을 채우고 애원했다. 당신을 사랑한다고, 이 간절한 마음이 전해지지 않느냐고, 제발 이대로 자신을 버려두고 가지 말라고. 여자는 순간 어떤 승리감이 들기는 했다. 이 남자가 나이든 자신에게 매력을 느꼈다고 하지 않는가. 어쩌면 여자는 남자가 자신을 잡아 주기를 은근히 바라고 취했던 행동인지도 몰랐다. 여자의 얼굴은 두 얼굴이다. 이해할 수 없는 모순 덩어리와 이중성, 여자는 벌떡 일어나 벗어 놓았던 겉옷을 집어 들고 출입문을 향했다. 남자는 더 빠른 동작으로 입구를 막아섰다. 여자는 남자의 몸을 밀쳐 보았지만 바위처럼 단단했다. 그는 여자를 잡아채 가슴에 가두고 격렬한 키스를 퍼부었다. 그 입술에 포박된 여자는 한순간에 봄눈처럼 마음이 녹고 몸이 풀려 물먹은 축대처럼 무너졌다. 여자는 이미 그의 품에서 빠져 나오기는 틀렸다고 판단했다. 성능 좋은 흡착기가 그의 품에 부착되었을지 모를 일이다. 여자는 따스한 그의 온기가 몸 구석구석으로 퍼지는 것 같았다.

도심의 불빛이 빗물에 젖어 음산했다. 여자 앞에 택시가 정차했다. 차 안에 들기를 거부하는 척 했지만 남자의 힘을 이기지 못했다. 앵무새 입술처럼 가지 않겠다고 거절은 하면서도 정작 눈빛은 남자를 원하고 있음을 눈치챘던 것일까.

그는 여자의 모순된 몸짓을 꿰뚫어 보았을 것이다. 그래요 오늘밤 당신의 제의를 받아들이겠어요. 나를 보내지 말아요! 라고 승낙 하는 간절한 눈빛과 가야 해요. 하고 입술로만 지껄이는 가짜 눈빛의 참 의미 같은 것을.

여자는 자신이 미친 것은 아닌지 모른다는 생각이 들었다. 어떤 여자가 처음 만난 남자가 하룻밤 동침하자는 제의에 그래요, 하고 따라 나설까. 하지만 어차피 피할 수 없는 일이다. 지금부터 일어나는 일은 남들이 다하는 하룻밤 유희라고 받아들이고 머리를 비우는 것이다. 하룻밤 자신을 상대로 욕정을 채우려는 이 남자의 요구를 받아주는 것도 운명이 아닐까.

자신하고는 상관없다고 여기고 지나쳐 다녔던 흔한 모텔이다. 모텔 방에 들어서자 모든 집기들이 빙글빙글 돌았다. 사랑한다는 그의 밀어가 진심이라 믿지는 않지만 이 시간만은 그 말을 믿기로 했다. 사랑이 아니라고 부정한다고 달라질 것이 무엇인가. 여자는 이왕이면 다홍치마라고 머릿속을 비우고 즐거움이라도 만끽하기로 작정했다.

샤워를 끝낸 여자가 욕실에서 나왔다. 붉은 조명이 발아하는 그 아래 남자가 눈을 감고 고요히 누워 있다. 그의 파리한 피부와 입술이 잘게 부서지고 뭉치기를 반복했다. 침대 위에 죽은 듯이 누워 있는 저 남자, 이제 곧 자신과 어떤 일이 벌어질까, 여자는 남자를 내려다보면서 묘한 설렘과 흥분에 휩싸였다. 풀잎처럼 가녀린 이 남자, 인상과는 다르게 벌거벗은 이 남자의 육체는 남성적이지 않는가, 실오라기 하나 걸치지 않은 알몸의 여자가 남자 가까이 다가섰다. 욕실에서 풍기던 장미꽃 짙은 향기가 남자에게서도 물씬 풍겨 나왔다. 여자는 침대에 올라 남자 이마에 입술을 올렸다. 남자의 속눈썹이 살며시 들렸다. 남자 속눈썹치고는 인형처럼 길었다. 남자가 두 손으로 여자의 양 볼에 늘어진 머리카락을 쓰러올려놓고 여자를 끌어당겨 안았다.

"참 아름다운 몸을 갖고 있네요."

"……."

그가 뜨거운 숨을 토하면서 여자 입술에 입술을 포개었다. 남자의 입술은 여자의 젖가슴에서 머물다가 아래로 흘러내렸다. 거친 남자의 숨결과 여자의 신음소리가 뒤섞여 뭉개지고 있었다.

여자에게는 딸이 하나 있었다. 그 딸아이는 연수의 유복자였다. 연수는 임신 사실도 모르고 죽었고 이후 여자는 친정에서 아이와 함께 지내다가 앞날에 대한 절망과 그리움을 이겨내지 못하고 자살을 기도했다. 한강에서 여자를 구해준 사람은 지금의 남편이다. 그는 건설 현장에서 막노동 하는 사람들을 관리하는 노가다 십장이다. 마침 동료 한 사람이 사고가 나는 바람에 구급차를 불렀고 병원 가는 길에 여자를 발견했다. 사별하고 혼자 살던 남편은 동정심이 발동했는지 속셈이 있어서 그랬는지, 여자에게 호의적이던 남편이 결혼을 하자고 할 때 망설였지만 호의를 뿌리치지 못했던 이유는 남편에게는 재산이 많았고 자식도 없었다. 더구나 연수의 딸을 친자식처럼 키워준다는 말에 여자는 결혼에 응했다. 결혼은 했지만 부부로서 맞는 것이 한 가지도 없었다. 돈만 있으면 뭐든지 다 된다는 무식한 남편과는 대화도 안 됐고 성생활도 안됐다. 한 달에 한 번 정도 삽입 성교가 이뤄졌지만 그것도 고통이었다. 여자에게는 즐거움이 아니라 고역이었고 귀찮은 짓거리에 불과했다. 그 지겹던 일방적인 성교도 차차 되질 않았고 그때마다 여자는 머릿속에 다른 사람을 품어야 그나마 참아줄 수 있었다.

"뭐니 뭐니 해도 돈이 인생의 전부라고. 돈 없으면 다 죽어. 나는 돈이 있다고. 돈이. 돈 필요 없다고 헛소리 하는 놈 있으면 나와 봐. 천하에 도도한 당신도 내가 돈이 있으니까 나 같은 무식한 놈한테 시집온 것 아니야? 돈은 모든 것을 다 해결한다고. 돈 없으면 말짱 도루묵이야. 사랑? 웃기지 말라고. 사랑이 뭐 말라비틀어진 개 소리야? 내 말이 틀리는지 두고 보라지."

술이 취해 밤늦게 들어온 여자의 남편은 입가에 게거품을 뿜어대며 떠들었다.

"돈 소리 좀 집어 치워요."

"누구든지 너와 놀아나는 놈은 가만히 두지 않겠어, 두고 보라고, 내가 지구 끝이라도 찾아낼 테니까."

"억측 말아요. 그런 것 아니라고 한 수천 번 말했지요!"

여자는 거의 대꾸를 하지 않았지만 한 번씩 이런 식으로 꿈틀거렸다.

"나 같은 바보 놈이 이 세상에 또 있을 줄 알아? 너의 친정집 뒷바라지 지금까지 누가 했어? 이 무식하고 못난 놈이 했다. 나를 배신하는 날에는 어떤 놈인지 끝까지 찾아내 죽여 버릴 거야."

매일 반복되는 의부 증을 이기지 못한 여자는 더는 견디기 힘들었다. 여자의 남편은 결혼하고도 셀 수 없이 바람을 피웠다. 상대 여자는 지적인 미모를 두루 간직한 아내와는 정반대였다. 하나같이 유흥가의 싸구려 여자들이다. 한번은 어린 여자와 살림을 차려놓고 드나들었다. 그 순간 보통여자들처럼 여자 역시 억장이 뒤틀리고 기가 막혔지만 다른 사람 이목이 두려워서 꾹 눌러 참았다. 나이 어린 계집애 신세도 불쌍한 생각이 들었다. 계집애 뱃속에는 이미 불륜의 씨앗이 생겨 자라고 있었다. 차마 못 할 짓이지만 여자 손으로 애를 지워주고 그 손에 차비까지 쥐어주고 고향으로 보냈다. 자신은 그런 짓을 아무렇지도 않게 하면서도 아내에게는 어떤 자유도 용납하지 않았다. 남녀칠세부동석이라며 동창이라도 남자를 만나서는 안 된다고 했다. 남편은 가부장적 조선시대 남자들 사고와 가치관을 백 년이 흐른 지금도 그대로 고수하는 사람이었다. 여자는 차라리 남편이 집에 들어오지 않는 날이 편하고 좋았다.

여자는 남편과 학력 차이의 괴리감은 있어도 무식하다고 드러내놓고 남자를 무시하거나 경멸하지는 않았다. 남편은 외모와 지적 수준에 대한 열등감을 처음부터 가지고 있었다. 누군가 있는 자리에서는 여자를 하인처럼 부려먹고 막말을 했으나 단둘이 남을 때는 단박에 태도가 바뀌어 반대 현상을 나타냈다. 어떤 날은 직접 옷을 지정해주고 그 화려하고 야사한 옷을 입고 지정해준 장소로 나오라고 한다. 여자는 그 옷을 차려입고 그 장소로 나가보면 남편은 유흥가 멋쟁이 여자와 데이트를 하면서, 우연히 아내를 만난 것처럼 가장했다. "여보! 여기는 웬일이야?" 하며 인사를 시켰다. 며칠이 지난 후 또 다른 옷을 차려입고 지정한 장소에 나오기를 명령하면, 여자는 또 다시 그 장소에 나갔다. 그때 남편은 쭉쭉 빠진 멋쟁이 남자들과 나타나서 웬일로 이곳에 와 있느냐고 해놓고, 자신의 아내라고 소개를 시켰다. 그러면 그들은 대단한 미인이라고 한마디씩 했고 그때 남편은 입을 다물지 못하는 눈치였다. 아무리 눈치 없고 멍청한 여자라도 남편의 그 같은 괴상한 행동을 눈치 채지 못할 여자는 없었다. 남편은 어디 한군데 특출 나게 잘나지 못했다. 그 때문에 술집 여자들과 친구들에게 멸시와 조롱을 당했던 남편은 지적이고 미인인 아내를 들러내놓고 난 이런 여자와 산다, 하고 그들 보라는 듯 그런 해괴한 행동을 했다.

여자가 무거운 눈꺼풀을 들어올렸다. 얼음처럼 서늘한 새벽이 창문을 관통하고 있었고, 먹물처럼 캄캄하던 어둠도 흐늘흐늘 풀어지고 있었다. 첫 번째 황홀했던 정사는 기억의 저편에서 아물거렸다. 실오라기 한 올 걸치지 않은 여자는 침대위에 널브러져 있고 남자는 여자의 온 전신에 눈을 박고 세세히 훑고 있었다.

"올해 몇 살이지?"

"그건 왜요?"

남자가 시큰둥하게 대꾸했다. 여자는 건방지다는 생각이 들었다.

"궁금해서."

"서른셋이요."

어려 보인다는 생각은 했지만 이 정도일 줄은 상상도 못했다. 가만히 계산을 해보니 나이차가 15년이나 되는 것이다. 왜 나이를 묻지 않았을까. 알려고 하지 않았던 것은 아닐까.

"내 나이 알고 있었나?"

"다 알죠."

"……."

"후훗, 무슨 상관이에요. 그러니까 더 스릴 있는 거죠. 섹스 좀 하시던데요!"

"그만 둬요."

"하하하. 섹스는 부끄러운 게 아니에요. 제가 재미있는 얘기 해줄까요?

"남자가 섹스를 왜 하는지 아세요?"

"그야, 배설 욕구 때문이겠지."

"그게 전부가 아니에요. 섹스는 여자를 위한 거예요. 말도 안 되는 소리 하지 말라고 하지 말고, 들어봐요. 남자가 미쳤다고 희생을 하냐고 반문 하고 싶겠지만, 궁극적으론 그건 사실이에요. 남자는 최선을 다해 애무를 하고 섹스를 하지요. 그래서 여자는 오르가즘에 이르게 되겠죠. 그것을 보는 남자는 해냈다는 성취감과 자부심으로 희열을 느끼거든요. 그것만으로 남자는 흥분이 되는 거지요, 다시 말해. 여자가 오르가즘에 오르고, 무아지경에 도달하는 모습을 보고나서 남자도 흥분하게 되고, 섹스를 하고 사정을 한다는 말이에요. 남자들이 혼자만 후딱 해치우고 다 했다고 하는데, 그런 남자는 섹스가 뭔지도 모르고 살다가 죽는 거죠. 섹스는 애무하는 시간을 빼고도 40분 정도를 끌어줘야 여자가 절정에 이르게 되는 거죠. 이 중요한 사실을 남자들은 모르고 살다가 죽는 거죠."

"그런 걸 어떻게 알지? 근거 있는 이론인가?"

"그럼요, 공부를 하죠. 그것도 무턱대고 많이 한다고 되는 게 아니죠. 난 책을 파고 공부도 했고, 강의도 열심히 들어요. 이게 다 노력의 결과라고요."

"그런 강의도 있나?"

"그럼요, 구용술 교수라고."

"구용술 교수?"

"호상대학교 외래교수에요. 한번 들어보세요. 섹스의 완성이 뭔지 알게 될 거예요."

그는 휴대폰을 꺼내 동영상을 플레이시켰다. 가무잡잡한 피부에 갈색 재킷 검정색 셔츠 차림은 어쩐지 그가 섹스어필 해 보였다.

"애무 시간을 뺀 40분을 더하라니? 그런 남자가 있기나 할까?"

"있잖아요. 여기! 하하하. 나도 몰랐어요, 저 교수 알기 전에는. 구교수 강의 듣고 해봤더니 되더라고요. 모르면 책이라도 읽고 배워야 하는데, 대다수 남자들은 안 해요. 자기가 아는 세계가 전부라고 믿고 있으니까."

"여자들도 대다수 그렇게 알고 살아."

"어느 통계를 보니까요, 오르가즘을 제대로 느끼는 여자가 30%도 안 된데요, 그 일부도 오르가즘을 느끼는 척 연기를 한다는 거죠, 여자 불감증도 일부는 남자 책임이 큰 거지요."

"저 교수 강의 들으면 남자들이 발란을 일으킬 것 같은데, 우리가 짐승이냐고,"

"하하하. 그렇겠죠."

여자가 그의 중심으로 눈을 돌렸다. 그의 중심은 꿈틀거리며 부풀어 올랐다. 더 이상 참지 못하겠다는 다급한 표정이다. 남자가 여자의 몸을 덮어 눌렀다. 남자의 숨결이 이동할 때마다 여자의 몸은 물결처럼 출렁이며 전율했다. 그는 여자 몸의 미세한 세포를 깨우고 혈관마다 전류가 흐르게 했다. 목덜미를 스치는 남자의 입술이 도전하듯 솟아 오른 젖가슴에 멈추고 가슴을 애무 할 때는 여자가 온몸을 뒤틀며 비명을 질렀다. 이윽고 여자의 가장 깊은 곳에 그의 중심을 밀어 넣고 바위 같은 중력으로 성문을 공격했다. 시계의 초침에서 현재의 감각은 마비되었는지 시간 개념은 사라지고 오직 성욕에 굶주린 성난 들소처럼 그는 여체를 사정없이 유린했다.

절정의 순간을 넘기고 휴식에 든 긴 시간을 지나고도 여자는 남자 품을 벗어나지 못하고 죽음 직전 환자처럼 미로 속을 헤매었다. 여자 나이 마흔 고개를 훌쩍 뛰어 넘었다. 마른 풀포기처럼 메마르고 건조해서 부서지던 몸이었다. 통념상 여자의 매력은 모두 상실 되었다고 포기했다. 다락방에 올려둔 쓸모없는 물건처럼 방치되고 버려졌다. 오늘 여자는 그로 인해 고목에 잎이 피어나듯 화사한 봄날처럼 눈부시게 살아났다. 젊음을 되찾은 듯 온몸엔 탄력이 느껴지고 마른 살결은 물이 올라 축축했고 체온은 다시 뜨거웠다. 여자에게서 느껴지는 부드러운 살결은 언제였는지 기억조차도 없었다. 그것이 나이 탓이려니 체념하고 서쪽으로 기우는 노을 같은 서글픈 여운이라 생각하고 포기했었다. 그런데 알고 보니 그것은 체념과 착각이었다. 또 한 자신만의 고유였고 부드러움이었다.

남자의 등줄기에선 희열의 땀방울이 미끄러져 내렸다. 이슬을 머금은 여린 풀잎 같던 이 남자, 하룻밤 만에 여자의 육체와 영혼을 전부 삼켜버린 이 남자, 뜨겁던 성욕과 불같은 힘의 저력은 저 남자 어디에서 생성한 것일까. 수많은 세월 성문을 닫아걸고 살았던 여자였다. 그렇던 여자를 단 하룻밤에 얼음처럼 얼었던 육신을 봄눈처럼 녹이고 마음까지 빼앗았다. 잃어버렸던 여성을 되찾은 순간, 여자는 한줌의 재가 되어 민들레 꽃씨처럼 바람에 실려 여행을 떠났다. 아주 작은 나뭇잎에 몸을 싣고 먼 바다를 항해했다. 여자의 몸은 깃털같이 가벼워서 배는 침몰하지 않았다. 공기처럼 투명해서 아무도 볼 수조차 없었다.

"또 만날 수 있을까?"

여자는 쉽게 일어나지 못하고 미적대고 있다가 한마디 했다.

"오늘 일, 의미 두지 마세요."

남자가 여자의 머리카락을 쓰다듬고 있다가, 냉랭한 어조로 잘라 말했다. 여자는 칼에 찔린 듯 마음에 생채기가 났다. 여자는 조용히 생각했다. 이런 소리까지 듣고도 자리를 뜨지 못하는 이유는 무엇일까. 이별이 기다리고 있기 때문일까. 사랑이 느껴지는 순간은 단 몇 초 짧은 시간이라고 했다. 그렇다면 그새 사랑을 느꼈단 말인가. 의미를 두지 말라 했다. 앞으로 단 1%의 재회도 없단 말인가. 그 어투와 어감 속에는 이번 한 번의 정사로 밀어내겠다는 뜻이다. 혹시라도 집착을 한다거나 끈적거리지 않을까 해서 일 것이다. 여자는 괘씸한 생각이 들었다. 계산된 자기 방어, 자신은 철저히 챙겨놓고 상대방은 단순 성적 노리개로 삶겠다는 뜻 아닌가. 여자는 애당초 알고 응했으니 억울할 것은 없다고 도리질을 쳤다. 하지만 생각 할수록 괘씸했다. 정말 그의 노골적인 언사는 치욕적이었다. 여자도 오래 끌면서 끈끈한 관계를 지속하고 싶지는 않았다. 모멸감이 느껴졌다. 생각할수록 의미운운 했던 뱀처럼 차가운 대꾸가 여자의 머리 위로 떨어졌다. 그것이 정곡에 꽂혀 아픔이 느껴졌다. 하지만 이제 와서 자존심 따위를 내세우고 고매한 여인 행세할 처지는 아니었다. 이미 때가 늦었다. 고상한 백합처럼 수줍은 여자인 척 내숭 떨 처지도 아니었다. 여자도 남자가 손을 내밀면 유혹에 흔들리는 바람 같은 여자다. 삼류 연애 소설을 밤새워 읽어도 보았고, 포르노 비디오를 보며 잠을 설치다가 한 번쯤 유혹에 빠져 보고도 싶었다. 오늘처럼 자존심을 짓밟히는 상황은 여자 자신이 자초했고 스스로 쓴 올가미였다.

"나는 한 번 더 만나고 싶은데."

여자는 아쉬움을 감추지 못한 표정으로 다시 말해보았다.

"아니요!"

그는 단호했다. 창공에 풀어진 어둠이 산발한 흡혈귀처럼 기이한 형상을 그렸다. 그곳에 시선을 담고 서있던 남자가 젖은 솜을 끌어 올리듯 중압감 실린 어조로 아니요, 라고 말했다.

"김편은 원래 그렇게 차고 냉정한 성격인가?"

"네……."

지금까지 남자의 입에서 튀어 나온 단어들은 하나같이 차가웠다.

"그러자!"

그와 여자의 악연은 여기까지가 전부였다. 새벽 어스름이 골목을 지키는 시각 도망치듯 남자의 품 안을 빠져나왔다. 여자가 모텔 문을 나설 때 그는 아무렇지 않은 듯 손을 들어 보이는 비정한 모습을 보였다. 남자의 뒷모습은 차마 못 볼 일이었다. 여자는 자신이 앞서 나가며 남자에게 뒷모습을 보이는 것만이 자존심을 회복하는 길이라고 여겼다.

찬바람을 일으키는 새벽 공터에는 차가운 비가 흩날렸다.

허공에서 맴돌던 새벽 비바람은 여자의 뚫린 가슴으로 밀고 들어왔다. 도시 한 가운데 내버려진 여자는 방향을 잡지 못하고 어둠속에서 허둥거렸다. 그의 육신과 여자의 영혼이 하나로 모아지던 그 순간. 그는 오직 자신의 것이었다. 그 누구와도 나눌 수가 없었다. 할 수만 있다면 자신 안에 깊숙이 넣어 두고 싶었다. 그러나 그와 자신의 몸은 분리되었고, 환상에 빠졌던 영혼은 있던 자리로 되돌아왔다. 서로의 육체를 탐닉하며 뱉어낸 달콤한 밀어와 두서없는 언어도 사방으로 흩어졌다. 싸늘히 식어버린 그의 체온만큼이나 자신의 기억에서 황홀했던 시간들도 멀어져갔다.

구렁이 몸통처럼 꼬리를 잇고 내달리는 자동차 불빛, 그곳에는 바다를 지키는 파수꾼처럼 차량 헤드라인 불빛이 도시를 지켰다. 고수부지에서는 누군가 불꽃놀이 하느라 폭죽을 쏘아 올렸다. 불꽃은 드높이 솟았다가 파열하며 산산이 부서져 보석처럼 하늘을 수놓다가 쏟아졌다. 불꽃은 오를 때와는 정반대로 급작스럽게 하강했다. 그것은 남자의 생리와 닮아 있는 꼴이다. 심안에 엉겨있던 보랏빛 환영을 걷어내자 허약한 한 마리의 미물이 들어났다. 나약한 의지와 함몰의 감정을 주체 하지 못한 여자는 돌이킬 수 없는 환상에 빠져 있었다. 어둠의 바다는 휴식의 공간이 아니라 영혼과 육신을 짓누르는 무덤이었다. 밤이 되면 그날이 더욱더 생생히 기억나고 그리움의 갈증이 증폭되었다. 기차가 레일을 달리듯 그녀는 밤마다 그를 향해 달렸다. 시간이 갈수록 그는 여자의 가슴에 별처럼 빈틈없이 총총히 박혔다. 살인적인 가슴앓이는 가슴을 채우고도 모자라 눈물이 떨어지게 했다. 시간과 장소에 관계없이 실시간 그날이 떠오르고 모든 시간과 장소를 지배했다. 그의 대한 그리움은 자존심과 치욕보다 더 큰 비중을 차지했다. 끝까지 인내하며 자존심을 지켜내기엔 몸에 가해지는 가학의 고충이 더 크고, 오욕은 그리움에 비해 하잘 것 없는 미미한 존재였다. 그를 만나기 위해 이 세상에 나왔고 지금까지 존재하는 것은 그를 만나기 위한 것 같았다. 여자는 검은 블랙홀에 빨려들어 캄캄한 굴속을 헤매는 것 같았다. 여자의 가슴에 그가 빈틈없이 채워져서 그 무엇도 들어설 자리가 없었다. 오직 한 사람에 애가 타고 그의 환상에 목이 말랐다. 태연하게 평소처럼 일상생활에 전념하는 것도 생살이 벗겨지는 아픔이었다. 고통을 더 이상 인내하지 못한 여자는 호흡을 가다듬고 폰 번호를 눌렀다. 반색할 것이라는 기대는 애당초 없었다. 무엇을 어쩌겠다는 생각도 없었다. 다만 죽음직전에 이른 자신의 영혼을 위로하고 그의 호흡을 느끼도록 배려하고 싶었다.

"누구시죠."

"나 기억해요."

"네."

"잠시라도 만나요."

"끊습니다."

짧은 한 마디와 함께 남자의 목소리도 더 이상 들리지 않았다. 수화기를 들었던 여자의 손은 수전증 걸린 듯 떨려왔다. 마치 등줄기에 집어넣은 얼음처럼 놀라서 경기를 일으킬 것 같았다. 여자는 그 충격을 이기지 못하고 팽팽히 당겼던 노끈을 놓아버렸다. 전선을 통해 또렷하게 들리던 남자의 음성은 비정하다 못해 비장함이 깃들어 있었다. 여자는 그 음성을 듣는 순간 발가벗고 벌판에 서 있는 듯 했고 부끄러웠다. 수많은 군중들이 지켜보는 가운데 사람들이 자신을 향해 돌을 던지는 것 같았다. 몇 바퀴 곤두박질친 여자는 상처의 핏자국보다 더 붉어진 얼굴이 부끄러웠다. 먹먹한 현기증을 가다듬기도 전에 단풍잎보다 더 새빨간 여자의 얼굴에선 빗물보다 더 굵은 눈물이 떨어졌다.

남자는 시퍼렇게 날 선 비수로 여자의 자존심을 싹둑 잘랐다. 펄펄 끓고 있는 수치심을 여자의 정수리에 쏟아 부었다. 가녀린 몸짓과 고독한 표정 그 맑은 미소 속에 숨겨졌던 본심은 이토록 잔인한 냉기였을까. 남자의 싸늘한 음성은 온몸에 소름이 돋았다. 여자는 산산이 조각난 자존심과 오만했던 여유는 자존감이 무너져 안면을 벌겋게 물들였다. 한때 다정했던 남자가 시베리아 빙설 같은 냉혈인간이라니, 매 말랐던 여성이 그로 인해 확인되었듯이, 숨죽이고 있던 자존심의 세포가 다시 살아났다. 패배와 수치심으로 온몸에 오한이 났다. 여자는 죽음을 맞이한 임종 전 환자처럼 열이 들끓었다.

자신의 발밑에 굴욕적인 자세로 꿇어앉아 애걸하고 목을 매던 그가, 순수한 척 순백색 가면을 뒤집어쓰고 달려들어 품위를 지키려는 여자를 우롱했다. 세상 물정 모르는 어둡고 어리석은 백치 같은 자신을 불러내서 농락했다. 어쩌면 이 남자는 고매하게 품위를 지키려는 여자들만 골라서 농락하고 내치는 파렴치한일지도 모른다. 피도 눈물도 양심의 찌꺼기도 없는 최상급 이기주의자다.

도저히 용서할 수 없었다. 어떻게 하든지 그의 명예를 실추시키고, 할 수만 있다면 수단 방법 가리지 않고 보복하고 싶었다. 사랑과 미움은 종이 앞뒷면 같다고 한다더니. 좋은 감정이 미움으로 바뀌는 순간 그의 대한 증오심이 불타올랐다. 욕을 퍼부어대고 책갈피 속의 사진을 찢어 발겨도 분노가 진정되지 않았다. 당장에 쫓아가 그의 행동을 지시하고 제어하고 명령어 내리는 뇌 속의 어떤 장치를 산산이 부셔버리고 모든 윤리 도덕 가치관 사상을 약효로 잠재우고 오직 본능이 명하는 대로 행동하게 하고 자신이 당한 수모의 열 배를 되돌리고 싶었다.

땅바닥까지 추락하고도 여자는 떠오르지 못하고 주저앉았다. 세상의 무게는 다 짊어진 중죄인처럼 몸 하나도 주체하지 못하고 걷기조차 힘들었다. 자신의 인생에 티끌보다도 가치 없던 사람이라고 위로했다. 여자는 이런 극한 상황에서도 체념의 둑을 허물지 못하고 더 높이 담을 쌓아 올렸다. 단 한 번 그를 볼 수만 있다면 무슨 짓이라도 할 것만 같았다. 노예를 원한다면 손톱이 빠지도록 허드렛일을 하고 죽어달라면 죽는 척이라도 할 것만 같았다. 먼발치에서라도 한 번 볼 수만 있다면 바닥에 꿇어 앉아 무릎이 뭉개지도록 천 배라도 할 것 같았다. 여자는 무슨 이유를 갖다 붙여도 죽음 직전 소원처럼 그가 진실로 절실했다. 단 한 번의 행위는 사랑이 아니라고 비난을 한다면 이 맹목적인 집착과 몰두는 어디에서 기인되는 것인가. 이 엉뚱한 파문 때문에 자신의 삶은 더욱더 피폐해져 갔다. 이 광폭한 허기와 그리움의 굶주림은 뭐라고 명제를 붙일까. 죽어가는 영혼을 구원해줄 자는 원인제공자인 그 사람 외에는 아무도 없었다. 명치끝에 매달린 그리움의 허기 덩어리를 녹여줄 그는 어디에도 없었다. 그가 하룻밤 노리개로 농락했더라도 상관없다. 자신도 그 순간만은 진정 사랑이었다. 그의 부드러운 눈빛과 아련히 떠오르는 기억들, 자신의 몸 어두운 곳부터 밝은 곳으로 세세히 살피고 어루만지며 발끝부터 머리카락까지 사랑스럽고 예쁘지 않은 곳이 없다며 사랑이 넘치는 눈빛으로 들여다보지 않았던가. 그 순간만이라도 사랑하지 않고는 그런 이중적 구조의 모순은 나오지 않았다. 얼마나 오랜 시간 우물을 파고 그 물을 마시며 몇 번을 만나서 육체의 결합이 이루어져야 사랑이라고 말할 수 있겠는가. 단 한 번이라도 진실이 넘치는 눈빛으로 사랑한다고 말했다면 그건 사랑이다. 사랑과 이별은 처음부터 다정하게 손잡고 오는 것이라 했다. 인연과 악연도 거의 같은 맥락이다. 처음 사람을 만났을 때 인연이 되어서 만났다고 듣기 좋은 의미를 부여 하다가 반대 현상이 일어나 배신을 당하면 악연이라는 악의적인 종말을 고한다. 인연이란 처음을 보고 말하는 것이 아니라. 끝을 보고 말하는 것이다. 그 사람과 자신은 좋은 인연이라고 생각했는데 이건 악연이다. 이제 악연의 뿌리를 자르고 서로의 욕망이 부딪쳐 빛을 내던 색깔만을 곱게 접어 책갈피 속에 넣고 남몰래 꺼내 보리라. 훗날 빛바랜 흑백사진처럼 그가 떠오르면 하얀 추억을 들추어 보리라.

한 잎, 두 잎, 꽃잎이 떨어지듯 가로수 등이 꺼지고, 불빛이 숨어버리자 푸르스름한 새벽이 스멀거렸다. 여자의 가슴에 깊은 골을 파놓은 아픔이 지금 막 떠나가고 있다. 현실과 꿈의 경계를 두고 나직한 목소리가 들려온다. 부드럽고 고연한 목소리로, 이젠 잊어 보라고, 모든 것은 마음먹기에 달렸다고, 마음먹기에 따라서 산도 옮기고 바다도 옮길 수 있는 것이라고, 현실과 조화를 무시하고 마술사 흉내에 불과한 위험한 불장난을 했다. 여자의 행동은 어떤 형태로든 아픔과 비극이 잉태되는 것은 당연했다. 남자는 여자를 보면 본능적으로 배설을 느낀다고 했다. 그 사람도 인간이기 전에 수컷이고 수컷이라고 생긴 것은 모두가 그렇다. 암컷을 보는 순간 근원적 배설의 본능을 느낀다고, 드럼통에 밀가루 포대만 둘러놓아도 남자라면 배설의 욕구를 느낀다고, 그날 밤 자신과 같이 오랫동안 시간을 보내면서 성적 욕구를 느끼지 않았다면 그 사람 성기능이 멀쩡한 남자일까. 이제 바닥에 엎질러진 물 주워 담을 수는 없다. 대단했던 큰 것들이 작게 보이며 이제 곧 별 것이 아니게 될 것이다. 최저치의 작은 것을 최고치의 큰 것으로 또는 희망의 이름으로 바꾸고 보란 듯이 잊을 것이다. 냇물이 강물로 강물이 바닷물로 흘러서 간간한 소금물로 희석되듯 시간이 지나면 작은 것이 되어 의미 없을 것이다. 단순히 내 몸을 한번 훑고서 지나간 강풍 같은 사람이다. 그저 바람일 뿐이다. 여자는 그를 만나지 않았던 그 이전의 시간으로 돌아갈 것이다. 이 비는 한 차례 소나기였다고, 한 평생 살면서 누구나 한 번쯤 맞을 수 있는 소나기를 자신도 한 번 맞았을 뿐이라고, 갑작스럽게 쏟아진 소나기를 피할 수 없었을 뿐이라고, 원래 사랑은 벼락같은 것이라고, 벼락이 어느 날 어느 곳에 친다고 정해놓고 치는 것은 아니지 않느냐고.

체념이란 편안한 안식처다. 조금 전과는 다르게 손이 닿지 않는 바다의 섬처럼 그가 멀리 느껴졌다. 한 잎, 두 잎, 꽃잎이 떨어지듯 가로수 등이 꺼지고, 불빛이 숨어버리자 푸르스름한 새벽이 스멀거렸다. 하현달은 네온 속에 가려져 전설 속에 등장하는 늑대의 슬픈 눈동자만 같았다. 밤은 모든 것을 덮어준다. 흉물스런 콘크리트 웅크린 건물도 나약한 인간의 표정도 영혼을 내던진 홑껍데기뿐인 자신의 허수아비 같은 몰골도, 차라리 볼 수 없다는 것이 다행이다. 무참히 흔들렸던 여사는 휘청거리는 몸이 되어 훈기 없는 방으로 들어섰다. 문이 열리고 자신 안에 있던 허무한 뭔가가 바닥으로 떨어졌다.

방 안의 냉기는 싸늘하다 못해 뼈가 저렸다. 벽에 기대앉은 여자의 눈에서는 뜨거운 눈물이 흘러내렸다. 물먹은 스펀지의 무게처럼 온몸은 바위가 누른 듯 무거웠고 고열이 나기 시작했다. 떨리는 오한 속에서도 그의 미소는 피어났다. 걷잡을 수 없이 흔들리는 자신을 제어하기 어려웠다. 죽음의 도시에서 걸어 나와 어두운 길을 돌고 무덤 같은 방 안에 갇혀 시체가 되었다. 언제 형이 집행될지 모르는 기약 없는 날들이 이어지고 형이 집행되기 전에 죽어야 할 영혼. 난타당한 심장 중심에 불화살이 꽂힌 듯 고통스러웠다. 심장 한가운데 명중한 화살과 상처 사이에서 핏물이 뒤엉겼다. 그곳에서 아픔을 호소하는 아우성 소리가 들렸다.

"내가 저녁 사줄게."

"엄마한테 한턱낸단 말이지."

딸아이는 대화가 소통되는 친구 같은 아이다. 가끔 술자리를 하지만 밖에 나가서 먹는 경우는 흔하지 않았다. 야무진 살림꾼이다. 여자는 술을 마시고 딸아이는 음료를 마시지만 그것도 편의점에서 사다 마신다. 술집에서 한 잔 사겠다고 큰소리 칠 때는 가족들 생일날이다. 딸아이는 걷잡을 수 없이 흔들리는 여자 마음을 잡아줄 수 있는 안전장치다. 숨 가쁘게 내 달리기만 했던 고장 난 차량의 브레이크를 제어할 수 있는 유능한 정비사다. 여자에게 잔소리쟁이고 완벽한 보호자다. 다 죽어가는 자신을 구조할 수 있는 구급요원이다. 이제 자신이 쳐놓았던 울타리를 벗어나 미로 속을 두려움 없이 넘나들었던 시간들이 빨리 지나가길 바라는 마음뿐이다. 지금까지 여자가 살아온 날들보다 길고 지루했던 시간이었고 아프고 힘겨운 날들이었다.

"엄마, 나 창가에 앉아 있던 저 남자 알아."

"누군데?"

"저 자리에 혼자 앉아 있는 것을 여러 번 보았어, 웃기는 남자라고 우리가 놀렸지."

"아. 가만……."

"왜? 엄마 아는 남자야."

"엄마가 어떻게 알아, 저런 사람을."

"정색하긴."

칵테일 두 잔에 자신이 취한 것일까. 아니면 사람을 잘못

보았을까. 딸아이가 계산대를 향해 걸어가고 여자가 그 뒤를 따라가고 있었다. 창기에 앉아 있는 한 남자가 보였다. 이쪽으로 옆모습을 보이며 남자는 어디를 정해 놓고 본다기보다 피안을 보는 것 같았다. 단 한 번 만나 몸을 교환 했을 뿐인데 회로에 각인 되고 죽음 같은 고통을 안겨 주었던 사람, 틀림없는 그 사람이다. 저 남자는 왜 이곳에 와 앉아 있는 것일까.

여자는 차창 밖을 향했다가 어지러움 증이 일었다. 무서운 속도감 때문이었다. 승용차는 미친 듯이 아스팔트 위를 질주했다. 딸아이는 운전대를 잡으면 거의 날아간다.

"엄마 나 몰래 카메라에 잡히지 않는 방법을 잘 알고 있어."

딸아이는 연방 조잘거리며 과속 운행을 하고 있었지만 여자는 아무 제재도 않고 내버려두었다. 지금 이 순간은 과부하 걸려 소름끼치는 엔진 소음과 차체에 마찰되는 거친 바람뿐 여자의 귀에는 아무 소리도 들리지 않았다.

단편소설

가면무도회

칠흑 같은 어둠속에서 승용차 한 대가 산허리를 꺾고 있다. 겨우 농수레나 끌고 다닐 정도의 협소하고 비좁은 비포장도로다. 그때 맞은편에서 차량이라도 밀고 들어오면 오던 길을 다시 후진하는 상황이 벌어질 수밖에 없는 좁은 길이다. 며칠 동안 계속 내린 폭설로 산과 들판은 이불 홑청을 널어놓은 듯 새하얀 눈밭이다. 조수석에 앉아 있는 여자의 손바닥에는 땀이 났고 등줄기도 축축했다. 지난해 처음 올 때는 지금처럼 많은 눈이 쌓이지는 않았다. 비도 눈도 아닌 것이 흩뿌려지는 우중충한 날씨가 외딴 산장을 에워싸고 있었다는 것만이 여자의 기억 속에 또렷했다. 이곳을 찾을 때마다 날씨가 항상 궂었다는 것이 기분 좋은 징조는 아니다.

피할 수 없는 우운명 앞에 소오리내어어 울지 못하고오 까만 숯덩이 가슴에 안고오 삼켜버린 사나이 눈무우울…….

"근데 이 험한 곳에 무슨 볼일이 있어 가자는 건가?"

한두 번은 들었음직한 가사 같은데 아무리 쥐어짜도 제목이 떠오르지 않는, 한참 오래된 유행가를 운행 내내 흥얼대던 젊지도 늙지도 않은 중늙은이가 못마땅한 어투로 툴툴거린다. 사내의 머리칼은 염색으로 나이를 숨겼으나, 몇 가닥은 명주실처럼 귀밑으로 하얗게 삐져나와 있다. 사내는 굵은 거미줄이 엉겨있는 얼굴을 들어 여자 코밑으로 드리댄다. 이 여자가 이 험한 곳은 왜 가자고 하나 싶었을 것이다. 주름살투성이 사내의 얼굴을 눈 속에 담은 여자는 풋과일처럼 탱탱한 P의 얼굴을 오버랩 시킨다.

"눈이 쌓였어도 지형만 알면 감이 잡히지 않나?"

"거의 다 왔어요. 눈이 많이 쌓여서 그런지 어디가 어딘지 분간이 안 되네요."

여자는 사내의 얼굴에서 눈을 떼고 차창 밖으로 시선을 돌렸다.

사내는 아무 말 없이 싱글벙글거린다. 드라이브 한 건 따낸 것만이 다행이라 여기는 눈치였다. 사내는 연방 사나이 슬픔이 어쩌고저쩌고 흥얼거린다. '솔로사랑' 카페지기라는 이 사내는 5년 전 부인과 사별하고 하는 일은 중소건설사 대표라고 소개했다. 여자는 이 사내와의 만남은 오늘로 두 번째였다.

"어딜 가려고?"

차를 세워보라는 여자의 요구에 사내는 차를 세웠다.

"잠시만 기다려요."

이미 저만큼 걸어가는 여자를 바라볼 수밖에 없는 사내

는 영 못 미더운 눈빛을 숨기지 못하는 기색이다. 여자는 사내의 질문을 뒷전으로 흘리며 부지런히 걸음을 재촉한다. 여자는 사내에게 어디가 어딘지 모르겠다고 헷갈리는 척했으나 그 악몽의 장소를 모를 리가 있겠느냐고 중얼거렸다. 오히려 그날의 생생한 기억이 되살아나 여자는 가슴이 뛰고 내장 속이 울렁거렸다.

여자는 보폭을 좁혀 살금살금 이웃집 마당을 통과하고 고추밭에 들어섰다. 추석 보름달이 휘영청 떠 대낮 같던 그날의 기억이 생생했다. 이젠 갈 길을 가겠다고 선포하자 P가 주방으로 들어가더니 시퍼렇게 날선 칼을 들고 나왔다. 금방이라도 여자의 가슴에 그 칼을 꽂을 기세였다. 속으론 두려워서 숨이 멈출 것 같았지만 두려움에 떠는 것을 보이면 더 흥분할 것 같아서 애써 무시하는 척했다. 여자는 핸드백을 들고 자리를 박찼다. 하지만 현관문 앞에 당도하기도 전에 어디 한 번 가보라지. 하며 여자의 머리채를 틀어쥐고 밖으로 끌어내 고추밭으로 내동댕이쳤다. 그때 고춧대가 여자의 다리를 훑어 스타킹은 올이 나가고 종아리는 피투성이가 되었다. 만일에 여자가 말대꾸라도 했더라면 지금쯤 살아 있다고 장담을 못한다. 아무도 구해 줄 수 없는 깊은 산중에서 죽임을 당할지도 모른다는 위기의식과 공포

감에 여자는 숨이 막힐 것 같았다.

여자는 그 밤중에 도망칠 계획을 계산해 놓고 보름달을 이고 있는 깎아지른 험한 산을 쳐다보았다. 달빛이 대낮 같았던 그날과는 다르게 오늘은 칠흑 같은 어둠에 고춧대와 야채 줄기가 마른 낙엽과 뒤엉겨 형체를 알아보기 어려울 만큼 삭았고, 밭두렁만이 그때의 감각을 되살려주는 듯 여자의 신발 바닥으로 느껴졌다. 고추밭을 걸어 나온 여자는 산장 모퉁이를 돌아 입구에 들어섰다. 여자는 혹시나 안에 P가 머물고 있나 귀를 기울여봤지만, 댓돌에는 슬리퍼 한 짝 없었고 안에도 아무런 기척이 없다. 여자는 냇가 쪽으로 발걸음을 옮겨 봤으나 마찬가지였다. 단단한 얼음 밑으로 졸졸 흐르는 물소리 외에는 어떤 흔적도 찾아볼 수 없었다. 샛길을 걸어서 다시 방갈로 앞으로 올라온 여자는 그날 밤 탈출할 맘을 굳히고 감행하려던 찰나, 식칼을 들었던 손아귀의 힘이 빠지며 본정신으로 돌아온 P의 표정을 확인하고 탈출을 포기했다.

"나 사랑하지?"
산과 산장을 잇는 자그마한 출렁다리에서 상념의 바다에

빠져있는 여자에게 출렁다리 난간에 턱을 괴고 앉았던 P가 난데없는 사랑타령을 했다. 오랜 물살에 하얗게 바랜 자갈이 거울처럼 훤히 들여다보이는 청아한 냇물에서, 꼬리를 푸덕거리며 피라미가 주둥이를 박고 있는 바윗돌을 주시한 채 여자가 건성으로 응수했다.

"그럼."

뭔가 틀림없이 불리한 요구가 들어올 것 같은 불안한 조짐을 느끼며 여자는 조금 전 먹었던 소주와 삼겹살을 출렁다리 난간 밑 물속에다 게워내고 싶어졌다. 사랑이란 단어는 처음 며칠간 여자를 꼬드길 때 잠시 잠깐 문자로 써먹던 것 빼고는 실수라도 쓰지 않던 단어였다.

"고백 하나 해도 되지?"

P는 반쯤 물속에 잠긴 바위 돌에 던져두었던 시선을 거두어 여자의 얼굴로 이동하며 두 번째 질문을 꺼냈다.

"해 봐. 뭔데?"

여자가 출렁이는 맘을 들키지 않기 위해 낭랑한 어조로 위장을 했다.

"나 실은 그 쪽에서 아는 것보다 한 살 더 아래야."

담담하다 못해 뻔뻔한 표정으로 그러니까 이제 와서 너 어쩔래? 하는 눈빛으로 용케 간직했던 1급 비밀을 털어냈다.

"뭐? 거기서 또 내려 가? 기가 막혀서!"

여자보다 나이가 두 살이나 적다는 사실을 고백하고 얼마 되지 않았다. 눈치를 살피다가 여자가 기분 좋을 때쯤 나이를 살금살금 내리는 수법을 구사하던 P였다.

산장 주변은 온통 먹물을 풀어놓은 듯 어둠이 침전물처럼 고여 있을 뿐 여전히 어떤 것도 느껴지지 않았다. 금방이라도 흡혈귀가 튀어 나올 것만 같은 분위기였고, P가 머물던 산장은 시커먼 허공 속에서 상여의 휘장처럼 덩그러니 굳어 있었다. 그때 두 눈에 푸른 등을 단 고양이가 여자의 앞을 가로 질렀다. 변덕이 나면 매끼마다 핏물이 줄줄 흐르는 생선 대가리나 먹다 남은 고기 조각을 던져주다가도, 수틀리면 네 다리를 기둥에 묶어 놓고 불에 달군 쇠붙이를 들고 가까이 댔다가 떼었다가 해괴한 짓을 했다. 겁에 질린 고양이는 두 눈을 부릅뜨고 하얀 이빨을 드러내 야옹대며 날카로운 발톱으로 P의 손등을 할퀴었고, 화가 난 P는 달아나는 고양이를 끝까지 쫓아나서 잡아다가 고양이 이빨을 뽑아 버렸다.

여자는 다시 발걸음을 옮겨 P가 기거하던 방갈로 문 앞으로 다가섰다. 귀를 기울였으나 인기척 같은 것은 느껴지지 않았다. 댓돌 위에 소복이 쌓인 눈 위로 사람의 발자국은 보이지 않았고 방금 다녀간 고양이들의 발자국만 어지럽게 흩어져 있다. 또 한 개의 다른 방갈로에서 잠시 희미한 전등불 같은 것이 보이는 듯 했지만 자세히 살펴보니 그것 역시 헛것이었고, 산중에는 괴괴한 정적만이 쌓인 눈만큼이나 차곡차곡 쌓여갔다. 급히 산장을 빠져 나오던 여자는 누군가 자신을 따라 나온다는 강박관념에 사로잡혀 뒤돌아보니 역시 아무도 없었고 들어갈 때 자신이 찍어놓은 발자국만 얌전히 따르고 있었다.

"많이 늦었네?"

차 안으로 엉덩이를 들려놓는 여자를 본 사내는 생색을 냈다.

"미안요."

여자는 자신도 알 수 없는 대꾸로 얼버무리고 미안할 것까지는 없다는 표정을 숨기지 못한 채 엉덩이를 조수석에 내려놓았다. 사내는 언짢은 기분을 애써 지우고 구겨진 이마에 서너 마리의 지렁이를 보태 놓았다. 느릿하게 구르는 승용차 안에는 어느 여가수의 트로트가 해삼처럼 늘어져 흐느적거렸다.

"다른 음악 없어요? 경쾌한 음악 같은 거요."

사내는 그런 것은 얼마든지 있다는 듯, 누런 이를 드러내 놓고 씩 웃더니, CD박스를 뒤적거렸다.

"흐흐흐, 이런 거 말이지? 나도 느린 음악 싫어. 자고로 음악이란 신나야지."

어느새 빠른 박자의 음악이 발광을 했다. 사내는 그제야 신이 났던지 핸들에 손가락을 두들겨 장단을 맞춘다. 그런 사내를 물끄러미 바라보다가 여자는 양쪽 겨드랑이 사이로 두 손을 집어넣는다.

아랫마을 입구를 통과하자 개들이 단잠을 깨운 인간이 누구냐는 듯 자동차의 헤드라인 불빛을 향해 미친 듯이 짖 으며 헐떡거렸다. 창틈을 빠져나와 개들의 뒤쪽에서 이쪽 을 비추는 전등 불빛이 검은 어둠을 희석시키고 있었다.

어디로 잠적 했는지 차를 세우고 안으로 들어가 P의 거 취에 대한 궁금증을 알아내고 싶었으나 그만둔 까닭은 P의 마지막 부탁이 뇌리를 스쳤기 때문이다. '우리는 알았던 적 도 없었고, 본 적도 없었고. 전혀 모르는 사이인 거다.'

겨우 엉덩이 하나 들여놓을 수 있는 화장실에 쪼그리고 앉아 세면을 마친 여자는 어둠뿐인 단칸방으로 들어와 스 킨 병을 거꾸로 들고 토악질을 시킨 다음 눈, 코, 입을 뺀 피부에 문지르면서, 한 손으로 노트북에 부팅을 한다. 이때 정적을 깨뜨릴 만큼 요란한 핸드폰 벨이 울었다.

"고순옥 씨 되시지요?"

전혀 들어본 적 없는 생소한 목소리였다. 여자는 그사이 주변의 몇몇 남자들 얼굴이 파노라마처럼 넘어갔다.

"그런데요?"

여자는 평소 습관대로 온 신경을 곤두세워 경계를 늦추지 않았다.

"솔로사랑 카페에서 쪽지를 보냈던 사람이라고 하면 기억할까요."

"아!"

여자는 입가에 미소를 담았다. 그제야 생각났다. 경계심을 내려놓은 여자는 좀 전 까칠했던 목소리 톤을 버리고 상냥한 톤으로 교체했다.

"이런 속전은 기대하지 않았는데요."

여자의 목소리는 다른 사람으로 변했다.

"아 저도 이런 식으로 전화 드리는 것이 처음이라 쑥스럽네요. 우선 제 소개를 할게요. 올해 마흔을 넘겼고요. K그룹이 제 직장입니다."

처음으로 연결된 생면부지 남자가 망설임 없이 서둘러 자신의 신상명세부터 오픈시킨다.

자신은 솔로사랑 회원이라 했다. 본명임을 강조한 이 남자의 이름은 백종렬이라 했다. 그러고도 여자가 묻지도 않는 이런저런 자신의 신상을 자랑삼아 늘어놓았다.

"저는 강남 방배동 살고 있고 지금은 잠시 양평 고지대 별장에서 지내고 있어요. 저는 이런 곳이 좋거든요. 저 사는 이곳 경관 한마디로 끝내주죠. 방갈로에 누워 하늘을 수놓는 잿빛 눈송이를 바라본 적 있나요. 한번 상상해 봐요. 마치 스위스 설원 같아요. 저 이런 말 하고 싶지는 않지만 와이프가 후배 녀석하고 바람이 났어요. 그 광경을 목격한 저는 자살을 시도했죠. 5년 전에 그런 일을 당하고 지금까지 여자는 단 한 번도 쳐다보지 않고 살고 있지만 외롭다는 거 그런 건 몰랐어요. 그런데 결혼한 후배가 부러워지는 거 있죠? 둘이 말다툼하는 모습이나 요리를 해서 함께 먹거나 운동복을 아무렇게나 입고 서로 기대 앉아있는 모습 등. 그런 그림들이 우습게도 부럽더라고요. 이제 나도 가정을 갖고 싶다. 뭐 그런 생각이 들더라고요. 우습지요?"

P는 여자가 듣든지 말든지 무신경하게 혼잣말로 떠들더니 느닷없이 자신이 우습지 않느냐고 물었다.

"아니요 사람은 누구나 갖지 못한 것을 갈구하잖아요.

지극히 정상적인 바램이죠."

여자는 긍정의 의미가 담긴 대꾸로 맞장구를 쳐주었다.

"작년 봄이었나 그래요. 와이프. 아니. 이젠 와이프도 아
니죠. 전화를 걸어와서는 위자료를 더 달라는 거예요. 그런
데 가만 들어보니까 후배 녀석이 돈을 더 달라고 옆에서 시
키는 겁니다. 그 소리가 내 귀까지 들리더라고요. 어찌나
꼭지가 돌던지 그 순간 뚜껑이 열렸죠. 산장에 있던 술이란
술은 모두 다 퍼마시고. 술을 더 마시기 위해 차를 끌고 그
아래 호프집으로 갔지요. 결국 그것이 큰 사고를 불렀어요.
쇠파이프가 가득 실린 덤프트럭을 들이 받았어요. 후후.
아직 죽을 때가 아닌지 쇠파이프가 나를 살짝 비켜 조수석
유리문을 뚫고 들어왔어요. 그 반사 작용으로 내 차는 번
쩍 들렸죠. 한마디로 쇠파이프는 지렛대가 된 거죠. 당연히
면허 취소에 벌금까지 옴팍 뒤집어썼어요."

P는 여기까지 단숨에 설명을 하더니 뭘 하고 있는지 잠
잠했다.

"어휴 큰일 날 뻔 했네요. 천운 같아요. 그런데 차가 없으
면 매우 불편하실 텐데요."

"네 그렇죠. 처음엔 출근이 문제였어요. 고심 끝에 직원
들에게 부탁했죠. 출퇴근을 좀 시켜 달라고. 대학 동창 놈

94

들이나 직원들이 주말이면 교대로 찾아들 오거든요. 주말이면 산장에 분위기 제대로 납니다. 모닥불 피워놓고 냇가에서 주워 온 돌에 삼겹살을 구워 술을 마셔 보면 압니다. 진짜 낭만이 무엇인지, 일요일은 그놈들과 골프를 치러가요. 그리고 월요일 아침엔 그들과 함께 출근을 하지요.”

여자가 자신의 얘길 계속 듣고 있다고 판단했는지 듣지 않아도 상관없다는 것인지 여자의 대꾸가 없어도 제 말 듣고 있나요? 라는 확인 한번 날리지 않고 마치 신부님 앞에 고해하듯 혼자 몇 시간씩 자신의 얘기만 이어갔다. 이후로도 여자의 호응이 없어도 연극 대사 외듯 혼자서 대화를 하는 것이다. 듣고 있던 여자는 겨우 아. 그래요? 어머나. 어떻게 그런 일이. 와 같은 무응답 바로 위 단계인 추임새 정도만 넣어주었을 뿐이다. P는 지치는 기색도 없이 몇 시간이고 혼자서 말을 이어갔다. 계속 이어지는 P의 고백에 따르면 자신은 홀어머니의 외동아들이며 초년 과부된 홀어머니가 여의도에 수백억짜리 빌딩을 소유하고 있다는 것이다. 여자는 갑자기 텅 빈 머릿속에 뭔가가 콱 채워지는 느낌을 받으며 구미가 당겼다.

“혹시라도 어머니가 잘못되시거나 자식을 외면한다. 쳐도 남긴 재산이 누구 것이 되겠어요? 순옥 씨가 나랑 같이만

간다면 평생 손에 물 한 방울 묻히지 않아도 먹고 살 충분한 재산이 있는 거죠."

남자가 최종적으로 던진 떡밥은 여자에게 상당한 충격적 유혹이었다. 여자가 디테일하게 묻고 싶었지만 검은 속셈이 드러날까 봐 묻지 못했던 재산에 대한 정보를 묻지 않아도 스스로 흘리는 이 남자의 저의 같은 것은 따지고 싶지 않았다.

'이 구렁텅이에서 기필코 도망칠 거야. 이 기회에 지겨운 일터를 벗어나는 거야. 백마 타고 내 앞에 나타난 이 남자를 움켜잡고 놓지 말아야지. 나는 신데렐라가 되는 거야.'

여자는 신데렐라가 되어있는 자신의 모습을 상상만 하여도 여자는 풍선처럼 가슴이 부풀었다. 온열 제품 설명할 차례가 되었지만 여자는 자신의 차례가 되었다는 것을 잊어버리고 공상 속으로 들어가 욕망을 부풀렸다.

"뭐해요! 고순옥 선생! 마이크 안 잡아요? 명일점에서 좌천되어 강동점으로 쫓겨온 금애란 팀장이다. 귀염성 있는 미소 빼놓고는 볼품없는 몸매에 교활한 성품을 지닌 김 팀장은 출근 첫날부터 부산을 떨고 다녔다. 금애란은 여자가 일을 잘하든 못하든 상관없이 곱지 않은 시선에 말끝마다 무안을 주었다. 금애란 팀장이 강동점으로 출근하고부터 여자는 그만두고 싶은 맘이 하루에도 몇 번씩 들었다.

"이 온열 제품을 사용하지 않은 엄니들은 지금 위험수위에 노출되어 있습니다. 혈액이란 우리 몸에서 가장 중요한 역할을 한다는 것은 젖먹이 빼놓고는 다 아는 사실입니다. 사람의 체온 36.5도가 정상이지만 그 온도에서 1도라도 내려가 체온을 빼앗기면 혈액이 순환하지 못합니다. 백혈구는 우리 몸속의 혈액 내를 돌며 경비병 역할을 합니다. 온도가 내려가 혈액이 식으면 굳게 되고 굳으면 백혈구는 온몸을 돌지 못합니다. 굳은 혈액은 세균이 침입합니다. 이 사실은 모 대학 교수가 쓴 믿을 만한 논문에서 입증된 것입니다. 이 제품은 혈액을 녹여주는 의료기기로서 평생 끼고 살아야 하는 건강 지킴이입니다. 사랑하는 애인처럼 꼭 안고 계셔야 오래 삽니다."

고객들은 여자의 설명 중간 중간에 나지막한 탄성을 내뱉기도 하고 고개를 끄덕이기도 했다. 여자는 40분의 제품 설명을 마치고 고객들 사이에 놓인 의자에 다시 앉는다.

버스는 심하게 흔들렸다. 이미 사방이 어둑어둑했다. 목적지 중간쯤은 왔겠다 싶은 지역을 지나자, 첩첩 산중의 어둠이 버스를 그물처럼 에워싸고 있었다. 버스는 검은 허공에 매달린 조롱박 같았다. 마치 외줄을 타고 사는 여자의 처지와 같았다. 혹시 희대의 연쇄 살인마 유영철 같은 인간은 아닐까? 사이코패스 살인마들이 채팅으로 여자를 만나 유인하고 외딴 곳에서 죽인다고 하지 않던가. 혹시 오늘밤 죽임을 당하고 수장되어 먼 훗날 어느 못에서 사체로 발견되는 것은 아닐까. 야산 어딘가에서 백골 다 된 흉측한 모습으로 발견되어 매스컴에 대서특필되고 사생활이 전부 까발려지는 것은 아닐까.

"전화도 안 받고 문자도 안 받고. 오고 싶지 않으면 내가 포기 하죠. 이제 지쳐서 맥이 빠지고 있어요. 순옥 씨 맘도 이젠 알겠고. 내가 맘에 없다 이거네요."

퇴근길에 전철에서 열어본 핸드폰에 P가 보낸 장문의 문자가 들어와 있었다. 여자는 저녁마다 서너 시간씩 P의 일방적인 너스레를 들어 주었지만 마음에 든다든가 가고 싶다거나 그런 마음은 없었다.

다만 그 남자가 갖고 있는 화려한 스펙, 아니 솔직히 말하면 재산이 탐났다고나 할까. 특히 전처가 외국으로 데리고 떠났다는 P의 혹 아들마저도 본인의 피가 섞이지 않은 양아들이라는 귀가 솔깃한 조건 때문이다. 산장으로 찾아오지 않으면 포기 하겠다는 P의 협박 아닌 협박에 못 이겨 다소 위험했지만 퇴근길을 돌려 여자는 P를 찾아가기로 마음먹었다. 이 사람이 진짜 자신을 구원해줄 백마 탄 왕자일지도 모른다는 기대감과 혹여 넝쿨 째 굴러온 호박을 몰라보고 남에게 빼앗기는 것은 아닌가 하는 상상과 기대와 또 어쩌면 무서운 사이코 패스일지도 모른다는 두려움이 있었지만, 신데렐라가 되겠다는 일념 하나로 마음을 다잡고 길을 나섰다. 여자는 혹시 나쁜 쪽을 배제할 수 없어 책상서랍에 P의 주소와 전화번호를 적어 놓는 신중함도 잊지 않았다.

이 굴속과 인연이 된 지도 10년째다. 굴속 같은 월세방이 흡족한 것은 아니었다. 언젠가는 돈 많은 남자를 만나 이곳을 미련 없이 탈출하면 되었다. 여자는 무덤이나 다름없는 이 굴속을 이탈하기 위해 발버둥쳤다. 그러기에 여자는 하나뿐인 목숨을 내놓고 서바이벌 게임에 도전하고 있다. 여자 오빠가 부모님 사랑과 칭찬을 독차지했던 것과는 반대로 여자는 6살 때부터 이웃집을 돌며 도둑질을 했다. 처음 남의 물건에 손을 댄 일은 논둑에 벗어놓은 아저씨들

주머니에 있는 돈을 꺼냈던 일이다. 종아리가 터질 듯이 매를 맞고 난 이후 다시 도벽을 한 기간은 그리 먼 훗날이 아니라 일주일 뒤였다. 그 이후 중학교에서 퇴학을 당할 때까지 이어지는 도벽은 친인척 집으로 원정을 가기까지 했고 중단되지 않았다. 사랑 받는 사람이 잘된다는 속설이 있듯 여자의 오빠는 초등학교 때부터 1등으로만 승승장구 뻗어나가더니 부모님 소망에 부응한 듯 S대학교 법학과에 쉽게 입학 했고, 여자는 어머니 입버릇대로 도둑년을 벗어나지 못하고 말썽만 피우다가 퇴학처분을 받았다. 여자는 반발심으로 고무줄놀이를 할 때마다 여자애들의 치마를 훌러덩 걷어 올려놓고 히쭉거리며 냅다 뛰던 말썽꾸러기 왕대포 집 김마담의 아들 봉근이와 동거를 시작했다. 사랑 같은 것은 새끼손가락으로 찍어 먹고 죽으려고 해도 눈곱만큼도 없었고, 그 따위 딸자식 하나 없는 셈 친다고 입가에 게거품이 일도록 욕을 퍼대는 어머니와, 지게 작대기를 방문 앞에 세워놓고 몇날 며칠 벼르고 있던 아버지와, 흠씬 두들겨 패 걷지도 못하게 봉근이 오른쪽 다리를 분질러 놓았던 남동생과, 동네 창피하다고 죽기 전까지 본인 앞에 나타나지도 말라던 오빠와도 이젠 영영 끝이라고, 전부 다 자신과는 무관하고 자신의 가족이 아니라고 못을 박고 시작했던 동거였으나 어린 나이에 사랑이 아닌 순전히 오기로 시작한 동거는 그렇게 오래 가지 못하고, 딱 한 달 만에 마당한복판에 내던진 요강 단지처럼 두 동강으로 짝 갈라지고여자는 내친김에 밤차에 몸을 싣고 서울로 올라 왔다.

버스는 인적 없는 어둡고 한적한 정류장에 여자를 내려놓았다. 여자를 내려놓고 황급히 돌아서는 버스의 뒷모습을 바라보다가 여자는 버스를 돌려 세워 다시 되돌아 나가고 싶은 충동이 들었다. 그 시간대에 나와 있겠다던 P는 보이지 않았고, 옹골지게 불어대던 찬바람이 터미널을 서성이는 여자의 뺨을 세차게 후려쳤다.

'혹시 이 남자가 거짓으로 꾸민 일이 아닐까? 어쩌면 지금까지 유령에 홀렸던 것은 아닐까? 여기까지 유인해 놓고다른 사람을 시켜 해치려는 흉계는 아닐까?' 여자는 괴이한 상상까지 들었다. 시간이 경과할수록 내면에서 출렁이는 두려움에 스스로도 놀랐다. 그때, 핸드폰이 울림과 동시에 헤드라이트 불빛으로 길을 가르며 자동차 한 대가 여자 앞으로 다가왔다. 이 전화구나 싶어 여자는 핸드폰 슬라이드를 올렸다.

"아, 순옥 씨? 미안해요. 좀 늦었지요."

틀림없는 P의 목소리였다. 목소리를 확인하고 여자는 조여 맸던 긴장의 끈을 풀었다. 지금까지 상상하던 해괴한 것들을 미소와 함께 일각에 날려 보내고 나자 여자는 그제야 만면에 안도의 화색이 돌았다. 남자가 어떻게 생겼을지 감이 잡히지 않았다. 여자가 상상한 대로라면 남성다운 건장한 스타일에 약간 검은 얼굴, 호탕한 발걸음과 여유 있는 남자였다. 그러나 그런 남자는 눈에 뜨이지 않았다.

"이쪽으로요."

길 건너편에서 크다 할 수 없는 적당한 신장에 검은색 야구 모자를 눌러 쓰고 유난히 하얀 얼굴의 젊은 남자가 손짓을 한다. 그 순간 낯섦이 스쳐 멋적은 그 순간을 옅은 미소로 덮으며 발걸음을 옮겼다. 그쪽에서는 웃기는커녕 표정 없는 경직된 얼굴로 안녕하세요, 라는 인사 한마디 없이 뚱차라는 표현을 하고 싶어지는 허름한 승용차 뒷좌석으로 여자를 안내했다. 캄캄한 운전석에는 뒷모습만 보이는 젊지 않은 한 남자가 인사를 한다거나 그런 것도 없이 잠자코 뒷머리만 보이고 앉아 있었다. 운행하는 동안 P는 귀엣말로 화가야, 하는 말 외에는 차 안에서 어떤 말도 꺼내지 않았다. 그쪽에서 말을 않고 있으니 여자 역시 무슨 사연이 있나 보다 하고 입을 닫고 묵묵히 앉아 있을 수밖에 없는 상황이었다. 달리는 속도는 느린 것 같은데도 차는 어느 새 10분도 되지 않아 목적지에 도착했다. 산장 주변은 수십 개의 등을 달아 놓은 듯 대낮처럼 밝았다. 추석이 이틀 지난지라 정점을 찍고 내려오는 둥근 달은 검푸른 바닷물에 둥둥 떠 어디론가 떠나고 있는 모습이었다.

'지금 고기를 구워서 술 한잔 하고 있어요. 눈이 하얗게 덮여 이 세상 어떤 것도 안 보이네요.'

통화 중에 P가 했던 멘트가 여자의 뇌리를 스쳤다. 설경이 사람의 마음을 홀린다고나 할까. 그런 하얀 숲속이었다. 차량에서 내려선 여자가 그 자리에 꼼짝 못하고 서 있을 때, P가 여자의 손목을 덥석 잡더니 산 쪽으로 가자고 잡아들었다.

"순옥 씨 매력 있네요."

여자는 P의 유별나게 하얀 얼굴을 흘끔거리다가 갸름한 턱 선으로 시야를 옮겨 놓을 때 칭찬을 했다.

"종렬 씨는 고독한 미남이네요."

"저요? 버림받은 남자인데요 뭐."

하얗고 작은 얼굴 때문인지 P는 여자가 알고 있는 나이보다 10년은 더 어려 보였다.

"경관 좋지요. 저기서부터 여기까지가 다 내 땅이에요."

"여기가 다요? 와. 상당한 재력가네요."

광활한 이 지역이 모두 자신의 것이라고 소개할 때, 여자는 자지러질 만큼 놀랐다.

"놀라긴요. 50억 정도밖에 안 나가요."

여유로운 표정을 땡땡 언 냇가에 던진 P는 여자의 어깨에 자연스럽게 손을 얹었다.

"헉. 50억?"

여자는 어깨에 올린 P의 손길보다 돈의 액수에 기습당한 듯 움찔했다.

'이게 꿈인가 생시인가. 이런 횡재가 내게 오다니 이건 로또다. 로또야. 로또를 맞은 거야. 돈벼락을 맞은 거야. 잘만 하면 이 광활한 땅이 다 내 것이 될 수도 있겠어. 그래 내 생의 조도는 이게 최대치가 아니야. 결코 하층 신분에 척박한 일이나 하며 살 처참한 인생이 아니었어. 이런 행운은 평생 내게 오지 않을 거야!' 여자의 머릿속은 온통 수십억 이라는 거대한 땅덩이에 짓눌려 허우적거렸다.

여자는 주말마다 먹을 것 입을 것을 한차 싣고 험하고 멀고먼 산장으로 달려가 행운의 로또를 관리했다. 그때 P는 흡족하고 기쁨에 찬 표정으로 주섬주섬 받아서 냉동실이나 각각 들어갈 칸으로 채워 넣었다.

여자가 그런 식으로 투자하고 시간을 쪼개서 할애하던 어느 날 P가 갑자기 냉담한 태도로 돌변해서 여자를 반기지 않았다. 직장 일 때문이고 시간이 없다는 이유라며 일주일에 한 번 만남이 격주 만남으로 굳어졌다.

남녀의 만남이라는 것이 처음엔 남자가 숨 가쁘게 덤벼들지만, 어느 정도 시간이 경과하면 대게 여자 쪽에서 안달하는 것이 보통이라지만, 이 만남 역시 보통 있는 패턴으로 쏠리고 있다고 느끼던 여자는 어느 날 P에게 단도직입적으로 이유를 물었다.

"요즘 그렇게나 바쁜가? 주말까지도 직장을 나간다고 하니 말이야."

여자는 별 악감정 없이 했던 말인데 P는 놀랄 만큼 사나운 태도로 돌변했다.

"나 요즘 눈코 뜰 사이 없이 바쁘다고. 여자나 만나서 시시덕댈 시간이 없어. 바쁜 사람을 이런 식으로 의심한다면 이제 만나고 싶지 않아. 그만두자고."

이건 적반하장이라더니 어이가 없어진 여자는 이 남자 혹시 성격 파탄자 아닐까. 아니면 부유한 부모 밑에서 특별 대우받고 자랐다더니 귀한 도련님이라 오만하고 자기 외엔 아무도 보이지 않는 이기주의자인가.

그런데 또 이상한 것은 평소와는 다르게 은연중 상소리를 자주 내뱉고 생전 들어 보지도 못한 욕설까지 나왔다. 나름대로 험한 인생 살면서 단련 되었다고 큰소리치던 여자였지만 아무 대책이 서지 않았다.

여자는 도저히 이해가 가지 않았다. P는 처음과는 다르게 막말을 했고 양아치 같은 언동을 서슴지 않았다. 여자는 P에 대해서 아는 것이 하나도 없었다. 만나 며칠도 되지 않아 달라진 P를 알아차린 여자는, 자신이 언제부터 돈, 그런 것에 노예가 되었나 싶어 그 까짓것 포기하자 싶다가도 아니야, 지금까지 버텼는데 목적 달성할 때까지 참아야지 하는 오기가 생겼다. 여자는 다시 마음을 다잡고 P가 어떤 패악을 부릴지라도 살아남아서 끝을 보겠다고 다짐했다.

P는 점점 다중인격성으로 변해갔다. 어떤 날은 지나치게 여자를 의심하고 집착 했다가 어떤 날은 마음을 돌렸구나 싶을 만큼 여유롭고 침착했다. 종잡을 수 없는 행동을 시도 때도 없이 보였지만 그런대로 잘 버텨나갔다.

그렇던 P가 행방불명까지 될 줄은 미처 상상도 못했다. 곧 나타나겠지. 하고 며칠을 기다려 보았지만 나타날 기미는 보이지 않았다. 결국 여자는 P의 묘연한 행방을 찾으려고 연락 없이 오면 절대로 안 된다는 산장으로 찾아갔다.

능수버드나무가 축 늘어진 그늘 아래 목재평상에는 20만 원 받고 방갈로를 월세 주었다는 늙은 화가가 몇 개의 막걸리 통을 비워 놓고 그 옆에서 술을 마시고 앉아 있었다. 수돗가에는 여자가 오 갈 때 마다 차를 태워주던 P의 대학교 동창 J가 삐쩍 마른 정강이를 들어 내놓고 물을 받고 있었다. 이 남자는 얼굴이 대형 평수기 때문에 정강이가 저렇게 마른 줄은 상상을 못했다.

"어, 깜짝이야. 여길 어떻게 오신 거예요?"

여자를 발견하고 J가 눈을 동그랗게 뜨고 화들짝 놀랐다. 그 바람에 여자도 놀랐다.

"아니, J씨는 어쩐 일로 이 시간에 여기 계세요?"

여자는 이 사람이 왜 여기에 있을까 회사가 바쁜 시간인데. 하는 생각이 들어 황당했다.

"P는 어디 있어요?"

거두절미하고 일단 P의 소재부터 알아야 했다.

"저도 몰라요."

J가 물 받던 일을 멈추고 여자가 서 있는 쪽으로 어슬렁거리고 걸어 나왔다.

"안녕하세요?"

여자가 막걸리를 종이컵에 따르고 있는 화가에게 다가갔다. 뭔가 알고 있을 것 같은 느낌이 들었다. 평소 P가 화가하고는 말도 섞지 말라고 주위를 주었기 때문에 뭔가 있다고 판단했다. 여자는 정식으로 인사는 주고받지 않았지만 화가의 승용차를 탔던 첫 날 기억을 잊지 않았다. 당연히 화가는 자신을 잘 알고 있을 거라고 생각했다. 그런데 무슨 영문인지 화가는 여자의 인사를 받지 않았다.

"난 당신을 모르오."

화가는 무뚝뚝한 어조로 여자의 인사를 무시했다. 순간 화가의 태도에 여자의 얼굴이 화끈했다.

"지난번 차를 태워 주셨잖아요."

여자는 과장된 어투로 허공을 그었다. 아무리 화가라지만 주인집 손님한테 불손한 태도라고 한마디 쏴 주고 싶었다.

"흥. 한두 여자라야 말이지."

늙은 화가는 누구를 향한 대꾸가 아닌 주문처럼 중얼거렸다. 여자는 무슨 뜻인지 순간 멍했지만 설마 P를 가리키는 것은 아니겠지 싶었다.

"무슨 말씀이세요?"

여자는 가슴부터 쿵쾅거렸다.

"이 산장 주인이라고 사기 치는 놈 말이오. 그러지 않던 가요? 이 땅, 이 산장이 다 제 것이라고. 하하하. 이 땅이 요? 전부 내꺼요. 데려 오는 여자마다 다 제 것이라고 속이 고 내 땅부터 보여주니 어떤 여자가 싫다고 하겠소. 당신도 그놈 재산 때문에 걸려들었소? 그놈은 천하에 백수요. 집 도 절도 없는 거지란 말이오. 여자들이나 등쳐먹는 기생충 이란 말이오."

여자는 당최 상황 판단이 서지 않았다. 아무래도 이 영 감탱이가 술이 취해 헛소리를 하는구나 싶었다. 한참 동안 정신이 나갔던 여자는 어지럼증이 일었다. 그동안 미심쩍었 던 P의 행동거지들이 여자의 뇌리 속에서 하나 하나 되살 아났다.

"J 씨 지금 이 분이 무슨 말씀을 하시는 거예요? 이 산장 이 이 화가님 거란 말인가요?"

여자가 남자의 친구 J를 향해 외쳤다.

"아니. 사장님. 그런 소리를 왜 하세요!"

갑자기 닥친 일인 듯 J는 왕방울만한 눈동자를 이리저리 굴리며 노인을 꾸짖었다.

"흥! 하면 어때? 내가 화가라고? 난 그림을 모르외다. 날더러 화가라고 제 놈 위신 세우려고 나까지 끌어 들였다오. 나이는 몇이라고 합디까? 서른이라오. 서른."

노인은 작심한 듯 결연한 표정으로 악감정을 모두 게워냈다.

"이 산장과 땅이 화가님, 아니 이 아저씨 거란 말인가요? J 씨 솔직히 말씀 하세요. 다른 여자도 계속 왔었다고요?"

다리가 풀린 여자는 찌그러진 의자에 풀썩 주저앉았다.

"네, 그래요. 사장님 말씀이 다 맞아요. 그동안 순옥 씨한테 양심이 찔렸지만 그 인간이 보복할까봐 고백을 못했어요. 모든 것이 다 거짓말이에요."

J는 가두었던 봇물이 터진 듯 P의 죄상을 낱낱이 고했다.

"아가씬지 아줌만지 그놈은 숨소리만 빼고 다 거짓이라고 생각하소! 제 어미 재산이 있다는 것도 말짱 거짓말이요. 이곳에 찾아오는 여자들마다 똑같은 수작을 부렸어요. 항상 두세 여자가 교대로 찾아와요. 저 위 방갈로에 월세 든 놈인데 한 번도 월세를 낸 적 없고 2년이나 밀렸어요."

J가 하던 말을 막고 노인이 끼어들어 마무리를 했다.

"지금 그 사람이 어디 있는지 아시는 것 같은데요?"

거짓말 같은 이 상황에 여자는 어찌 할 바를 모르며 늙은이에게 물었다.

"알지. 알고 말고. 지금 죄를 짓고 구속 되었소. 여기 들락거리던 여자 목에 칼을 들이대고 죽이려고 했데요. 그놈 하는 짓으로 봐서 아마 여자한테 돈을 갈취하려고 하지 않았나 싶소. 그놈은 아주 흉악한 놈이란 말이오."

노인은 거기까지 단숨에 말해 놓고 세척이라도 하듯 막걸리 잔을 들어 벌컥벌컥 들이켰다.

"다른 건 다 배제시켜놓고라도 한 가지만 진실을 알고 싶어요. 나 말고 양다리 걸친 여자가 또 있었나요?"

여자는 순댓국집으로 J를 끌고 나와 술을 몇 잔 먹여 놓고 다그쳤다. 질문을 해놓고도 여자는 낯 간지러워서 웃음이 터지려 했다. 정말 알고 싶은 것은 산장과 재산과 신분이 아닌가? 그런데 그것을 묻지 못하고 왜 여자 문제를 먼저 꺼내는 것일까? 마치 재산은 관심도 없었다는 듯, 사람이 더 관심 있다는 듯. 여자는 자신이 P와 똑같은 속물이라는 것을 숨기고 싶었다.

"네. 모두 사실이에요. 갠 여자 안 가려요. 사랑 어쩌고 하지요. 다 거짓이고 미끼에요. 혹시 돈 같은 것 빌려 줬나요? 난 그런 걸로 알고 있는데요. 저는 개가 싫었어요. 싫다고 하면서도 떠나지 못한 나도 같은 놈이긴 하지만요. 중학교 때는 집안이 좋았다고 들었어요. 아버지 사업 실패로 하루아침에 쪽박을 찼고 이 친구는 그때 자살을 시도했대요."

"그럼 바람이 났다는 와이프도 꾸며낸 시나리오인가요? 교통사고 났다는 거는요? 아들이 있다는 것도요?"

모든 것이 거짓이라는 것을 아는 순간 여자에게 엄청난 혼란이 왔다.

"네. 모두 다 거짓이에요. 한 번도 결혼한 적 없는 총각인데 아들이 있을 리가 없잖아요. 교통사고라니요? 그 친구 면허증 자체가 없어요. 바람난 후배요? 걔 주변에 아는 사람은 저 말고 단 한 사람도 없어요."

J의 입에서는 엄청난 것들이 줄줄이 쏟아져나왔다.

한 시간쯤 달려서 도착한 그곳에는 오색 단풍이 불을 지른 듯 가을 풍경이 한창이었다. 여자는 울긋불긋한 풍광에 눈을 돌릴 틈도 없이 면회실에서 백종렬이란 사람의 이름을 접수증에 적어 넣고 접견을 신청했다. 가슴에 큰 돌을 얹어놓은 듯 여자는 울대 밑까지 숨이 턱턱 차올랐다. 붉은 벽돌색 의복을 걸친 P가 뿌옇게 얼룩진 유리 칸막이 건너편에 나타났다.

"왜 이제 왔어."

여자를 보자마자 P가 닭똥 같은 눈물을 뚝뚝 흘렸다. 여자는 그와 반대로 냉담했다. 오히려 참을 수 없는 분노가 치밀어 그 눈물에 침이라도 뱉어주고 싶었다.

"왜 거짓말을 했니? 철저히 속였더라."

"뭘? 무슨 소리야?"

P는 아직 상황 판단을 못하는가 싶었다.

"다 알았어. 모든 것을."

눈치 빠른 P가 무언가 감이 잡히는 모양이었다.

"알아? 그래? 알았다고? 친구 새끼가 그러디? 시발 좆같은 새끼."

모든 죄상이 드러났음을 알아차리자 P는 자리에도 없는 J에게 욕을 했다.

"아니야. J는."

여자는 모든 전모를 다 말해준 J는 보호하고 싶었다.

"그럼 화가가 그러디? 아니 화가가 아닌 것도 다 알았겠네? 후후후. 여기 나가서 니들 다 죽여 버리겠어."

그는 짐승의 눈으로 돌변했다.

"어디까지 가려고 했었니."

여자가 냉정히 따져 물었다.

"시발. 그래 좀 속였다. 그렇다고 도망갈 생각은 말라고.

저 영감탱이 죽일 때 너도 함께 죽여 버리겠어."

죄책감도 느끼지 못하고 날뛰는 그 남자 앞에서 할 말을 잃어버린 여자는 발바닥 밑으로 묵직한 인력 같은 것이 느껴졌다.

"2달 전에 정리한 여자가 있었어."

사내가 헤어진 여자의 얘기를 꺼내는 것 같았다.

"아니, 왜?"

관심 있는 화제 거리가 아니라서 여자는 심드렁하게 응수했다.

"꽤 미인이야. 그런데 여자가 어찌나 짠지. 밥 한번 안사는 거야? 알고 보니 겉모습과는 다르게 개털이야. 거지더라고……. 그래서 정리해 버렸지."

사내는 식당 계산대 앞에서 셈을 치르려다 말고 화장실에 간다는 말을 남기고 이쑤시개를 들고 사라진다. 그때서야 여자는 사내에게 당했다는 사실을 깨닫고 밖으로 나와 허공에 침을 뱉었다.

"뭐야, 저 새끼. 나보고 밥값을 내라는 건가? 거지같은 자식."

땅굴로 들어온 여자는 커피보트에 물을 끓여 컵라면에 부었다. 3분이 되는 동안 컴퓨터 앞에 앉아 부팅을 했다. 여자는 P를 만났던 카페에 들어가 탈퇴를 하고 새로운 싱글 사이트에 가입을 했다. 마흔 살의 여자는 굴속에서 건져 줄 로또를 찾아 끊임없이 노력했다.

단편소설

야바위꾼

고막을 째는 총소리였다. 하늘이 내려앉을 듯 엄청난 파열음이 지축을 뒤흔들었다. 방금 전까지 마주 앉아 이야기를 나누던 차남이 눈앞에서 쓰러졌다. 뒤이어 두서너 발의 총성이 또 다시 울렸다. 조금 뒤 둘째며느리가 허연 눈동자를 보이며 거실바닥에 코를 박았다. 그 두 사람의 가슴에서는 검붉은 선혈이 옷자락을 빠져나와 주변을 물들였다. 딸들도 총소리와 거의 비슷한 시간에 하나씩 떨어져 바닥에 나뒹굴었다. 지금 일어나고 있는 이 엄청난 일이 꿈인지 생시인지조차 가늠하기 어려웠다. 생지옥에서 장승처럼 뻗치고 서있는 짐승 손에는 서슬 퍼런 공기총이 들려있었다. 그 눈에서는 광기가 번득이고 있었다. 금방이라도 탄내 나는 총구멍을 내 가슴에 들이댈 것만 같았다.

나는 항상 불안하고 초조했다. 일종의 강박관념 같은 거였다. 수중에 돈이 떨어지고 허리춤에 찬 주머니가 가볍다 싶으면 불안증이 더욱 심했다. 돈의 강박관념에 사로잡힌 나는 주머니가 두둑히 채워져야 마음이 편안했다. 하늘을 나는 기분일 때는 주머니가 가득 채워진 날이었고, 주머니가 홀쭉한 날은 땅속으로 꼬꾸라지는 기분이 들었다. 이런 기분은 하루에도 몇 번씩 상승 고도를 탔다가 바닥으로 곤두박질치곤 했다.

 나는 애초부터 물질의 노예는 아니었다. 한창때는 돈 떨어지기가 무섭게 닥치는 대로 일을 했다. 개천바닥에서 모래 파는 일이며, 노가다 판에 나가 질통 지는 일이며, 새벽시장에 나가 벅벅 소리쳐 생선 파는 일이며, 그만큼 억척같이 일을 했고 눈물 콧물 다 짜내며 땀 흘려 돈을 벌었다. 그 돈으로 병든 남편을 부양했다.

 이제 내 나이 일흔다섯, 일하지 않고 가만히 있어도 무릎이며 요통이며 사지 육신 문드러지는 고통이 따르는 나이에 와있다. 일을 하고 싶어도 그 나이에 누가 써 주냐며 퇴짜 놓기 일쑤였다. 앞으로 남편의 약값이랑 생활비 등 줄어들지 않고 더 늘어날 판인데 들어오는 수입은 없고 지출은 여전하니 어찌 꾸려나갈지 막막할 뿐이다.

 내 자식은 오 남매나 되었다. 이 자식 중에 누구 하나는 우리 두 늙은이를 거두겠지 하고 맘 놓고 기대 했지만 이것이 다 부질없는 망상이다. 내 품에 안고 애지중지 기를 때와는 딴판이다. 제 짝 찾아 떠나간 이 후부터는 남의 자식이다. 자식은 품 안의 자식이라더니 내 속으로 낳은 자식이라도 제 짝이 우선이었지 낳아주고 키워준 제 부모는 뒷전이다. 지금 내 처지는 남들은 상상도 못할 만큼 비참했고 자식들은 비정하다. 그런 자식들에게 생활비를 달라는 말은 참말로 어려운 일이다. 더군다나 요즘 경기가 나빠졌다는 핑계를 대며 생일이나 명절 때 집어주던 용돈마저도 반으로 줄이겠다는 협박을 한다.

어떤 날은 누워 있는 제 애비에게 병원비가 어떻고 약값이 어떻고 떠들면서 짜증을 내기도 하고 눈치를 주는 것이다. 말끝마다 불경기 타령은 입술이 부르트도록 지껄이면서도 휴가 때마다 지들은 외국여행이다 명품이다 흥청망청 쓰면서 할 짓 다 하고 다닌다. 그놈의 불경기는 언제적 얘긴가, 내가 세상 물정을 아예 모를 줄 아는지. 지들끼리 떠들 때는 해외여행 이야기를 하면서 우리 두 늙은이 앞에서는 돈 없다는 앓는 소리와 불경기 타령이다.

이제 내 손으로 대책을 세워서 살아야 할 판이다. 남편이란 작자는 숨은 쉬고 있지만 있으나 마나한 짐 덩어리에 불과하다. 차라리 죽어 없어지는 것보다 못한 산송장이다. 걸핏하면 시도 때도 없이 피죽 섞인 설사나 쭉쭉 하고, 헛소리나 해대는 통에 나는 밤낮 가리지 않고 응급실로 약국으로 평생을 분주하게 뛰었다. 솔직히 남편이란 작자는 내게 의지가 되기는커녕 없는 돈이나 축내는 무용지물이다. 이건 죽은 것도 아니요 산 것도 아니요 쓸모없는 짐 덩어리에 불과할 뿐이다. 이제 자식들은 대놓고 영감이 죽을 때를 기다리는 눈치다.

차남은 결혼시켜 살림을 내놓았다. 그놈은 수단 있고 알뜰하여 나름대로 성공을 거두었다. 내가 떼어준 재산도 밑바탕이 되었다. 작은며느리는 자신의 친정집 덕이라고 우겨댔다. 그것은 어이없는 혼자의 주장이다. 내가 내어준 주춧돌이 없었다면 지들이 무엇을 밟고 거기까지 올랐을까. 내 새끼도 여편네 주장에 편승해서 같은 주장을 했다. 그놈은 여편네 악행은 눈치 채지 못하고 눈앞에 보이는 것만 진실인 줄 아는 쓸개 빠진 위인이다. 시집온 지 40년 동안 시부모 생일 한 번 챙겨준 적 없고, 명절 때도 안부 전화 한 통 없는 경우 없는 여자다. 혹시 제 서방이 내게 용돈이라도 주었을까 신경을 곤두세우고 제 서방과 나를 감시하는 못된 여자이기도 하다.

나는 한마디로 죽을 고생해서 키워 놓은 아들놈 하나 독한 독사에게 고스란히 보시한 꼴이다. 그놈은 제 누나들이나 내가 제 여편네 흉허물이라도 들추어내면 화덕 위에 올려놓은 미꾸라지처럼 펄펄 뛰었다. 시집 식구 무시하고 제할 노릇 못하면서 서방하나 구워삶는 데는 타고난 재주가 있는 모양이다. 제 여편네가 제 부모 형제에게 온갖 악행을 저질러도 죽는 날까지 까맣게 모르고 죽을 미련한 놈이다. 그 여자가 내뿜는 시퍼런 서슬의 근원지는 어디일까. 그것은 틀림없이 돈일 것이다. 이 세상 돈이면 모든 것이 다 먹히고 묻히는 세상 아닌가? 그런 독사에게 주눅 들어 사는 작은아들 놈에게 경제 원조를 바라는 것은 어리석은 일이다.

그놈이 돈 많은 여편네한테 기죽어 사는 쓸개 빠진 놈이라면, 큰아들은 어떤가? 큰아들 놈은 태엽 풀린 고물 시계 같은 놈이다. 온갖 정성 다 들여 키워 놓았지만 기대에 반의반도 못 미치는 등신이다. 그놈의 지금 처지는 있던 재산 모두 탕진하고 빈털터리가 되어 부모 형제 눈치나 살피며 죽지 못해 사는 인생이다. 그런 처지의 큰놈에게 용돈을 바란다는 것은 그야말로 환상이나 다름없다. 받기는커녕 오히려 내쪽에서 보태줘야 할 판국이다. 내게 딸 셋에 아들이 둘씩이나 있다지만 다들 그 지경이고 보니 살아갈 길이 막막했다.

그나마 의지할 곳은 출가하여 호적 파 간 둘째 딸이다. 막내딸이나 큰딸의 경제력은 도토리 키 재기로 비슷한 수준으로 궁상 떨며 살고 있다. 하지만 둘째 딸은 소문난 부잣집 마나님이다. 허나 딸이 부자라고 해서 무조건 도움을 받을 수 있는 것은 아니다. 사위 놈이 처가에 뭐라도 줄까 싶어 늘 감시를 한다. 제 집에 방문하면 은근히 살펴보다가 내가 나간 후 냉장고 문을 열어 무엇이 없어졌나 조사하고, 현관문 나설 때는 손에 무엇이 들렸나 안 보는 척하면서 살폈다. 비교적 선했던 딸년마저도 서방 놈한테 물이 들었는지, 매달 조금 주던 용돈마저도 끊겠다는 말로 목을 졸랐다. 한껏 용기를 내서 돈 얘기라도 꺼낼라치면 딸년은 제발 내 앞에서 돈 소리 하지 마세요. 하고는 손사래를 치고 나가버린다. 어쩌다가 손을 내미는 것도 굴욕적이다. 지난날 내게 애새끼들 다 맡겨놓고 지들 가고 싶은 곳 다 다니면서 식순이 취급했던 때가 있었건만 그 기억은 다 잊은 건지 잊은 척 하는 건지. 내 속으로 낳은 내 딸이지만 남처럼 낯설게 느껴지고 점점 눈치가 보인다.

하지만 아무리 부정해도 돈 있는 사람은 둘째 딸뿐이다. 무슨 수를 쓰더라도 잠가놓은 딸년의 곳간을 열어야 우리 두 늙은이가 살아갈 것이다. 그러나 자린고비 두 인사의 곳간을 이 늙은이가 무슨 재주와 용트림으로 열어 제낄까. 딸을 조종하는 사위 놈이 틀어쥔 곳간 문을 어찌 열 수 있을까. 하지만 산 목숨 잇기 위해선 치사하다는 망상도 비굴하다는 투정도 던져야 한다.

이제 나는 이 순간부터 비관적 단어 자체를 뇌리에서 지울 것이다. 자존심도 팔고 지조도 팔 것이다. 독사 며느리의 손도 잡을 것이다. 비굴하다느니 쓸개가 없다느니 그런 헛바퀴 도는 비아냥거림은 듣지 않을 것이다. 나는 이제 간 쓸개 모두 빼놓을 자세가 되어 있다. 내 목적을 달성하기 위해서는 며느리의 발목이라도 부여잡고 아양 떠는 여우가 될 수 있다. 너 최고다. 너 잘한다. 이런 낯간지러운 칭찬으로 추켜세워 주겠다. 원한다면 며느리 구두라도 핥을 자세도 되어 있다. 자존심이란 것 별 거 아니다. 죽음 앞에서는 모두 다 무너진다. 자존심, 그까짓 것 목숨 앞에선 하찮은 것이다. 내가 비굴해졌다고 누군가가 말한다면 비굴한 것을 따지자면 새삼스러울 것이 없다고 할 것이다.

나는 이미 비열한 삶을 살아 왔다. 돈 많은 자식의 새끼는

124

잘못을 저질러도 재롱 떤다고 칭찬했고, 없이 사는 자식의 새끼는 이유 없이 미워하고 쳐다보지 않았다. 돈 많은 자식이 내 집 마당에 들어서면 버선발로 뛰어나가 맞아 들였고, 못사는 자식이 들어서면 밥 얻으러 온 비렁뱅이 취급을 했다. 잘 사는 자식의 새끼는 눈에 넣어도 아프지 않았지만 못사는 자식의 새끼는 눈에 띄기만 해도 거슬렸고 하는 짓마다 짜증이 났다. 잘사는 자식이 사준 선물은 단돈 2만 원짜리도 20만 원으로 보였고 없는 집 자식이 사온 선물은 값비싼 물건도 후지게 보였다. 나는 지금까지 그렇게 살아왔지만 부끄럽거나 양심이 찔린 적은 단 한 번도 없었다. 이제부터는 수단과 방법을 가리지 않고 그 애들을 감동시킬 것이다. 그 애들이 나를 찾아와 내 앞에 돈뭉치를 내놓게 만들 것이다. 내가 이러지 않으면 어느 한 자식도 엄마 돈 여기 있소, 하고 돈을 내놓지 않기 때문이다.

나는 며칠을 두고 머리를 싸매고 고심한 끝에 기발한 아이디어가 떠올랐다. 큰며느리에게 누명을 씌우는 방법이다. 사실 큰며느리를 생각하면 양심에 조금 걸리기는 했다. 그러나 급한 불부터 끄는 것이 최우선이다. 빌어먹을, 그 양심이란 것이 밥을 주더냐? 옷을 주더냐? 그래, 약간의 속임수일

뿐 죽을 누명을 씌우는 일이 아니다. 이건 죄 축에도 들지 않는다. 자, 그럼 일단 실행에 옮겨보는 것이다. 우선 아들딸을 모두 불러 놓고 조작한 내용을 선포하고, 그것들이 놀라는 틈을 타서 본격적으로 그 틈을 비집고 들어가야 한다. 그 어떤 방법보다도 좋은 방법은 자식들에게서 동정심을 사는 방법이다. 측은지심을 최대한 이용하는 것이다. 이 방법은 틀림없이 성공하고 내게는 큰 무기가 될 것이다. 이 일이 잘 먹혀 들어가면 새우젓보다 더 짠 것들이 불쌍한 어미에게 용돈을 내놓을 것이다.

내가 며느리 목숨 빼앗는 것도 아니고 겨우 욕 좀 먹이는 짓인데 욕이 배 째고 들어가는 것도 아니다. 그리 죽을 만큼 큰 잘못도 아니다. 이것아, 네가 작은며느리처럼 능력이라도 있다면 왜 이런 치욕적인 수모를 당하겠느냐. 죄가 있다면 다 돈 때문이 아니겠느냐? 절대로 내 잘못만은 아니다. 나한테 당하는 것이 억울하거든 나를 욕하지 말고 이 야박한 현실에 침을 뱉고 능력 없는 친정 부모를 원망하거라. 큰아들놈은 가정에 충실한 녀석이 아니다. 신혼 초부터 월급 갖다주는 곳은 화투판과 술집이었고 제 맘대로 돈을 흥청망청 휘지르고 나다녔다. 어미로서 진작부터 그놈의 못된 버릇을 모르지는 않았다. 그렇지만 나 역시 며느리 몰래 그놈에게 얻어 쓰는 용돈이 있었던 죄로, 그것마저 끊어질까 두려워서 모르는 척 함구 했을 뿐이다. 점점 수세미가 되어가는 큰놈 집안 사정을 잘 알면서도 받아쓰는 내 입장도 편치는 않았다. 하지만 어미 된 입장으로 한 번쯤 충고는 했다. 그러나 근본적으로 나쁜 버릇이 해결되지 않는 한 누가 개입을 해도 나아지지 않는다. 큰놈의 집구석 사정을 낸들 어쩌란 말이냐? 어차피 깨진 항아리라면 그것을 잘만 이용하면 우리 두 늙은이 생활비는 해결할 수 있을 것이다.

이제부터는 귀신도 나를 도울 것이다. 양심이란 놈이 아무리 끈기가 있어도 내 발목을 끝까지 잡고 늘어지지는 못할 것이다. 굶어 죽을지도 모르는 우리 두 늙은이의 목숨. 아무도 찾아오지 않는 집구석에서 끊어질 목숨. 다시 이어가자고 내 양심 내가 판다는데 누가 뭐라고 할 것이냐. 남들은 온갖 살인과 사기 행각과 도둑질을 일삼고도 하늘로 머리 쳐들고 잘들 살아가고 있는 세상이다. 왜 나만 양심껏 살아가야 한단 말이냐. 나도 사실 일말의 양심은 살아 있어서 마음 한구석에선 죄 없는 며느리에게 누명을 씌우는 것이 맘에 걸리지 않는 것은 아니다. 그러나 돈의 위력으로 방벽을 완벽하게 둘러친 작은며느리 앞에는 감히 나설 수 없는 노릇이다. 자칫 잘못 건드렸다가 역효과를 불러와 작은아들과 어미인 내 사이가 악화되어 남보다 더 못한 사이가 될 수도 있다.

때마침 며칠 전에 큰며느리와 내가 말다툼이 벌어졌었다. 그때 그 당시는 매우 불쾌했지만 지금 곰곰이 생각해보니 그 일은 참으로 잘된 일이다. 왜냐하면 그 사건을 다시 재구성해서 자식들 앞에 내놓으면 훌륭한 상품이 될 수도 있기 때문이다. 그날 큰며느리와 내 싸움의 발단은 이랬다. 내가 자식들에게 생활비 조로 10만 원씩을 더 요구했던 다음 날이다.

"어머님. 아범이 대출받은 이자가 월급의 반은 빠져 나가요. 상황이 이런데 어찌 어머님 생활비를 올려 드리겠어요?"

"그만 둬라. 우린 굶어 죽으면 된다. 그렇지만 이 집을 팔아 달라는 말은 하지 마라. 절대로 못 판다."

"아니, 제가 언제 집을 팔아 달라고 했어요? 왜 억지를 쓰세요?"

"그게 그 소리지 뭐냐? 그러면 왜 여기 와서 하소연 하냐? 그래서 우리 생활비를 못 주겠다, 이 말 아니냐? 멀쩡한 내

자식 흠잡지 말고 그렇게 억울하면 이혼해라. 그렇게 돈이
좋으면 왜 우리같이 못사는 집으로 시집 왔느냐? 이제라도
돈 많은 놈에게 가거라. 나도 내 새끼 돈 많은 부잣집 딸하
고 결혼 시킬 테다. 그러면 서로가 깨끗할 것 아니냐?"

"뭐라고요? 어머님 그걸 말이라고 하세요? 으흐흑……"

나는 그날 며느리에게서 자초지종은 들어 보지도 않고,
아니 애당초 들어볼 생각도 없었다. 들어 봐야 돈에 대한 얘
기 일 테고 더 들어봐야 내 자식 흠잡는 얘기일 뿐이다. 그
런 얘기라면 내가 다 알고 있는 넌더리나는 얘기가 아닐까.
당연히 귀만 따가울 것이 뻔했기 때문이다. 그래서 나는 더
펄펄 뛰는 척 하며 막무가내로 며느리를 몰아 붙였다. 큰며
느리가 울면서 밖으로 뛰어 나간 후에도 나는 미친 것도 아
닌데 계속 악을 쓰며 날뛰었다. 내가 왜 그렇게나 모질게 몰
아붙이며 억울한 누명까지 씌웠는지 모를 일이다. 어쩌면 오
늘 이런 모사를 꾸미기 위해 그 같은 행동이 나왔는지도 모
른다. 참 신기한 일이다.

나는 자식들에게 집합 명령을 내렸다. 단 한 마디에 즉각
모여든 자식들을 흐뭇한 심정으로 바라보았다. 매우 흡족했
다. 지금 살아있다는 사실에 강한 만족감마저 느꼈다. 나는

딸들이 좋아하는 녹두빈대떡을 한 쟁반 부쳐놓고 소주도 대여섯 병 사다 놓았다. 녹두빈대떡 솜씨야말로 이 조선 팔도에서 나를 따를 자가 없다고 자부한다. 빈대떡은 당연히 잘 팔렸다. 잘들 먹어주는 자식들을 보니 옛날 저것들 키울 때 고생한 기억이 떠올라서 눈물이 찔끔 났다. 저것들을 짝지어 보내지 말고 다 데리고 살았으면 이 같은 궁상은 떨지 않아도 되었을 것이란 후회가 들었다. 말도 안 되는 망상을 잠시 하고 보니 스스로 쓴 웃음이 삐져나왔다. 더러운 욕망이라는 생각도 들었다. 출가를 시키지 않다니, 지나가는 개도 하품할 일이다.

차남 내외와 세 명의 딸 내외가 모두 모였다. 그 틈바구니에 눈치 없는 큰놈까지 끼어 있었다. 큰놈이 걸친 옷부터가 차남과 비교가 안될 만큼 싸구려 티가 풀풀 났다. 그 꼴을 보고 앉아 있자니 명치끝에서 울화통이 치밀고 올라오는 통에 그놈을 보고 있는 눈알까지도 불편했다. 저 지지리도 못난 놈은 누가 연락을 한 걸까. 분명히 부르지는 않았는데 고무신에 개똥 묻어오듯 끼어 앉아 있다. 지금이라도 쑥 빠져버리든지 눈치코치 없이 여기가 어디라고 묻어왔나 싶었다. 나뿐이 아니라 제 누나나 제 동생 내외도 저놈을 미워하고 무시하는 눈빛이 역력했다. 나도 사실은 어미로서 저놈이 불쌍하고 안타깝다. 하지만 인간으로 만들어진 형상은 다 똑같다고 봐야 한다. 세상은 돈 있는 놈의 편이다. 네 녀석이 돈이라도 있어 보아라. 내가 이렇게까지 비렁뱅이 취급을 하겠느냐. 부모 형제 자식이 뭣에 말라비틀어진 것이냐? 이 세상에서 돈이 최고다. 누구나 돈에 사족을 다 못 쓰지는 않지만 인간이라면 돈에 초연하지도 못하다. 원래 인간의 습성은 자기중심적이고 타산적이며 독사의 혀처럼 사악한 것이다. 어찌했던 저 녀석은 눈에 뜨인다는 것만으로도 짜증이 났다. 더 참을 수 없는 것은 저놈의 여편네를 보면 인상이 더 구겨진다. 아무튼 저것들을 볼라치면 먹은 음식이 목구멍 바로 밑까지 치받쳐 올라오는 것이다.

이 집안은 조상 대대로 술을 퍼마시다가 망조가 든 집안이다. 그러한 가문의 후손답게 자손들도 대대로 술 태백이다. 조상 대대로 술로 망한 집안이라 진저리가 나지만 오늘만은 저것들이 말술을 마셔주어야 승패가 나는 것이다. 그래야 내가 짜낸 아이디어가 착착 먹혀 들 것이다. 다행이 술에 취한 내 자식들은 안면이 불그스름했다. 이제 이만하면 되었다는 판단이 들었다. 나는 맘속에 준비한 봇짐을 풀었다.

"지금부터 어미 말 잘 듣거라!"

"뭔 일인데요?"

성질 급한 막내 딸내미가 소주잔을 들다말고 찢어진 눈꼬리를 치켜 올렸다. 막내딸은 피가 펄펄 끓는 다혈질 성격이다. 우물가에서 숭늉 찾을 만큼 급하고 감정조절이 잘 안 되는 대책 없는 성격이다.

"오냐, 말하마. 며칠 전 큰며늘애가 와서 하는 말인즉, 이 집을 당장 팔아서 애비 빚을 갚아 달라더라. 만약에 돈을 해주지 않는다면 단박에 이혼을 불사하겠다고 으름장을 놓는데 이건 거의 협박에 가깝더라. 그래서 내가 말하기를 당장에 해줄 돈이 어디 있느냐고 했더니, 글쎄 잡아먹을 듯이 눈을 까뒤집고 나를 구석으로 몰아붙이더구나. 내 억울하고 분하구나."

"엄마, 형수가 정말 그렇게 나왔어? 그렇다면 이제 막 나가자는 거야. 뭐야. 그 여자가 돌았잖아, 여기가 어디라고."

"그 여편네가 죽으려고 환장을 했나."

예상대로 모두들 놀라며 흥분을 했다. 큰놈도 내 말을 듣더니 제 여편네를 의심하는 눈치였다. 모두들 예상대로의 반응을 보였다. 그것을 보고 있자니 나는 자식들이 더없이 든든했다. 만약 작은며느리가 똑같은 짓을 했다고 말을 지어내도 저애들이 저렇게 흥분할까? 작은아들놈도 제 여편네가 똑같은 짓을 했다고 말해도 저렇게 믿어버리고 비아냥거릴까? 큰놈은 이미 신혼 때부터 제 여편네를 지켜주지 못했다. 제 여편네건만 편을 들지는 못할망정 꼭두각시처럼 저것들과 합세해서 더 흥분했다.

큰놈은 저 영감탱이를 그대로 빼다 박았다. 영감탱이 닮은 큰놈을 생각하니 옛 생각이 되살아나면서 영감이고 자식이고 싸잡아 욕이 나왔다. 저 영감탱이도 큰놈처럼 저랬다. 월급을 타면 제 어미에게 봉투째 갖다 주고 고부끼리 다툼이 일어나면 무조건 제 어미 편을 들었다. 그럴 때 나는 기가 막혀서 뒤로 넘어가 졸도를 하는데도 저 영감탱이는 끝까지 제 어미 편을 들었다. 작은 놈은 같은 뱃속에서 나왔어도 제 애비나 나사 빠진 큰놈 하고는 많이 달랐다. 제 여편네 위하기로 치면 장롱에 감춰둔 금붙이처럼 애지중지 했고, 명절 때 설거지라도 시키면 주방으로 쳐들어와 일하는 사람의 손목을 잡아채 친정으로 빼돌렸다. 누가 제 여편네 흉허물이라도 들춰내면 눈을 치뜨고 내려 뜨고 잡아먹을 태세로 여편네 편을 들었다. 큰놈이 하는 짓은 단 한 군데도 다르지 않고 저 영감탱이다.

나는 곁눈질로 자식들의 동태를 살폈다. 그리고 가장 초라

하고 가장 초췌한 표정을 지었다. 가급적 자식들에게 동정심을 유발시킬 생각에만 몰두했다. 큰며느리가 평소 선하고 돈 욕심 없다는 것을 잘 아는 딸들한테 이 수법이 먹혀들까 은근히 걱정은 되었다.

"엄마. 큰올케는 깔끔한 성격으로 물욕은 없잖아. 그런데 엄마한테 그런 경우 없는 소리를 했단 말이지? 난 믿어지지 않네."

둘째 딸이다. 그야말로 권력과 재력을 전부다 갖춘 일명 강부자다. 둘째 사위는 정재계에서 방귀 깨나 뀌는 인물이다. 나는 일찍부터 둘째 딸은 응원을 기대 하지 않았다. 원래 배부른 사람은 남의 일에 관심 없고 내 배 부르면 그만인 것이다. 저 딸이 성토의 공동 대상에게 시시덕거리며 비아냥 거리는 심리는 정말 미워서라기보다는 맞장구고 흥미 위주 일 뿐이다.

"아, 내가 직접 당했다는데, 내 말을 믿지 못하겠다는 거냐?"

내친김에 큰며느리의 숨통을 바짝 틀어쥐었다. 나라는 늙은이는 자식들에게 집착은 있어도 애정 같은 것은 모른다. 내 속으로 낳은 자식이지만 제 짝 찾아가면 남이 되는 것이다. 비정하다고 비난할지는 모르지만 따지고 보면 나만 나무

134

랄 일은 아니다. 사실 지들도 형제지간에 우애 있게 지내지는 않는다. 누구 하나 잘되면 배를 앓고 물고 뜯고 질투심으로 밤잠을 이루지 못하는 애들이다. 영감탱이의 형제들도 그랬다. 명절 때라도 잇속을 따져보고 이득이 있어야 고개를 내밀었다.

"그랬다고? 보기보담 다르잖아. 그년도 작은 년하고 똑같잖아? 다른 줄 알았더니."

그때 누군가의 입에서 내가 바라던 비난이 튀어 나왔다. 그러면 그렇지 팔이 안으로 굽지 밖으로 굽을 리가 있나. 이제야 딸들은 내 계획을 인정하는 분위기로 굳어갔다. 방 안 분위기는 큰며느리에 대한 분노와 강도 높은 비난으로 고조됐다.

큰놈은 처음과는 달리 알 수 없는 표정을 짓고 돌아 앉아 공기총만 닦고 있었다. 아주 어렸을 때는 냇가에 나가 물고기 잡는 것을 즐겼고, 좀 더 성장해서 청소년 때부터 사냥 같은 것을 좋아했다. 참새사냥, 토끼사냥 등등 눈밭을 뛰어다니며 짐승잡기를 즐거워했다. 성년이 되고 몇 년 지나서는 들짐승을 잡는다며 강원도 쪽으로 사냥을 떠나곤 했다.

"거봐라, 이놈아! 그렇게나 말려도 내 말은 듣지 않더니. 내 집에 재수 없는 촌년을 끌어 들여, 너도 망가지고 내 집 구석을 망치지 않았느냐? 이 자식아. 여편네 인물 파먹고 사는 줄 알았더냐? 여자는 뭐니 뭐니 해도 얼굴이 수수해야 복이 있는 거다. 그래야 아무 잡생각 않고, 애 쑥쑥 잘 빼놓고, 주제 알고 집구석에 처박혀 말없이 살림을 잘하는 거다. 인물 없는 여자라고 네 동생이 장가 안 간다고 얼마나 투덜거렸냐? 그때 이 엄마가 저런 여자를 얻어야 복이 있다고 밤새도록 구슬렸다. 그랬더니 저렇게 잘 살지 않느냐? 자고로 큰 기와집 대문 앞에는 드럼통만 한 여인네가 서있기 마련이지. 그 여자가 그 집 안주인이니라."

내가 지금 무슨 소리를 하고 있는지 모르겠다. 세상 뜬 지 오래되어 썩어 문드러져 흙이 되었을 시어른이 징그럽게 읊조리던 노래가 왜 이 시점 뜬금없이 내 입에서 빠져 나오는가 말이다. 준비 해두었다가 나온 말도 아니고 나도 모르게 그 흉악한 말이 새어 나오다니. 시어머니 생전에 내가 수없이 들었던 인신공격성 발언을 내가 내 며느리를 향해 그대로 하고 있지 않는가. 저주의 되새김질을 내 입으로 해놓고 나는 며느리에게 양심이 찔리는 것이 아니라 죽은 시어머니가 그 순간 저주스럽도록 미웠다.

그때 주둥이는 가죽이 모자라서 뚫어 놓은 것도 아닐 진데 왜 대들지 못했을까. 이제 와서 생각하니 원통하고 절통해서 참기 어려웠다. 그러나 지난일 생각해서 무엇에 써먹을까, 나는 그 기억을 잊기 위해 소나기 맞은 개처럼 세차게 머리를 흔들어서 털어냈다.

"흥. 그 여자가 자기 주제를 몰라요. 촌구석에서 대도시로 시집 왔으면 찍소리 말고 시댁에 잘해야지 서방한테 두들겨 맞지 않고 사는 것도 복인 줄 알지. 요즘 여자들 어떻게 사는지 알아? 식당으로 노래방 도우미로 내몰려 돈 벌고도 서방이 여편네를 복날 개 패듯이 잡는다고. 그 반반한 얼굴과 그 좋은 언변 가지고 왜 밖에 나가서 돈 벌지 못하고 집구석에 박혀서 서방만 잡아? 그년을 가만 뒀어? 그 촌년을?"

어린 나이에 시집은 일찍 갔으나, 서방 놈 잘못 만나 고생하는 막내딸이다. 산전수전 공중전까지 다 겪어선지 내 속이 시원하도록 야무지게 제 올케를 성토했다. 이제야말로 나의 묘책이 먹혀드는 것 같아서 일단 안심이 되었다. 역시 세파에 시달린 막내가 세상 물정 모르고 남편 덕에 공주처럼 살아온 둘째보다 과히 입심이 좋았다. 사실 멍석을 펴 놓고 노래나 한마디씩 부르라고 했는데 북 치고 장구 치고 잘들 놀아주고 있다. 나는 너무나도 기쁜 마음에 속으로 만세 삼 창을 읊조렸다. 어쨌든 이만 하면 됐다 싶었다. 이제 본 게임 에 들어갈 차례였다. 큰아들놈은 차라리 없었으면 하는 눈 치를 주었지만 여전히 그 자리에 털퍼덕 앉아 있는 것이다. 그대로 앉아 있어도 상관없기는 했다. 앉아 있어 봐야 말 한 마디 못하는 주변머리니 있으나 마나가 아닌가. 그런데 때 마침 눈치를 챘던지 닦고 있던 공기총을 들고 일어난다.

"비렁뱅이 주제에 사냥이라니. 그거야 돈깨나 있는 사람이 돈 자랑 하느라 하는 스포츠지, 아니 제까짓 것이 사냥이라 니 가당찮기나 한가? 하여간 한심한 작자야."

밖으로 나가는 큰아들 뒤통수에 대고 작은아들이 비아냥 거렸다. 나는 작은아들이 내뱉는 욕이나 다름없는 비아냥거 리는 소리를 들으면서, 누가 아니라더냐? 하고 거기에 딱 맞 는 추임새를 넣었다. 큰아들은 못 들은 척 머리통을 떨어뜨 리고 문지방을 넘었다.

"얘들아, 엄마 말 좀 들어 보거라. 니들이 날 주던 생활비 를 반으로 줄인다고 했지 않느냐? 그렇게 되면 우리 두 노인 네는 어떻게 살겠니? 그래서 곰곰이 생각하다가 니들을 불 렀다. 생활비를 반으로 줄이면 절대로 안 된다. 그 대신 내 목숨 같은 이 집문서를 넘겨주겠다. 그러니 아무 소리 말거라. 자아, 어떻게 하겠니?"

"엥. 엄마. 그게 진심이유? 누나 우리가 어젯밤에 꿈을 잘 꾸었나봐. 거 참 좋은 의견이시오. 그런데……. 욕심은 나지만 혼자서는 부담되고 생활비 내놓지 못하는 놈 빼놓고 우리 사남매가 똑같이 나누어 가집시다."

예상대로 가장 탐욕스러운 작은아들이 속내를 드러냈다. 내 예감은 절묘하게 딱 들어맞았다. 작은아들은 돈이라면 눈에 불을 켜고 달려드는 인사였다.

'흐흐, 이것들아. 이 어미가 이런 파격적 제안을 할 때는 다 생각이 있는 거야. 내게 집문서는 구렁이 알 같은 존재라고. 니들이 집문서를 백날 수중에 넣고 있어 봤자 내 인감 없이는 이 집을 함부로 매도하지 못한다. 내가 언제 죽을지 모르니 생활비는 기약 없이 내놓아야 한다. 이런 식으로 계속 나간다면 시간도 벌고, 두 늙은이 몇 해는 더 버틸 수 있다. 중도에 내 속셈이 드러나더라도 큰 문제는 아니다. 그때 지들 속였다고 제 어미 고소할 텐가? 그때 가서 집문서를 회수하고 다시 계책을 세우면 될 것이다. 저것들이 굳이 이 집을 매도하겠다고 우긴다면 그래라 하고 대신 병든 두 늙은이 죽을 때까지 수발 들라고 하면 집문서고 뭐고 혼비백산

해서 물러날 것이다.

나는 요즘 때 아니게 행복해서 비명이 절로 나올 지경이다. 애써 부르지 않아도 자진해서 퇴근길에 자식들이 몰려온다. 집으로 온 애들은 술을 마시거나 집문서를 화제 삼아 떠들다가 마지막에는 큰며느리 흉허물을 들춰내는 일 따위로 심심풀이 하다가 돌아가곤 했다. 이 집 족속들은 원래 속물이라 돈에 대해서만은 시퍼런 칼처럼 냉정하고 비정하다. 형제간의 흉허물을 덮어 주기는커녕 누가 조금 흠이라도 잡히면 성토와 비난의 대상으로 삼는다. 그때 발언권은 경제력이 좌우한다. 이 집안 형제들의 서열도 경제력이 좌우했다.

"누나. 뺄 놈은 빼고 우리끼리 결정 봐서 나눠봅시다."

"그거야 당연하지. 이 집문서 한 귀퉁이 제 놈도 욕심나면 엄마 생활비 내놓고 덤비라고 해. 그러나 제 놈이 돈이 어디 있겠어. 요즘 다 말아 먹었다던데. 하하하. 원래 온실에서 키운 식물은 밖으로 내놓으면 금방 시든 다우. 형은 우리 엄마의 최대 실패작 아니우?"

"그만들 해라. 내 자식 잘못 되라고 시루떡 쪄놓고 내가 빌기라도 했단 말이냐? 자식은 다 똑같아. 니들도 손가락 깨물어 보거라. 안 아픈 손가락 있는 줄 아느냐"

"그래요? 흐흐흐. 엄마가 자식을 똑같이 생각한다고? 솔직히 입술에 침이나 바르고 그런 말 하시우. 엄마는 솔직히 돈으로 서열을 정하잖우."

"시끄러워. 낸들 그렇고 싶어 그러겠냐?"

저 애들 말이 틀리지 않는 것이, 나는 딸 셋을 내리 낳고 아들을 못 낳아 고추 당초보다 더 매운 시집살이를 했다. 그래도 그 매운 시집살이를 견디며 기다리던 끝에 첫아들을 낳았다. 불공은 물론이요, 팔도 귀신 다 불러 놓고 사정한 끝에 낳은 아들이었다. 첫아들은 잘생기고 튼튼했다. 나는 큰놈에게 내 인생을 걸었다. 큰아들은 나의 자존심이다. 곧이어 연년생으로 둘째 아들이 태어났다. 작은아들은 큰아들에 비해 외모도 지능도 뒤떨어졌다 나는 그래서 더 큰아들에게 집착했다. 조석으로 살피면서 잘못 되면 어쩌나 노심초사 했다.

4남매가 모여서 집문서에 대해 각자 세밀한 분석에 들어갔다. 각자 제 쪽으로 이익을 계산하고 타협했다. 당연히 큰아들을 제외하고 4명이 똑같이 나누기로 합의를 보았다. 문제는 집문서 보관할 사람이다. 그중에 작은아들이 유일하게 남자라 그쪽으로 넘겼다. 사위가 개입한 딸보다는 아들 집에 두는 것이 내 쪽도 훨씬 안심이 되었다. 작은아들은 철저했다. 큰아들에게 단 한 푼의 재산도 주지 않겠다는 각서를 쓰라고 요구했다. 나는 요구 하는 대로 써주었다. 큰아들도 하라는 대로 말없이 써주었다. 똑같은 배분으로 분배하자는 계약서를 써서 나누어 들고 자리에서 일어났다. 집문서는 덜렁 내주었지만 나는 애들 뒤에서 자꾸만 웃음이 터지려는 것을 억지로 구겨 넣었다. 돈 계산이 빠삭한 애들이 이런 식의 계산을 했을 것이다. 매월 10만 원씩 내놓아도 1년이면 120만 원, 2년이면 240만 원밖에 안 된다. 아무리 현금이 나간다 해도 날아가는 집값을 따르지 못할 것이다. 우리 두 늙은이가 나이가 많으니 얼마 못가 죽는다고 생각했을 것이다. 예상대로 맞아 떨어지지 않더라도 그때는 자신들도 늙을 것이다. 혹여, 그때 가서 예상대로 집값도 오르지 않고 두 늙은이가 죽지 않는다 해도 큰 손해는 아니라고 생각했고 보험 들어놓는 셈 친다고 생각했을 것이다. 이제 가장 걱정했던 생활비 문제는 나의 영특한 머리 덕분에 해결됐다.

내 재산이라고는 25평 이 집 한 채가 전부다. 큰아들이 제 재산만 말아먹지 않았어도 이번처럼 처참하게 홀대하진 않았다. 오직 그놈이 인물이 되기를 기대했다. 순하고 착한 아들이었다. 부모 형제에게 제 속내를 내보이지 못 하는 순동이었다. 사냥은 한다지만 들짐승 한 마리 잡아오지 못하는 마음 약한 아들이다. 사실 나는 마음으론 귀하게 키웠어도 물질로는 해준 것이 없었다. 작은아들에게는 한 살림 뚝 떼어 내보냈지만. 큰애는 그 반대였다. 결혼 시킬 때도 그랬다. 작은아들처럼 집을 한 채 사주지도 못했고, 작은며느리처럼 융자받아 바리바리 패물을 해 준 것도 아니었다. 사실 전세방 한 칸 얻어주지 못했다. 큰아들을 빈 손으로 내보낼 때 이 집은 네 집이다. 이 집을 물려준다는 약속만 수없이 했다.

이제 모든 것이 깔끔하게 정리 되었다. 속이 시원했다. 나는 잠을 청하려고 자리에 누웠다. 낮에 있었던 일들이 생각났다. 그중에서도 욕심 많은 작은아들이 떠올랐다. 작은 놈은 많은 재산을 소유 하고도 가장 탐욕스러웠다. 나쁜 자식, 두고 보라. 네놈이 사기 그릇 박살내듯 내 집을 산산 조각내서 제 집으로 들쳐 매고 갔지만 이 집이 네 것이 되나 두고 보자 이놈아. 이 집은 엄밀히 말해서 네놈 형 몫이다. 그걸 잘 아는 녀석이 제 형 따돌리고 통째로 집어 삼키려 들다니 나쁜 녀석……. 작은 놈은 그전에도 그랬다. 제 형 몫인데도 인정하지 않았다. 차라리 이 집을 빈곤하게 살고 있는 동생이나 누나를 주라고 공공연히 떠들었다. '엄마, 이 집 말인데, 그 녀석에게 절대로 주지 말라고. 알았지? 그 녀석은 그만큼 대접 받고 컸잖아.' 하고, 주지 않아도 된다는 논리를 늘어놓았다. 그렇게 미련을 두었던 이 집 한 귀퉁이 차지했으니 그놈이 오늘밤 미칠 듯이 즐거웠을 것이다. 차별대우 받으며 자랐다고 말끝마다 분노하던 녀석이었다. '집문서를 받아드는 순간 차별 대우 받던 회한이 스쳤겠지. 보상 받은 기분이었을 것이야. 가슴에 넣고 입을 다물지 못하고 히쭉거렸을 것이야.'

그러나 실은 이 집문서는 히쭉거릴 만큼 가치가 있는 것이 아니다. 매우 합리적으로 배분된 것 같지만 조금만 깊게 생각해 보면 석연치 않음이 드러나고, 오히려 손해라는 것을 알아챌 것이다. 분명히 그 집문서는 이틀이 못가서 다시 내 손으로 되돌아온다. 그러니까 작은아들이 손에 잡은 집문서는 빛 좋은 개살구인 셈이다. 작은며느리는 이틀을 못 넘기고 집문서를 들고 달려올 것이다. 집문서 문제는 작은며느리에 의해서 매듭 지어질것이다. 움켜쥐는 것만이 능사라고 생각한 미련한 작은아들만 모르는 것이다. 보물을 내놓듯 남편이 집문서를 내 놓으면 작은며느리는 도끼눈을 뜨고 남편을 후려잡을 것이다. 그리고 당장에 들고 뛰어 올 것이다. 집 문서 안에는 이런 내막이 깔려 있다. 두 노인을 봉양하고 제 사까지 모셔야 하는 막중한 책임이 숨겨져 있다. 이미 병든 노인이 자리보전하고 누워 있고, 나마저 병들어 방구석에 털썩 드러누우면 그 수발은 집문서 잡은 사람의 몫이다. 또한 우리가 죽고 나면 그 많은 귀신들 제사까지 맡아야 할 것이다. 제사가 밥 한 그릇 국 한 대접 떠 놓고 고개 꾸뻑 하는 것도 아니다. 구색 맞춰 제사상에 올려야 함은 물론이고, 5 남매나 되는 가족들이 줄줄이 떼 지어 몰려오면, 그 많은 식구 다 먹여야 할 판이다.

그것을 모두 준비한다고 쳐보자. 지지고 볶고 할 것을 생 각해 보면 비용이며 시간이며 끔찍할 것이다. 그때 가서 알 아차리고 거부해야 그때는 이미 때는 늦는다. 그러지 않아 도 이혼한다는 말을 입에 달고 사는 큰아들이다. 불안정한 가정을 겨우 꾸려 나가는 큰며느리다. 그때 병든 우리를 맡 으라고 떠넘긴다면 순순히 받아들일까. 더군다나 재산 한 푼 떼어주지 않았다. 그런 큰며느리에게 우리가 무슨 염치로 갈 것이며 간다고 해도 받아 주지도 않을 것이다. 그렇다고 풍족하게 사는 딸들이 병든 우리를 맡아줄까? 하늘이 두

쪽 나도 그런 일은 없을 것이다.

그렇다면 이기적인 딸들이 집문서 내막을 몰랐을까. 딸들은 처음부터 알고 있었다. 그런데도 작은동생에게 선심 쓰는 척 집문서를 맡으라며 던져 준 것이다. 함정에 빠진 것은 작은아들이다. 작은아들은 전혀 눈치 채지 못하고 그것을 움켜쥐고 나갔다. 그제야 작은며느리는 속았다는 것을 알아채고 시누이들을 괘씸하게 여길 것이다. 정신이 번쩍 들고 아찔할 것이다. 작은아들도 그땐 멋모르고 히쭉거렸지만 돌아가는 판도를 알고 나면 자다가도 벌떡 일어 날것이다. 사실 작은아들이 아쉬울 것은 하나도 없다. 본인의 자산이 본가 재산의 열 배나 된다. 그런데 뭐하게 그런 화근 덩어리를 떠안을까. 약아 빠진 작은며느리는 화근 덩어리인 집문서를 절대로 떠안을 여자가 아니다.

역시 짐작한대로 다음날 날이 새자마자 작은며느리가 집문서를 들고 득달같이 달려왔다. 그래도 이틀을 잡았지만 단 하루만이었다. 몸집은 크지만 여우처럼 약아 빠지고 영특한 여자였다,

"어머님. 제 말씀 잘 들으세요. 이 집문서는 아주버니를 드

려야 해요. 이렇게 찢어발겨 나눠 가지면 모양새가 좋지 않잖아요. 제사는 우리가 지내더라도 이 집은 처음부터 아주 버님 몫이라고 들었는데요. 우리는 집문서 못 맡아요. 다시 돌려드리겠어요. 부모님 생활비는 절반만 드리도록 하면 되잖아요."

작은며느리는 내 쪽으로 집문서를 내밀며 음흉한 속셈을 감추고 너스레를 떨었다. 10만 원을 반으로 줄인다는 작은며느리의 말에 놀라긴 했지만 우선 집문서를 받아놓고 볼 일이었다. 그렇지 않아도 저걸 내주고 허전해서 밤잠을 설치던 참이었다. 물론 돌아올 것이 당연히 돌아온 것이다. 나는 방바닥에 놓인 집문서를 얼른 집어 들었다. 작은며느리가 맘이 변해 다시 집어들것만 같았다.

"듣고 보니 작은 애야. 네 말이 옳구나."

"네 저는 어머님을 생각해서 이러는 거예요."

작은며느리가 화근 덩어리 집문서를 처리하고 돌아가는 길은 한결 가벼웠을 것이다, 삼 년 체증이 쫙 뚫리는 기분을 느꼈을 것이다. 작은아들도 처음엔 여편네의 맹한 짓을 지켜보고 있다 한심하게 보았을 것이다. 그러나 자초지종을 듣고 나서 가슴을 쓸어내리는 표정을 지었을 것이다. 하기는 제 여편네가 하는 일은 어떤 것도 이유를 달지 않는 놈이다. 그리고 이렇게 말했을 것이다. '역시 똑똑해. 영특해.' 어미와 제 누나들의 잔꾀를 알아내고 알려준 여편네가 너무도 고마워서 들쳐 업고 100평이나 되는 큰 집 안을 빙빙 돌았을 것이다. 우여 곡절 끝에 다시 돌아온 집문서는 내 가슴에 잠시 안겼다가 다시 장롱 깊숙한 곳으로 들어갔다. 장롱 속에 들어간 집문서는 내 목숨 같은 것이었다.

어느 해 남편의 목숨이 경각에 달렸었다. 지병이 악화된 남편은 금방 죽을 것 같았다. 당연히 큰돈이 필요했다. 남편 형제들은 집을 팔아 돈을 마련하라고 윽박질렀다. 그러나 나는 거부했다. 저 양반 죽고 나면 애들하고 어찌 살아가야 하냐고 항변했다. 천하의 독한 년이라고 그들은 욕설을 퍼댔다. 나는 어떤 소리를 들어도 집문서를 두 손에 꽉 움켜잡고 놓지 않았다. 이번엔 죽어 가는 사람부터 살리자고 회유했다. 그런 악조건에서도 버텨내며 팔지 않았던 목숨 같은 집이다. 이 집은 많은 자식들을 키우며 힘겨웠던 나를 지탱해주었던 삶의 애환을 함께한 집이다. 내가 눈을 감기 전까지는 누구도 이 집을 건드릴 수 없는 내 생명이나 다름없다.

집문서를 다시 받았으나 문제가 전부 해결된 것은 아니었다. 애당초 10만 원씩 생활비를 받았고 나쁜 경기 운운하며 그것을 반으로 줄인다는 술책에 묘책을 썼던 것이 집문서였다. 그런데 작은며느리 저것이 다 된 죽에 코를 빠뜨린 격이었다. 집문서를 도로 내 놓는 조건으로 월 5만 원씩 주겠다는 것이 그대로 통과 된 것이다. 예전보다 생활비가 반이나 줄었으니 걱정이 태산이다. 오히려 지금까지 꾸몄던 나의 계획은 완전히 실패하고 원점이었다. 애들이 주는 20만 원 가지고는 어림도 없었다. 나는 앞으로 살아갈 걱정에 잠이 오지 않았다. 다른 계획을 세우지 않고는 살 수 없는 상황이었다. 이번 계획으로 딸들의 마음을 돌려놓는 데는 일시적으로 성공은 거두었다. 그러나 집문서를 거둬들인 대신 말짱 도루묵이다. 괜히 죄 없는 큰며느리만 내다 팔지 않았나 싶었다.

이 시점 또 다른 아이디어가 필요했다. 몇 날을 고심한 끝에 그래. 바로 이거야. 하고 쾌재를 터뜨리는 묘안이 떠올랐다. 너무 기쁜 나머지 내 입에서 회심의 미소가 번졌다. 기분대로라면 소리라도 치고 싶었다. 그러나 남의 이목을 생각해서 허공에 대고 미친년처럼 히쭉거렸다.

돈 나올 구멍은 큰놈이다. 작은 놈은 제 여편네 말이라면 껌벅 넘어 가는 놈이라 틀렸다. 작은 놈은 우리 두 늙은이를 내다 버리라면, 그렇게 할 위인이지만 큰아들은 다르다. 제 집 사정이야 큰며느리 사정이지 나하고는 상관없다. 내 아들은 처자식은 굶겨 죽여도 부모 형제가 내놓으라면 전부 다 내놓을 착한 놈이다. 동정심만 유발시키면 달러 빚을 내서라도 돈을 싸 들고 뛰어오는 아들이었다. 큰며느리 말로는 끼니거리도 못 끓일 판이라고 우는 시늉을 하지만, 마른 행주도 쥐어짜면 없는 물도 나오는 법이다.

제 여편네 속이야 썩겠지만 여자로 태어나 속 썩지 않는 여자 몇이나 되겠는가. 속을 썩는 것도 다 제 팔자다. 제 마누라 속을 뒤집는 것이지 나하고는 상관없는 것 아닌가. 오히려 가족들 앞에서는 속마음을 감추고 고민이 전혀 없는 척 쌓아놓은 재물이 많은 척 제 자신도 속이는 큰아들이다. 부모가 굶어 죽겠다는데 제 녀석은 먹으며 부모 굶어 죽으라고 할 녀석은 아니다. 작은 놈 같으면 어떤 방법도 먹히지 않겠지만 큰놈은 먹히고도 남는다. 사실 큰며느리가 마련한 재산을 말아 먹은 것이지 내 돈을 말아먹은 것은 아니다. 착한 내 아들만 잘 구워삶으면 일이 쉽게 풀릴 것이다. 이런 것을 두고 등잔 밑이 어둡다는 것인가.

내가 보물단지를 곁에 놔두고 다른 곳에 가서 구걸을 한 꼴이다. 이번에 큰놈이 상처는 받았을 것이다. 뭐라고 설득해야 먹힐까. 이 집을 준다는 말은 너무 많이 써먹었다. 아무리 어리석은 위인이라도 이제 웬만한 말은 먹혀들지 않을 것이다. 그러나 내게 있는 것은 오로지 이 집뿐이다. 마지막으로 한 번 더 써먹어 볼 일이다. 더구나 다 말아먹고 손에 든 것이 아무것도 없으니 먹힐지도 모르는 일이다. 그래서 지푸라기라도 잡는다고 하지 않는가.

큰아들은 내 집에 발길을 뚝 끊었다. 제 집이라고 맘 놓고 있던 본가를 찢어발겨 가니 그것으로 충격을 받았을 것이다. 죄 없는 제 여편네를 껌처럼 질겅질겅 씹는 꼴도 싫었을 것이다. 큰아들 놈은 이제야 어렴풋이 알았을 것이다. 약육강식의 비정한 현실은 피도 눈물도 없다는 사실을. 어리석게도 세상사람 모두 다 알고 있는 사실을 큰놈만 모르고 있던 것이다.

요즘에도 큰놈은 산엘 다니는 모양이다. 돈의 힘에 눌려 모든 것을 빼앗기고 일그러진 자존심을 잊기 위함이었을 것이다. 어쩌면 산짐승을 상대로 분노를 발산하고 있을지도 모른다. 능력이 없으면 부모 형제에게도 기만당하고 배신당한다는 이치를 깨닫고 있을지도 모른다. 총 한 자루만 있으면 경제적 능력에 상관없이 가장 힘센 놈을 차지 할 수 있는 공평한 산이 좋았을지도 모른다. 그리하여 분풀이 하듯 깊은 산 어딘가를 떠돌고 있는지 모른다.

"오늘은 잠시 엄마 집에 들렀다 가거라."

"왜요?"

"내가 너한테 긴히 상의할 말이 있다."

웬만해서는 싫은 내색 하나 안 하던 녀석인데 달갑지 않다는 목소리였다. 그거야 당연했다. 30년 전부터 이 집은 네 것이다. 입이 닳도록 수십 번 약속해놓고 가장 어려울 때 급습해서 잘 사는 작은 자식에게 떼어 주었다. 그러고도 포기 각서를 쓰라고 강요하며 온갖 모욕을 주었다. 내가 아무리 미워도 부모 자식 간이다. 우선 오라고 해놓고 달래는 수밖에 도리가 없다. 저녁 식사를 마치고 나서도 한참이나 기다리던 중에 아들놈이 초인종을 눌렀다. 다음날 아침 새벽같이 사냥을 간다면서 손에는 공기총을 들고 있었다.

"얘야, 총 좀 치워라. 난 총만 보면 인민군들이 사람을 줄

세워놓고 몰살시키던 생각이 나서 소름 끼친다. 6·25 때였지만 아직도 눈앞에 생생하다."

"엄마도 참. 이것 총알 없어요. 그리고 새 잡는 거라고요. 좀 닦으려고요."

큰아들은 들어오자마자 총을 닦기 시작했다. 나는 우선 인삼 넣은 꿀을 한 숟가락 퍼서 아들 입에 넣어주었다. 그리고 무슨 말부터 꺼낼까. 아들의 눈치를 살폈다. 아무래도 요즘 지들끼리 사이가 나빠진 제 처 흉을 보는 것이 효과 있다고 판단했다. 작은아들은 제 여편네 부엌일도 시키지 못하게 발광을 떨며 여편네를 위하지만 큰아들은 달랐다. 제 여편네에게 욕을 하던 누명을 씌우던 못 들은 척 하는 위인이었다. 나와 말다툼을 해도 전후 사정 따지지도 않고 무작정 내 편을 들었다. 신혼 때도 마찬가지였다. 그 정도로 큰아들은 제 여편네 보다 어미를 위했다. 큰며느리 친정 쪽에서 보면 남편 하나 믿고 시집 온 제 아내를 지켜주지 못하는 남편이지만 내 쪽에선 더 할 수 없는 효자였다.

"어미 말이다. 아직도 잘했다고 고집 피우고 버티고 있더냐?"

"……."

내가 며느리 흉허물을 들춰내려하자 역시 예상했던 대로 큰아들은 별다른 표정이 없었다. 거의 다 닦아가는 총만 바라보고 있었다. 항상 저런 모습이었다. 제 여편네 흉을 보고 성토해도 언제나 그 표정이다. 싫은 내색 한 번 안 하고 벙어리처럼 제 일만 하는 버릇은 여전했다. 요즘 들어 큰놈 내외 사이는 점점 악화 일변도로 치닫고 있었다. 이러다간 머지않아 도장이라도 찍을 판이었다.

"내 아들이 잘못한 것이 뭐야? 돈이면 다냐? 움켜쥐는 것만 알아 가지고, 서방이 빚을 졌으면 무슨 짓을 해서라도 갚아주고 살아야지. 이혼을 하겠다고 하더냐? 지가 밖에 나가 험한 일을 해 보았나. 내 집에 들어와서 뭘 했어? 내 집안에 남의 식구 하나 잘못 들여 집안 망했어. 이제라도 늦지 않았다. 새끼 지가 낳았으니 낳은 년이 키우게 두고 이혼하거나. 네가 재산은 없지만 아직은 직장 좋겠다, 인물 훤하겠다, 다시 처녀장가를 간다 해도 지나친 욕심이 아니다. 그 직장이면 처녀들이 줄을 서고 몰려 들것이다. 이왕이면 내말에 복종하고 남편에겐 도움 되는 능력 있는 집안의 딸이면 좋겠다."

언젠가 다툴 때 큰며느리 앞에 대놓고 했던 말들을 아들 앞에서도 쏟아 놓았다. 아들 앞에서 큰며느리 없는 흉을 보다 보니 진짜 내 집안을 망친 여자 같았다. 처음에는 아들의 호주머니를 털 요량으로 큰며느리를 성토했지만 진짜 내 집안이 대단한 가문 같았다. 내 아들도 좋은 가문의 귀한 자손 같았다. 큰며느리는 보잘 것 없는 천한 것 같았다.

"지금 무슨 소리를 하는 거예요? 나 참."

"이제 엄마 집으로 들어와라, 죽이면 죽, 밥이면 밥. 같이 먹고 살자. 이 집도 네 것이고 네가 다 가져라."

큰아들은 이 집을 포기하겠다는 각서까지 쓰라고 강요해서 포기각서까지 써주었던 집인데 이게 무슨 귀신 씨나락 까먹는 소린가, 하는 표정이었다.

"그게 무슨 말이에요?"

"이 집은 처음부터 엄연히 네 집이야. 지금도 내 말 한마디면 다들 암말 못한다. 염려 마라."

"모두들 서슬이 시퍼렇던데 그게 되겠어요?"

"그 애들도 너에게 재산 한 푼 안 준 것을 다 안다. 엄마가 하는 일 뭐라 하겠니?"

집을 넘겨준다는 내 말에 넘어간 큰아들은 눈물까지 글썽

거렸다. 어떻게 되겠지 하는 맘뿐 별다른 양심의 가책은 들지 않았다. 큰아들은 다음날 보따리를 싸들고 내 집으로 들어왔다. 큰며느리 말로는 땟거리도 없다더니 아들은 매일같이 두 늙은이를 위한 효도를 했다. 돈이 없다고 말하기 전에 아들은 내 앞에 돈다발을 내놓았다. 퇴근길에는 통닭이며 갈비며 냉장고가 터지도록 잔뜩 사다 놓았다. 나는 매일 약장사 떠드는 곳을 드나들었다. 값비싼 약을 사서 영감을 주거나 작은아들에게 보냈다. 큰아들은 그동안 못했던 갖가지 효도를 다 했다. 이렇게 즐거운 날이 계속 이어진다면 100세까지 살아도 모자랄 판이었다.

"큰놈이 은행마다 융자금을 빼내 우리에게 쓴다는 것을 당신은 알고 있소?"

"알아요. 내 새끼가 하는 짓 내가 알지 누가 알아요."

"이 할망구가 알면서 그 돈을 받아쓴단 말이오?"

"아 내가 말린다고 듣지도 않을 뿐더러 내가 받지 않는다면 큰며느리에게 돌아갈 돈이 아니요? 내가 내 아들 돈 받아쓰는데 그것이 큰 죄가 된데요?"

"이런. 생각이 좀 있어 봐요. 지금도 제 가정 하나 못 거느리고 밖으로 나돌고 있는데 자식 장래 걱정은 안 한단 말이요?"

"저 녀석 가정을 어떻게 우리가 구제한단 말이요?"

"그래 놓고 이 남에 내 자식은 어쩔 거요?"

"이 영감탱이가. 아 그럼 어째요? 다른 자식들은 돈을 쌓아놓고도 안주는데, 그럼 우리는 굶어 죽어요? 그까짓 것 큰며느리 알게 뭐요? 우리 죽고 나면 끝인 거지. 그것까지 왜 신경 쓴단 말이오? 그래도 걔는 곧 죽는 우리보다 나아요. 산목숨 어떻게든 못 살까요. 앞으로 애 앞에서 쓸데없는 소리 말아요!"

"그럼 진짜 이 집을 큰아들한테 줄 수 있소? 지금 저애한테 속이고 있지 않소."

"그거야 다른 놈들 의견을 들어 봐야지요."

"어허. 이 할망구 큰일 낼 사람이로군."

내 아들은 부모 형제들에게는 기분 나쁜 말은 절대로 못 하는 순해 터진 아들이다. 그때 가서 또 속았다는 것을 알아도 내 아들은 반발할 아들이 아니다. 이 영감이 쓸데없는 걱정을 하는 것이다. 나도 죽는 날까진 먹고 살아야 하지 않겠는가. 지금까지 어떻게 돈을 얻어 낼까 궁리했지만 허사였다. 큰아들이 들어온 후 우리 두 늙은이는 생활의 안정을 되찾았다. 경제 사정도 넉넉해서 근심 걱정 없었다.

아침에 호출하지도 않은 작은아들과 딸들이 모두 몰려왔다. 큰아들은 아침 일찍 강원도로 사냥을 나간 뒤였다. 대소변을 받아내는 영감은 늘 그런 것처럼 텔레비전 앞에 누워 있었다. 나도 아침상을 그대로 두고 아침 드라마를 보고 있었다.

"아니, 연락도 없이 웬일들이냐."

"엄마. 이게 무슨 소리야? 이 집을 그 새끼 주기로 했다며? 아예 이 집에 들어와 눌러 살고 있다며? 우리가 집문서를 다시 엄마한테 맡길 때 그 새끼 주라고 맡긴 것이 아니란 것을 엄마도 잘 알 거야."

서슬이 시퍼렇게 되어 들이닥친 큰딸의 항의였다.

"누구 맘대로. 이 집이 제 것이야? 제 놈이 엄마에게 어떤 대우를 받으며 컸는데 우리 몰래 혼자 잘 쳐 먹고 우린 혼자서 죽도록 공부할 때 독선생 들여 공부한 놈이. 우리 걸어다닐 때는 택시 타고 다닌 놈이. 이 집까지 집어 삼키겠다고? 어림없어. 그렇게는 안 될 걸? 차라리 고생 제일 많이 한 막내가 가져라."

잡아먹을 기세로 눈을 부라리며 작은아들이 덤벼들었다. 말할 순서를 비집지 못하고 그대로 서 있는 딸들도 똑같은 기세였다. 나는 이 같은 살벌한 분위기를 가라앉히기 위해서라도 빨리 진실을 말해줘야 한다고 판단했다. 마침 큰아들이 사냥 가고 없는 것은 천만다행이었다.

"앉아들 봐라. 니들이 뭘 잘못 듣고 온 모양인데 그 것은 내가 꾸며 낸 말이다. 그럼 어찌 하겠냐? 그 돈 20만 원 가지고는 두 늙은이 목구멍에 풀칠도 못하겠더라. 그래 생각다 못해 큰아들을 또 속였다. 돈 좀 얻어 쓰려고 한 일이다. 걘 전혀 모른다. 그러니 암말 말고 어서 돌아들 가거라."

"그거 사실이지요? 우린 그런 것도 모르고. 하기는 엄마가 누구요. 우리 엄마 머리는 누구도 당하지 못하지. 하하하."

드르륵 덜컹.

"뭐라고. 좀 전에 한 말 고대로 다시 말해 봐."

강원도로 사냥을 간다더니 어찌 된 노릇인지 큰아들이 들이닥쳤다. 나는 소스라치게 놀랐다. 내가 아는 온순한 내 아들 얼굴이 아니었다. 큰아들 눈은 미쳐서 날뛰는 짐승의 눈동자 같았다. 내 착한 아들에게 저런 얼굴도 있었다니.

"아니, 왜 이러느냐. 내 얘길 들어 보거라."

"엄마. 어서 사실을 말해요. 저것들 앞에서 말해요."

"오냐, 말하겠다. 이렇게 된 것 솔직히 말하겠다. 내가 널 어떻게 키웠니? 사실 대학도 너만 가르치고 다른 애들은 고등학교도 제대로 못나왔다. 어디 그뿐이냐? 너는 어미한테 생활비도 내놓지 않았다. 그래서 내가 좀 속였다. 너한테도 생활비를 좀 받으려고 치사한 짓 좀 했다. 그래. 이놈아, 내가 뭘 크게 잘못 했는지 말해 보아라."

"그래요? 어쩐지 이상했어. 우리 엄마가 교활하다는 것을 내가 더 잘 아는데. 이 집을 준다니 그럴 리가 없다고 생각도 했어. 엄마는 항상 나를 속였어. 네겐 이 집을 줄 거니까 월세방에 살다가 들어와라. 그뿐인가요? 나 결혼할 때 뭘 해줬어? 그때도 동생은 대출까지 내서 집 사주고, 다이아몬드와 금덩어리, 각종 보석들을 제수에게 싸 발라 주었지. 우리한텐 어떻게 했어요? 이 집을 준다는 명분으로 항상 내 입을 틀어막기만 했었지. 지금까지 아무것도 내겐 준 것이 없었어. 이제 와서 나를 대학 보내고 귀하게 키웠으니 이 집을 줄 수 없다고? 대학은 내가 죽어라고 공부해서 내가 갔어. 지들은 대학을 보내려 해도 대가리 나빠서 못 갔잖아? 내가 모를 줄 알고 덮어 씌워? 야비하고 비열한 인간들. 니들은 니들 가족 챙기고 잘 쳐 먹고 즐겁게 지낼 때 내가 지금까지 부모한테 어떻게 했는지 그 증거를 보여줄까? 나는 내 가정을 깨뜨리면서 까지 빚을 내 엄마한테 쓰고 모두 주었어. 이 집구석 준다는 말에 그 어떤 모욕도 참고 견뎠어. 내 재산 내가 어쩌다 말아먹었는데 그게 어쨌는데 니들이 왜 참견이야 갚아줄래? 내가 마누라 몰래 은행 빚내서 엄마에게 갖다 준 돈이 얼마인지 알겠냐? 그래 이제 이 집구석 필요 없어. 단, 내가 갖다 준 돈만 찾아가면 끝나. 지금 당장 내놔. 당장."

"저 새끼가 아주 미쳤구나. 지랄 발광을 하고 자빠졌네. 증거를 대봐. 다 말아먹고 비렁뱅이 된 주제에 어디다가 썼다는 거야. 엄마가 진짜로 받았어요? 이 집이 네 집이냐? 우리도 엄연히 유산 상속자야? 꼴에 돈 욕심은 나나보네."

"쟤가 무슨 소리를 하는 거냐? 난 쟤한테서 돈 받은 적 없다."

"사기꾼들. 오늘 내 손에 다 죽어봐."

단편소설

모래 위의 정원

머리맡에서 부르르 떨리는 핸드폰을 집어 들었다. 매끄러운 금속성의 차가운 촉감이 손끝으로 전해졌다. 꼬박 삼 일째, 꼿꼿이 앉아 밤을 새운 동공에는 핏발이 서 있을 것이다. 그 한쪽 눈은 감긴 채 두고 나머지 한쪽 눈을 간신히 열었다. 오늘 아빠 발인이에요. 기억하시죠? 딱 삼 일이에요. 유리창이 벌겋게 달아오르고 있었다. 초저녁부터 시작한 비는 처음에는 자박자박, 세 살배기 어린아이 발자국 소리 같더니만 지금은 아침을 준비하는 어수선한 생활의 소음과 뒤섞인 수많은 군중이 저벅거리며 내닫는 소리로 변해 있었다. 난데없는 일방적인 통보는 쇠붙이가 속살에 닿았던 기억보다 더한 냉기를 띠고 있었다. 그 오싹한 목소리. 발인, 기억, 삼 일. 그 세 개의 단어를 낮고 건조하게 내뱉던 그녀는 오늘이 발인인 것을 기억하고 있느냐고 묻는 것인지, 삼 일 간의 말미를 준 것을 기억하고 있느냐고 묻는 것인지는 말하지 않았다. 그녀가 게워 내놓은 조각난 파편들의 진의를 파악하지 못한 채 전화는 그만 끊어졌다. 전화의 상대방이 누구라는 것을 알아차린 것만으로도 신경이 일시에 오그라드는 느낌이었다. 커튼을 열어젖히자 어슴푸레한 그물에 둘둘 말린 창밖에는 빗소리만 철떡거렸다. 삼 일이에요. 여전히 길을 못 찾고 윙윙대는 비수 같은 주문들이 내 귀에 환청처럼 들어와 박혔다. 그 목소리는 병원 냉동실에 드러누운 양춘식의 분신 난정이 복소리였다. 그래. 원대로 해주지. 나는 곧바로 1톤 트럭 한 대 분량이 전부인 간소한 짐을 꾸리기 시작했다. 어쩔 수 없이 폐기처분 되는 것들과의 작별은 천 개의 살점이 핏덩이로 저며지는 것 같은 통증을 동반했다.

헐! 양춘식 아저씨가 죽었다네? 딸아이가 핸드폰을 들여다보며 혀를 찼다. 저녁 찬거리를 사러 가려고 현관에서 막 신발을 신던 참이었다. 그 소식이 너무도 의외여서 무슨 소리를 하는 거니, 하고 되물을 때 나도 모르게 날카로운 목소리가 되어있었다. 죽었대. 아빠가 문상 갈 필요는 없대. 딸아이는 아무 감정이 없는 것처럼 말했다. 대학 가기 전까지 곧잘 큰아빠, 큰아빠 하면서 따르던 사람이었는데도. 너는 문상 안 갈 거니? 아빠가 갈 필요 없다는데? 나도 바빠. 친구랑 약속 있어. 2년 전이었던가. 그렇게 오래 전 일은 아니다. 그 무렵 나와 내 아이들은 그 사람을 단순한 남편의 친구, 아빠의 친구로 여겨 본 적이 없었다. 그만큼 그 사람과 우리 가족은 허물없이 지냈다. 그런데 아무 예감도 없이, 아무 전조도 없이, 난데없이 죽었다는 소식이라니. 그 친숙한 양춘식이라는 이름이 딸아이의 입에서 죽음이라는 단어와 아무렇지도 않게 결합하는 것이 있을 수 없는 일처럼 여겨졌다.

뜻하지 않은 밀물이 너울처럼 그 이름을 기억의 수면 위로 밀어 올렸다. 마치 먼지와 곰팡이를 뒤집어 쓴 일기장을 들춰볼 때처럼 콧속이 시큼하고 목구멍이 텁텁한 기분이 들었다. 못 본 지 고작 한두 해 밖에 되지 않았는데도 양춘식의 기억은 바쁜 일상에 밀려나 벌써부터 잊혀 질 준비를 하고 있었던 거였다. 양춘식. 그와는 주변 사람들이 시기하고 부러워 할 만큼 자주 어울려 놀던 사이었다. 초저녁부터 술판이 시작되면 새벽녘까지 포장마차 단란주점을 함께 돌았고, 여름이면 동해로 휴가를 떠나고 가을이면 안면도로 여행을 가서 회를 뜨고 소주를 마시고 다음날 함께 올라왔었다. 명문대를 나와서 직장에서는 관리직에 있었던 남편과는 반대로 가방끈이 짧았던 양춘식은 젊었을 때는 뚜렷하지 않은 직업을 전전하다가, 어떤 줄을 잡았는지 말단 기능직 공무원으로 공직에 들어갔었다. 한 줄기 권력을 얻게 되니 유흥가와 노점을 돌아다니며 위생이 어떻고, 불법건축물이 어떻고 하는 약점을 잡고 엄포와 협박으로 은근슬쩍 돈푼을 뜯어내면서도 뒤탈이 없게끔 잘 무마했었다. 남편은 그런 것을 좋아하지 않았다. 그것도 권력이라고 그따위 짓거리를 하면서 돌아다니는 걸 보면 어처구니가 없어서. 남편은 친분 상 앞에서는 못 본 척 하다가 집에 들어와서는 이런 식으로 혼잣말을 하곤 했었다. 그런데 뜻밖에도 그동안 저지른 행위가 들통 나서 양춘식은 생명줄 같았던 완장을 벗어던지고 고향에서 농산물 장사나 해보겠다고 경기도 여주로 내려간 것이다. 그 이후 들리는 소문에 의하면 장사가 지지부진 잘 되지 않는다는 얘기만 들려왔다. 죽을 사람은 아닌데. 누구보다도 삶에 애착이 많았는데. 그런 사람이 죽다니. 아직 젊은 사람인데. 깊이 생각하면 생각할수록 머릿속이 어지럽고 속이 울렁거렸다. 9시 뉴스가 끝난 TV에서는 노란 우비를 깡총하게 차려 입은 여자 기상 캐스터가 일기예보를 하고 있었다. 오늘과 내일의 날씨가 어떻다고 떠드는데 다른 말은 알아들을 수가 없었고 분명히 들리는 것은 내일도 모레도 비가 온다는 소리였다.

양춘식을 내가 처음 본 건 어림잡아 5, 6년 전쯤이었다. 남편의 뒤를 따라 온 양춘식의 손에는 강냉이 봉지가 들려 있었다. 호프집을 나올 때 강냉이를 비닐봉지에 담아서 갖고 온 것이었다. 그 사람은 한눈에 보아도 붙임성이 좋아보였다. 초면인 나에게도 스스럼없이 농담을 건넸고, 제수씨, 제수씨 하고 부르며 친척 아주버님같이 자연스럽게 굴었다. 그 날 이후 남편의 선배라는 양춘식은 지나치다 싶을 만큼 자주 내 집을 방문했었다. 내게 쏟는 관심만 봐도 이 사람은 매사에 열정이 있다 싶었다. 나타날 때마다 내가 좋아하는 먹거리를 사들고 들어오는 것은 물론이고, 온몸에 땀을 뻘뻘 흘리며 재주를 부려 개그까지 해주는 양춘식이 오는 것이 내심 기다려지기까지 했었다. 파전만큼 넓적한 얼굴에 배불뚝이 단신이었지만 사람 마음 홀리는 재주만큼은 오백년 묵은 너구리같았다. 야근을 하거나 안하거나 양춘식의 눈 밑은 항상 다크서클이 칙칙하게 그늘져 있었다. 지금 생각해 보면 그것이 얼마 안 있어 죽을 사람이라는 것을 예고하는 조짐이었을지도 모른다. 그런 생각이 들면 오싹한 기분이 들면서 과거의 유쾌한 기억들이 뭔지 모를 무섭고 음울한 형태로 변해갔다. 남편에게 양춘식의 외모는 좋은 희롱거리였다. 남편은 떡판이라는 별명을 붙여놓고 후배들에게도 그 별명을 부르게 하면서 낄낄거렸다. 몸보다 머리가 더 크다고 가분수라고 하다가 배불뚝이라고 부르기도 하다가 아무튼 놀려 먹는 건 자기 마음대로였다. 하지만 앞에서는 항상 형님, 형님하고 받드는 것은 물론이고 술 사주고 승용차 태워서 출근도 시켜주니 충견이 따로 없었다. 이상한 일도 있기는 했었다. 어쩔 때는 사이가 너무 좋아서 저 둘 사이는 대체 뭘까, 혹시 저 둘이 사귀는 거 아냐? 하는 생각을 하게 만들 정도로 딱 붙어 다니다가도 돌아서서는 저 새끼는 사람이 아니야. 썩은 짐승만 파서 처먹고 사는 하이에나야! 하고 침을 뱉기도 하고 증오에 끓는 눈빛을 숨기지 못하는 때가 있었다. 하지만 언제 그런 일이 있었냐는 듯 항상 친형한테 하는 것 이상으로 양춘식을 챙겨주는 것을 보면 이유가 뭘까. 저 두 사람 사이에 뭐가 있을까. 항상 궁금했었다. 피한 방울 섞이지 않은 양춘식과 그의 관계가 혈육 이상의 정으로 엮인 이유가, 그러다가도 증오가 내면에 응어리진 것처럼 보이는 이유를 알 수 없었다. 아이들에게 양춘식을 큰아빠라고 부르라고 한 것도 남편이었다. 양춘식은 큰아빠라고 불리는 것을 당연하다는 듯이 흡족하게 여겼다. 그 이후 양춘식도 큰아빠 행세를 소홀히 하거나 대충 넘어가지 않았다. 집으로 찾아올 때마다 과자나 자잘한 장난감을 사다가 아이들에게 안겨주곤 했었다. 얼마 지나지 않아 내 아이들도 양춘식을 진심으로 좋아하고 따르게 되었다.

아이들의 마음을 얻은 양춘식이 내 마음도 끌어들이려고 할 것이라는 점은 예상치 못한 일이었다. 거실에서 남편과 함께 TV를 보던 양춘식은 화장실에 들르는 척하면서 슬며시 내 방문 앞을 기웃거렸다. 그러는 양춘식을 보고서도 남편은 양춘식을 완벽하게 믿어서 그러는지 원래 그런 성격인지 의심 비슷한 것도 하지 않았다. 그것을 잘 아는 양춘식은 얼마 지나지 않아 자기 안방 드나들 듯 내 방에도 자유롭게 드나들었다. 제수씨, 어디 외출하시려고요? 아뇨. 왜요? 예쁘게 화장을 하시니까요. 그냥 하는 거예요. 우리 마누라는 인물도 못난 것이 화장도 안 해요. 호호호. 그럴 수도 있죠. 그런데 자동차는 안 사실 거예요? 차요? 네. 요즘 차 없는 사람이 어디 있나요. 난정이 아빠만 차가 없으셔요. 저는 상관없어요. 안 살 거예요. 그 나이가 되도록 양춘식은 중고차 한 대 사 본 적 없는 것은 물론이고, 눈이 오나 비가 오나 당장 버려야 될 것 같은 달달대는 중고 스쿠터만 타고 다녔다. 그런 양춘식을 보고 남편은 형님 차는 그랜저 11호라며 되도 않는 아부를 떨다가 뒤에서는 천하의 등신새끼라고 빈정거렸다. 등신새끼. 쓰지도 못하는 돈. 나중에 새끼들 준다 이거겠지. 자식한테 주고 대우받으려고? 아서라. 버림이나 받지 말라고 해라. 그런 식으로 뒤에서 양춘식의 사는 방식을 비웃었지만 그걸 모르는 양춘식은 당당하게 말했다. 제수씨. 차 유지비가 얼마나 드는지 아시죠? 난 차 같은 거 필요 없어요. 쥐뿔도 없는 전기영 같은 놈들이 할부로 사서 끌고 다니는 거 보면 참 한심해요. 그걸 사서 타느니 내 분신들한테 학원비라도 더 주지요. 화장대 거울에 제 얼굴을 비추며 눈을 껌뻑거리던 양춘식은 한 손을 찔러 넣고 있던 주머니에서 뭔가를 꺼내더니 화장대 위에 올려놓았다. 이거요 얼굴 마사지하는 기구래요. 제수씨 주려고 등산 갔다 오는 길에 사왔죠. 어머나, 그래요? 고마워요. 이거 이렇게 하는 건가요? 나는 양춘식 보는 앞에서 그 물건을 들고 얼굴에 문지르며 기쁨을 감추지 못하는 표정을 지어보였다. 맘에 들던 안 들던 선물은 호들갑을 떨면서 받아야 한다. 맘에 들지 않는 듯 한 뉘앙스의 발언을 하거나 무덤덤한 표정을 지었다가는 이후 선물 받을 생각을 말아야 한다. 나는 그 이치를 경험으로 알고 있었다. TV화면을 뚫을세라 첩보영화를 보고 있는 남편은 양춘식이가 자기 부인 방에 들어와서 주접을 떠는 시간에도 영화 보는 데만 정신이 팔려 있었다. 저 사람에게 첩보영화는 부인보다 우선이었다. 신혼 초엔 TV문학관을 보려는 새색시와 첩보영화를 보려는 새신랑이 신혼의 단꿈은 제쳐놓고 TV채널 쟁탈전을 벌이곤 했었다. 나는 양춘식에게 불쑥 물었다. 난정이 아빠는 저 사람이 어디 다니는지 아시죠? 좀 알려주세요. 저 사람 요즘 거의 밖에 나가서 살아요. 요즘 들어 밖으로만 나도는 남편의 정보를 캐기 위해 양춘식의 의중을 떠본 것이다. 제수씨. 저 인간은 밖에 나가면 정신 오백년 나간 사람 같아요. 하지만 제가 저 놈 모가지를 비틀어서라도 제수씨 앞에 끌고 오잖아요. 그 래요. 고마워요. 항상 고맙게 생각하지요. 그랬다. 언제나 내 편에 서서 미인이라고 치켜세워주고 먹을 것 사다주고 술 취한 사람 끌어다 주는 고마운 사람이고 친정 오빠 같은 사 람이었다. 그 호의가 진심으로 고마워서 양춘식의 두 딸이 졸업하는 날도 남편과 같이 이른 아침에 양춘식의 집으로 찾아가 승용차로 두 딸들을 학교 졸업식장까지 태워다주고, 카메라 들고나가 기념사진도 찍어주고, 중국집에 데려가 코 스 요리도 사주는 등 몸 바쳐 봉사하는 것으로 양춘식의 은 혜에 보답하기도 했었다.

그가 식탁에서 사라진 지 열흘째였다. 술자리에 앉으면 브 레이크가 고장 나는 사람이라는 것은 이미 오래전에 간파했 었다. 그러나 그 사람이 외박까지 일삼는 파렴치한 같은 남 자는 아니라고 생각하고 살았다. 파렴치하고 불성실한 사람 은 아니라고 나름 후한 점수를 주고 자위하고 살아온 나로 서는 무단 외박이란 사실이 신경 세포를 날카롭게 자극했었 다. 어느 만큼의 수위가 무책임과 불성실일까. 디테일하게 문제의 본질을 따져보진 않았지만 가장의 기본적인 의무만

지킨다면 책임은 다 하고 있다고 여겼다. 사실 이 사람에게 는 내가 첫 번째 여자였다. 당신은 내게 첫 여자야. 라고 속 을 툭 털어놓고 고백한 적은 없으나 잡담에서 힌트를 얻었다 고 할까. 그렇게 저렇게 알게 되었다. 총각 때 사귀던 여자가 많은 남자들을 그다지 부러워하는 것 같지는 않았지만 결혼 전에 한 명의 여자도 없었다는 것은 망신 중에 개망신이라고 생각하는 것 같았다. 혼전에 사귀던 여자 수가 많았다는 것 이 무슨 무공훈장쯤 된다고 여기는 모양이다. 가정에 주저 앉히려는 갈망과 한 곳에 머물면 견디지 못하는 습성이 두 사람 사이에 팽팽하게 맞서 밤낮 아옹대지만, 그래도 남들 에게는 잘 익은 과육 같은 가정을 말랑말랑하게 꾸리며 잘 사는 모습으로 비춰지고 있을 거라고 생각했다. 술에 절어 집 주변의 공원 같은 곳에 쓰러져 송대관의 쨍하고 해 뜰 날 을 고래고래 소리쳐 부르다가 잠이 든 적도 있긴 하지만 그 런 날은 드물었다. 그는 모범가장 이미지에서 약간이라도 벗 어나 본 적 없는 규칙이 습관화 된 남자며 아내와 자식이라 는 울타리를 만들어 놓고 그 안에 스스로 갇혀 살았어도 행 복의 미소를 짓던 남자였다. 그렇게 완벽을 추구하던 남자가 자신이 정한 제도의 틀을 벗어나 불성실한 조짐을 보인다면 혹시 다른 여자가 생긴 것이 아닐까. 그런 의심이 드는 것이 당연했다. 아내라 이름 붙은 여자들은 모두가 근거 없는 믿음에 묶여 무조건 자기 남편을 믿는 여자들이 대부분이지만, 나 역시도 예외 없이 오직 나 하나밖에 없을 거라는 믿음으로 살아왔다. 남자의 성을 달고 있는 남자치고 치마 입은 여자 껄떡대지 않는 남자 없다지만 남편은 동물적 본능에만 충실한 짐승의 부류와는 달랐다. 지금까지 보여준 깔끔한 여자관계에서 볼 때 남편은 완벽하게 믿어도 되는 사람이었다. 가령 TV를 보다가 쭉쭉 빠진 천하일색 미인이 등장하면 대개 남자들은 눈이 휘둥그레져서, 와아 저 여자 잘빠졌는데. 하고 관심을 보이거나 엉큼한 농담을 하는 것이 보통인데, 그는 눈치 없이 연예인 좋아하다가 아내한테 눈총 받는 남자들 같은 그런 모습이란 찾아볼 수 없는 정결한 남자였다. 남편이 외박을 처음 시작하던 날도 전혀 특이한 조짐은 없었다. 혹시 무심결에 내가 남편을 자극하는 언행이 있었나 생각해 보았지만 그런 일조차 없는 평온한 날이었다. 그날 아침 하던 설거지를 빨리 끝내려고 평소보다 부지런히 손가락을 움직였을 뿐이었다. 남편은 그날 야근을 하고 아침에 왔었다. 야근을 한 날이면 반드시 하는 일은 옷을 갈아입고 청소를 하거나 TV를 보다가 잠들거나 하는데 그날은 평소의 하던 행동을 하지 않았다. 굳이 이상하다 싶은 점이 있다면 러닝셔츠와 헐렁한 잠옷 바지로 갈아입고 땀을 흘리며 청소를 할 수순이건만 그날은 외출복 차림 그대로 거실을 빙빙 돌다가 나갔다는 것이 약간은 석연찮은 행동이었다. 하지만 그 작은 움직임은 단서가 될 수 없었다.

축 늘어진 그를 들쳐 메고 들어온 사람은 양춘식이었다. 양춘식은 들어서자마자 그를 거실바닥에 내팽개쳤다. 하여간 정신 나간 인간이라니까. 끌고 오느라고 매우 힘들었는지 거의 벗겨진 재킷을 바로 고쳐 입으며 양춘식은 불만을 내뱉었다. 남편에게서는 지독한 알코올 냄새가 풍겨와 콧구멍을 파고들었다. 왜 저 지경이 되도록 마시게 했어요? 숨을 몰아쉬고 있던 양춘식에게 원망 섞인 나의 말투는 양춘식을 발끈하게 했다. 무슨 소리를 하는 거예요? 난 초저녁에 들어와서 한참 자고 있었는데 전화가 왔어요. 그래서 갔더니만 전기영이 새끼하고 처먹고 있더라고요. 술값은 다 뒤집어쓰고요. 나는 어떤 일이 있어도 밤 10시면 집에 들어가요. 술에 취해서 들어가 본 적이 없어요. 애들 공부하는데 술 냄새가 가당키나 해요? 나는 탈선한 새끼들 하고는 어울리지 않아요. 억울한 표정의 양춘식은 여기까지 쉼표 없이 다다다 말을 늘어놓고도 분이 풀리지 않는지 씩씩거렸다. 남에게 업

혀온 남편이 한심한 생각에 버럭 했던 거지 진짜 술을 먹였다고 의심하고 나무란 건 아니었다. 양춘식은 전에도 전기영을 욕하는 것을 종종 보았지만 저렇게 지독한 욕은 처음이었다. 세 사람이 어울려 다니면서도 두 사람은 남편을 가운데 두고 시기와 질투가 여자들 못지않았다. 무안해진 나는 양춘식에게 냉장고를 열어서 야쿠르트 하나를 꺼내 갖다 주었다. 저 사람, 여자 있지요? 화제를 바꾸는 김에 나는 양춘식을 떠볼 작정으로 이런 말을 던져보았다. 술과 여자는 바늘과 실 아닌가요? 양춘식의 대답은 여자가 따로 있다는 것인지 술 마실 때 술집 여자가 옆에 따라붙는다는 것인지, 한마디로 있다는 것인지 없다는 것인지 말뜻을 종잡을 수가 없었다. 야쿠르트를 한입에 쏟아 넣은 양춘식은 목울대를 꿈틀거리며 엉뚱한 소리를 했다. 그건 그렇고요. 저 인간 나가떨어졌는데 미사리카페나 갑시다. 가서 차나 한잔 하고 오자고요. 저 인간에 대해 할 말이 있거든요. 양춘식의 제안에 다른 생각이 들지는 않았지만 단지 귀찮아서 가고 싶지 않다고 잘랐다. 지금은 말고, 다음에 시간 있을 때요. 왜요? 술 마실 것도 아니고 차 한잔 하고 오자는 데도 안 가요? 그러지 말고 잠깐 갔다 옵시다. 양춘식은 거절하는 사람의 입장은 못 본 체하고 빈 야쿠르트 병을 이리저리 눌러 박살을 내며 끈질기게 졸랐다. 그때였다. 술에 취해 곯아떨어진 줄로만 알았던 남편이 벌떡 일어나더니 현관문을 벌컥 열고 나가는 것이다. 좀 전에 두 다리가 땅에 질질 끌려 양춘식의 어깨에 걸쳐져서 간신히 들어온 사람 같지가 않았다. 잠든 줄 알았던 남편이 벌떡 일어나 현관문을 쾅 소리가 날만큼 크게 여닫자 양춘식은 도둑질을 하다 들킨 사람처럼 의자에서 벌떡 일어났다. 혼비백산한 양춘식은 남편의 뒤를 따라 뛰며 자지 않고 이 밤중에 어디를 가느냐고 소리쳤지만 듣고 못 들은 척 하는지, 못 듣고 저러는지 거리는 점점 벌어져갔다. 놀란 나 역시 그들을 놓칠세라 거의 뛰다시피 빠르게 걸었다. 다행히 멀리 갈 마음은 없었는지 아니면 술에 취한 다리에 힘이 빠져 더 이상 무리였는지, 남편은 쉽게 보이는 호프집 문을 밀고 들어가는 모습이 보였다. 한발 늦게 도착한 나는 남편의 앞자리에 막 앉으려는 양춘식의 뒷모습을 보았다. 그 순간 믿지 못할 희한한 일이 벌어졌다. 미처 손 쓸 사이도 없이 남편이 양춘식의 따귀를 예배당 종치듯이 쳐대는 것이다. 나는 무언가 육중한 것으로 뒤통수를 얻어맞는 것 같았다. 나이로 보나 친분으로 보나 내 눈 앞에서 벌어진 일은 있을 수 없는 일이었다. 더구나 이제껏 형님, 형님 하던 극진한 대우는 뭐고, 물론 내 앞에서야 욕도 하고 험담도 하고 그랬지만 그거야 누가 안볼 때 일이고 사실 남편은 남한 테 함부로 하는 편은 못되었다. 그런 남편이 주먹질이라니. 그런데 더 놀라운 일은 매 맞는 사람의 태도였다. 폭풍 같은 따귀를 연타로 맞으면서도 양춘식은 이해할 수 없는 반응을 보였다. 그 입장이 되면 극도로 화를 내야 정상이라고 할 수 있는데, 양춘식은 벌건 두 뺨을 손으로 문지르고만 있었다. 마치 뜨거운 난로 가에 앉아 있다가 주변이 더워지자 얼굴 을 비비적거리면서 나앉는 사람 같았다. 이럴 경우 같이 욕 을 하면서 맞붙어야 정상인데 맞붙을 생각은 하지 않고 눈 만 멀뚱거리고 앉아 있는 양춘식이가 이해가 안 갔다. 잘 봐요. 제수씨. 똑똑히 보라고요. 얌전히 앉아서 겨우 그 말만 반복하고 있었다. 나는 그런 모욕을 당하고도 소극적으로 대응하는 양춘식을 보면서 어려운 수수께끼를 풀지 못하고 나온 기분으로 그곳을 빠져 나왔다. 저 사람이 저토록 선한 사람이란 말인가. 그렇더라도 모욕을 당했으면 최소한 기본 적인 응징이라도 하는 것이 정상이지, 욕 한 마디 못하고 참고만 있다니. 차 한잔 마시자는 말이 사람을 폭행할 만큼 큰 죄란 말인가. 혼자 있을 때 엉큼한 흑심을 품고 꼬드긴 것도 아니잖은가. 그것도 본인이 있는 자리에서 농담 삼아 지껄여 본거 아닌가. 집으로 돌아오는 길에서 나의 머릿속은 의문투성이였다.

그날 이후 두 사람의 끈끈한 관계가 그것으로 끝나겠거니 했지만 그게 아니었다. 그 사건 이후에도 여전히 두 사람은 붙어 다녔고, 친정집을 다녀오는 길이면 양춘식의 문자 메시지는 운전을 방해 할 정도로 남편의 핸드폰에 빗발쳤다. 남편은 친정에서 가져온 야채며 잡곡들을 트렁크에서 꺼내놓기가 무섭게 자동차를 몰고 양춘식 있는 곳으로 내달렸다. 하지만 그 전과는 다르다고 느낀 점도 있었다. 혹시 말인데 양춘식이 우리 집에 오지 않았어? 하고 어느 날 고기를 뒤적이던 그가 엉뚱한 소리를 했었다. 자기도 없는데 그 사람이 여길 왜 와? 구운 삼겹살을 상추에 올려놓다 말고 나는 어이없다는 표정을 지었다. 혹시나 해서. 언제 그 사람 혼자 온 적이 있나? 당신이랑 같이 오면 모를까. 그놈은 내가 죽으면 여기부터 찾아올 놈이지. 아들의 밥그릇에 고기 한 점을 집어다 놓던 그는 이상한 말을 했다. 마치 후배 부인에게 흑심을 품고 있다는, 의심을 단단히 하고 있는 사람 같았다. 왜 그래? 그 사람 좋아할 때는 언제고? 또 삼겹살 한 점을 집어가던 그가 바닥으로 떨어뜨리는 실수를 했다. 암튼 내가 없을 때 찾아오면 냉정히 대하라고. 그쯤에서 나는 머리끝까지 치오르는 부아를 참아내는 인내심을 발휘했다. 뱀처럼 사악하고 흉물스러운 놈. 당신 그놈이랑 무슨 말이고 섞지 마! 그 교활한 놈을 우리 집에 발붙이게 하지 말라고! 술이 취했을 땐 흥분 상태에서 형제들을 싸잡아 욕을 할 때도 있었다. 그러나 오늘은 술이 취한 것도 아닌데 식사 중에 멀쩡한 정신으로, 더구나 아이들 앞에서 입에 담지 못할 욕을 한다는 것이 완전히 낯선 사람 같았다. 왜 그래? 애들 듣잖아! 듣다못해 내가 아이들을 핑계로 더 말을 못하게 해보았으나 허사였다. 그러면 그럴수록 이상하게도 더욱더 심한 막말을 내뱉고 완강하게 나왔다. 당신 잘 들어, 당신이 내 말을 듣지 않고 그 사악한 놈의 이간질을 계속 듣는다면 틀림없이 우리 가정은 절단날 거야. 참말 듣기 싫어 죽겠네. 그만 좀 해. 하고 소리쳤지만 나는 두 사람 사이에 뭔가 큰일이 일어나고 있구나, 하고 직감했다. 그때 뺨을 치고 욕을 한 것이 과연 문제의 발단이었을까? 아니면 그 전부터 있었던 어떤 문제가 그날 우연찮게 불거져 나온 것일까. 역시 나와 관련된 일이었을까? 미사리 카페에 가자고 조르던 일로 오해를 해서 의부증이라도 걸린 것인가? 어쩐지 그건 아닐 거라는 생각이 들었다.

양춘식이가 누워있다는 영안실로 가는 길을 섬광과도 같

은 번갯불이 안내했다. 그 뒤를 바짝 붙어 따라온 천둥의 진동이 짐승처럼 달려들었다. 잿빛 허공에 둘러싸인 건물 위로 비바람이 몰려다녔다. 물바다가 되어버린 도로에서 황토색 물보라가 일어나 차창 유리를 덮어 씌웠다. 그 사이로 물먹은 네온사인이 구정물을 뒤집어쓴 것처럼 탁탁했다. 빗물이 흥건한 지하계단을 조심스럽게 밟고 내려가 1호실을 찾기 위해 두리번거렸다. 빈소가 차려진 고인은 양춘식을 포함해서 3명이었다. 전광판에 오른 망자의 이름 한가운데서 낯익은 이름 석 자가 시야에 들어왔다. 정말 죽었구나, 잠시 그런 생각이 들었다. 하얀 상복을 갖춰 입은 양춘식의 부인이 같은 차림의 두 딸과 서서 조문객을 맞이하고 있었다. 퍼머넌트를 한 지 오래된 듯 머리의 컬이 풀어지고 엉클어진 그녀는 눈동자에 물기가 돌았다. 입가에 파인 굵은 주름과 얼굴 전체에 드리워진 그늘 때문에 나이보다 더 늙어 보였다. 영정 앞으로 다가간 나는 특별히 정이 남아서가 아니라 옛 기억이 얼핏 뇌리에 스쳐 눈시울이 뜨끈했다. 화장기 한 점 없는 두 딸은 아무런 인사말도 없이 밖으로 나가고, 양춘식의 부인은 충격이 가시지 않은 듯 해파리 같이 하얀 얼굴을 하고 섰다가 조문을 마친 나에게 고맙다는 짧은 인사를 건넨다. 양춘식의 부인을 다시 대면한 것은 오랜만이었다. 그간 양춘식과 친하게 지냈기 때문에 그 부인과 왕래가 별로 없었다는 것이 의외일 수도 있겠지만 사실 양춘식의 부인은 누구와 친하게 지낼 만한 시간적 여유도 없었거니와 나와는 수준이 맞지 않았다. 갑자기 당한 일이라 얼마나 황망하신지요. 뭐라고 위로의 말씀을 드려야 할지 모르겠네요. 특별한 위로의 말로 슬픔을 조금이라도 덜어내 주고 싶었지만 적절한 인사말을 찾을 수 없는 관계로 그 정도의 형식적인 인사말을 건네고 그 자리를 황급히 피했다. 신발을 찾아 신던 나는 누군가의 손길에 등이 떠밀려 조문객이 웅성대는 식당으로 밀려왔다. 유별나게 사람을 좋아하고 후배들을 알뜰히 챙겼다는 양춘식이다. 윗사람을 극진히 대접한다고 평판이 자자하던 소문과는 다르게 문상객은 그리 많지 않았다. 양춘식의 활발한 성격으로 봐서는 더 많은 문상객들이 몰려들어 문전성시를 이루어야 하는데 기대에 못 미칠 만큼 적다는 생각이 들었다. 이 사람 비명횡사를 했다는구먼. 그렇다네. 다 자업자득 아닌가. 식당 구석자리에 방금 새로 세팅한 것 같은 깨끗한 자리 하나를 발견하고 두어 걸음 옮기려던 참이었다. 그때 희한한 빈정거림 소리가 들렸다. 이 말은 죽은 망자에게 하는 소리 같았다. 나는 발걸음을 멈추었다. 맞아요. 자업자득이지. 꽁깃돈인가 꽁치돈인가 하는 뭔가로 남의 피 같은 돈을 빼앗아 모았다더니. 어디 그뿐인가. 같은 직장 나니던 어떤 사람은 아파트를 송두리째 빼앗겼다는구먼. 잽싸게 몸을 돌려 소리 나는 쪽을 살펴보았으나 문상객들 사이에는 뿌연 담배연기만 뭉글거렸다. 틀림없이 죽은 양춘식을 두고 하는 소리 같았다. 비명에 죽어? 꽁짓돈? 꽁짓돈? 나는 꽁짓돈이라는 말을 듣고 퍼뜩 떠오르는 것이 있었다.

내 참. 그 자식이 꽁짓돈 대주는 놈이란 걸 난 까맣게 몰랐었네. 너는 알고 있었니? 너무 말라서 마치 철제 옷걸이 같은 전기영이 좌회전 신호에서 핸들을 꺾으며 무슨 은어 같은 말을 한다. 으응. 나도 얼마 안됐어. 조수석에 앉아서 말없이 음악에 집중하던 남편이 자신도 몰랐다는 표정으로 변명 같은 시인을 한다. 꽁짓돈이요? 내 꽁지머리라는 말은 들어 봤지만 꽁짓돈이란 말은 처음 들어 보네요. 그게 뭔데요? 내가 전기영의 말꼬리를 놓치지 않고 툭 튀어 나오자, 아 그런 거 알 거 없어. 이 사람한테 알려 주지 마. 그가 정색을 하고 전기영의 입단속을 시킨다. 아하? 그래요? 내가 알면 안 되는 두 사람만의 비밀이란 말이죠? 결벽증이 있는 전기영의 성격을 속속들이 알고 있는 나는 두 사람을 의심하고 있다는 뉘앙스를 던져놓고 어떻게 수습하러 나올 것인가를 느긋하게 기다렸다. 하하하. 그래요. 알아 두는 것도 재미있어요. 오래 기다릴 것도 없이 곧바로 반응이 나왔다. 쉽게 말해 이런 거예요. 예를 들어 현빈이 엄마가 1,000만 원을 저한테서 빌리잖아요. 그러면 저는 앉은 자리에서 30%의 이자를 미리 떼고 70%만 주는 거예요. 다시 말해 300만 원을 떼고 700만 원만 주는 거지요. 현빈이 엄마가 갚을 때는 1,000만 원을 갚아야 되고요. 완전 도둑놈이지요. 어머나! 세상에 그런 돈거래도 있다니. 그런 걸 누가 쓰겠어요? 하하하. 그래도 눈이 뒤집히면 다들 써요. 아 마누라까지도 잡히고 하는 게 노름이라잖아요. 그러니까, 노름판에서 그런다는 거지요? 다들 미쳤네요. 그 돈을 빌리는 사람도 뭔가 잘못된 인간이고 그 짓거리 해먹는 사람도 다 못된 인간들이네요. 맞아요. 다들 지옥에나 갈 놈들이고 구제 불능 쓰레기들이지요. 그러다가 본전 날리고 나서 눈이 뒤집히면 꽁짓돈 뜯기면서도 그 돈을 빌려서 또 해 보지만 또 꼬라박고 이자에 이자가 붙고 그게 시일이 지나면 수억이 되기도 하지요. 그걸 멈추지 못하고 계속 하는 놈은 미친놈들이고, 그런 미친놈들 상대로 꽁짓돈 뜯어먹고 사는 놈은 기생충이지요. 꽁짓돈 뜯어 먹는 기생충이 누구예요? 모르

는 게 약이예요. 야, 야, 그만해라. 뭐 좋은 얘기라고 아무것
도 모르는 사람한데 입을 놀리고 그러냐. 몇 년 전 우연히
전기영의 차를 얻어 타게 된 날 나눴던 일상적인 대화였다.
노름 돈을 대주고 꽁짓돈 뜯는 사람이 누구인지는 그날 듣
지 못했다. 그때는 관심에도 없던 일이었다. 하지만 지금은
뭔가 불길한 예감으로 가슴이 진정되지 않고 있었다.

  하얀 상복 차림에 긴 머리를 풀어 헤친 양춘식의 딸 난정
이가 내가 앉아 있는 자리로 오더니 고개를 까딱하고 맞은
편에 앉는다. 뭔가 잡히지 않는 불안증에 빠져 있던 나도 그
제야 고개를 들었다. 이 아이가 대학을 졸업하고 7급 공무
원 시험 준비를 한다는 소식을 들은 적이 있었다. 양춘식의
딸을 오랜만에 만나니 반갑기도 하고 측은한 생각도 들었다.
그래 힘들지? 갑자기 아버지가 돌아가셨으니 얼마나 슬프고
놀랐겠니? 나는 내 앞에 놓여 있던 솔잎 향기가 훅 풍기는
캔 음료를 양춘식의 딸에게 건네주며 위로의 말을 건넸다.
아버지를 쏘옥 빼닮아 거무죽죽한 피부에 작고 오동통하면
서 다부진 몸매가 제 어미와는 달랐다. 양쪽 끝으로 쪽 찢
어진 눈매나 열리지 않을 것처럼 앙 다문 입술은 고집깨나
있겠구나 싶은 것이 새삼스러웠다. 아줌마한테 할 얘기가 있

어요. 어, 그래. 해 봐. 좀 낮다 싶은 콧날에서 시선을 거두며 최대한 부드러운 눈빛과 나지막한 톤으로 응수했다. 집을 좀 비워 주세요. 집? 집을 비우라니 그게 뭔 소리니? 아니, 가만. 그 말 나한테 한 말이니? 그럼 여기 누가 또 있나요? 뭐? 그럼 나한테 했다는 말인데, 그게 무슨 뜻이니? 모르셨어요? 돌아가시기 전에 아빠가 그랬는데 지금 아줌마네 사시는 그 아파트가 우리 집이래요. 니 아빠 미친 거 아니니? 내 입에선 순식간에 막말이 튀어 나왔다. 그 순간 눈앞에 앉은 그녀의 소복보다 내 머릿속이 더 하얗게 탈색되고 있다는 느낌이 왔다. 후들대는 정신을 다시 일으켜 세운 나는 피조개 껍질 같은 그 애의 입에 적의가 가득 찬 시선을 내리꽂았다. 한번 벌어진 피조개는 진흙을 게워내듯 계속해서 날벼락을 쏟아 놓았다. 언제 어디서든 교양을 잃지 않겠다는 평소의 의지와는 다르게 내 입에서는 질그릇 갈라지는 소리가 목구멍을 흔들고 튀어 나왔다. 그럴 리가 없어! 니가 실성을 한 거야. 졸지에 애비를 비명에 잃더니 정신이 돈 거야. 더 이상 헛소리 하지 마! 헛소리인지 아닌지는 곧 알게 될 텐데요? 이제 아빠한테 빌려간 돈 5억 원 돌려주실 일만 남았네요. 뭐라고? 어떻게 5억씩이나 빌려줬다는 거냐? 너희 아빠한테 그만한 돈이 있기나 했니? 니 엄마 당장 불러와. 정신이 나가서 헛소리나 하는 어린 계집애 하고는 더 이상 상대하면 안 되겠다 싶었다. 저랑 얘기해요. 울 엄마는 아무것도 몰라요! 아무래도 이것이 안면이고 뭐고 이젠 더 볼 것 없다고 결심한 모양이었다. 하긴 제 어미는 모를 것이다. 남편이 뭐하고 다니는 줄도 모르고 컴컴한 지하실 전자부품 공장에서 공순이로 평생 남편이란 작자의 종노릇이나 하던 여자가 아니었던가. 한때 전기영이 양춘식의 집을 자주 오고가고 하던 시절이 있었다고 한다. 나도 전기영의 입을 통해 양춘식의 비참한 생활상을 들었다. 어미는 공장에 나가고 없고 아이들만 방구석에서 싸움질을 하고 있었는데, 파리는 방 한가운데 널브러진 밥상 위를 비행하고 있었고 부엌 하나 딸린 지하 단칸방 한 가운데를 장롱을 칸막이 삼아 방을 나눠 놨더란다. 작은 공간은 큰딸을 주고, 작은딸은 통로에서 자게하고, 두 부부는 아들과 같이 그 중에서 큰방을 쓰고 있더라는 얘기였다. 너 잘 들어. 우리 아파트는 누가 뭐래도 너네하고는 상관없는 집이야. 알겠니? 저 어리고 방자한 것 앞에서 형편없이 초라해진 내 자신을 어떻게 하면 조금이라도 덜 우스워 보일까 싶어, 위세 등등하게 단호한 어조로 말했다. 그렇게는 안 될 거예요, 그 애의 입가엔 조롱기를 띤 웃음마저 보였다. 이미 아빠 명의로 넘어와 있어요. 아줌마 입장 생각해서 아빠가 그동안 비우란 말을 하지 못하셨대요. 그 순간 온몸의 힘이 죄다 풀려버린 것 같았다. 닥쳐! 그럴 리가 없어. 명의가 넘어 갔다는 말에 바람 빠진 풍선처럼 외마디 비명을 내지르고 푹석 주저앉은 나와는 정 반대로 그녀는 산삼을 고아 먹은 이무기 같이 힘이 넘치는 것 같았다. 제 말은 다 끝났으니 나가 보겠어요. 아빠 장례식이 끝나면 절차 들어갈 거예요. 3일간의 말미를 드리겠어요. 협조해주세요. 내 머릿속을 수세미처럼 헝클여 놓고 그녀는 치맛바람을 일으키며 총총히 사라진다. 처음에는 분노가 끓어오르는가 싶더니 죽었던 존재의 파편들이 하나씩 살아나며 덧없는 삶이라는 패배감에 빠지는 듯 했다. 그녀가 사라지고 얼마 지나지 않아 곧바로 그가 나타났다. 그는 내 손목부터 잡아끌었다. 당신 이리 좀 나와 봐. 올 필요 없다고 했는데 왜 왔어? 영안실 밖으로 끌려 나온 나는 강하게 손을 뿌리쳤다. 후미진 주변은 무거운 검정색으로 가라 앉아 있었다. 왜 끌고 나와? 내가 여기 오면 안 되는 이유라도 있는 모양이지? 나는 분노의 불길을 잠재우려고 적개심을 간신히 억제하고 있는 상태였다. 아니야. 잘 왔어. 이왕 왔는데 잘 됐지 뭐. 가만 보니 양춘식의 딸이 내가 왔다는 말은 전하고 모든 사실을 털어 놨다는 말은 하지 않은 모양이었다. 아니, 어쩌면 비위 좋고 둘러대기 선수인 저 사람이 알고도 모르는 척 시침을 떼고 평소와 다름없는 행동을 하는지도 모른다. 그렇다. 틀림없이 시침을 떼고 있을 것이다. 순간 가슴속에서 주먹 같은 덩어리 하나가 술렁 하고 움직였다. 그는 항상 그런 사람이었다. 타인들 앞에서는 안 그런 척. 행복한 척. 싸우지 않은 척. 있는 척. 척. 척. 큰일을 저질러놓고 평소같이 대하는 저 가증스러움. 지금 당장 보이지 않는 거대한 손으로 목을 비틀어 죽어가는 얼굴을 바라보며 분을 풀고 그 얼굴에다가 침이라도 뱉고 싶은 충동을 필사적으로 억눌렀다. 그게 사실이야? 나는 턱이 덜덜 떨려서 이를 꽉 깨물어야 했다. 무슨 뚱딴지같은 소리야? 무슨 사실? 숨길 생각은 아예 하지 마! 우리 아파트가 죽은 양춘식이한테 넘어 갔다는 게 사실이냐고! 나는 돌릴 것도 없이 단도직입적으로 벌겋게 단 인두를 눈앞에 내밀었다. 아하, 그거. 당신한테 말하려고 했는데 그새 그년이 나발을 불었군. 나발을 불었군. 이라니. 가증스러운 체념의 시인은 그 부분에서 순간적으로 볼륨을 높인 것처럼 내 귀에 선명히 들렸다. 이로써 마지막 희망까지 무너졌다. 어른들이 떠드는 소리를 지나는 길에 얼핏 듣고 그것을 곧이곧대로 믿고 저러는 거겠지 하는 실낱같은 믿음과 기대가 어이없이 무너지고 나니 미래에 대한 두서없는 공포가 덮치는 것 같았다. 죽은 이가 꾸며낸 어설픈 친절과 산 사람이 꾸며낸 엉성한 거짓말들이 어릿광대처럼 춤을 추며 나를 희롱하더니 저들끼리 손을 잡고 빙빙 돌며 양춘식이 누운 냉동실로 낄낄거리며 내빼는 모습이 보였다. 당신 뇌는 틀림없이 텅텅 비었을 거야. 어떻게 이런 일이 가능한지 설명해봐. 이제 그에 대한 믿음을 폐기처분하고 나니 현실의 거대한 파도가 저만치에서 경주마처럼 달려오고 있었다. 그제야 참고 있던 폭발적인 분노가 치밀어오르고 그 분노 뒤에 서있던 슬픔까지도 전 속력을 내며 따라 붙었다. 낸들 그러고 싶어서 그랬겠어? 잘하려고 하다 보니 그런 걸 어쩌란 말이야. 어쨌든 미안해. 그걸 변명이라고 하는 거야? 뻔뻔스럽긴! 알고 있겠지만 나를 이 지경으로 만든 그 새끼도 노름판에서 칼침을 맞고 죽었어. 나는 죽음으로 사죄를 했다고 봐. 흥, 천벌을 받았군! 그의 말을 듣자 술에 취한 문상객들이 비명횡사 어쩌고 했던 말이 떠올랐다. 양춘식이 어떻게 죽었든 내 머릿속엔 전혀 들어오지 않았다. 밖으로 안으로 들락거리는 문상객들이 뜨문뜨문 보이며 지나쳤지만 그런 것은 눈에 보이지도 않을 만큼 나는 흥분했다. 지금 나하고는 아무 상관없는 타인들 때문에 내가 진정을 하고 교양을 찾고 그럴 처지는 아니었다. 지금은 철저히 속고 살아온 어리석고 불쌍한 내 영혼을 위로하고 보듬어 주는 일이 더 시급했다. 무엇부터 어떻게 해야 배반의 끈으로 나를 옭아맨 그 끈을 끄르고 슬픔에 젖어 있는 나의 영혼을 해방시켜 주는 길일까. 당신도 천벌을 받아야 해. 장대같이 긴 신장을 뛰어 올라 멱살을 움켜잡아 보거나 배우 뺨칠 만큼 잘 생긴 그 낯짝에 손톱자국을 내는 따위, 고작 그런 것만이 연약한 여자가 할 수 있는 응징이었다. 그러면 잡힌 옷자락을 뿌리치고 툭툭 털고 나서는, 왜 이래 몰상식하게시리. 당신 이제 보니 교양 있는 여자가 아니었네? 분명 그는 어이없게도 이렇게 나올 것이다. 그렇거나 말거나 나는 그의 옷자락을 움켜잡았다. 이런 막다른 골목에 이르러서도 그는 당황하지도 부끄러워하지도 않고 차분했다. 아무 소용 없다는 것을 깨닫고 옷자락을 손에서 놓으려는 순간, 갑자기 두 손을 아래로 떨구더니 풀썩 주저앉아 무릎을 꺾는다. 내 용서는 안 바랄게. 하지만 한 번만 더 봐 줘. 툭하면 무릎을 꿇는데 재미 들렸어? 무릎만 꿇으면 용서해 주는 여편네 하나쯤은 이번에도 얼렁뚱땅 우습게 갖고 놀 수 있다는 것인지, 그놈의 무릎은 시도 때도 없이 아무데서나 잘도 꿇었다.

수억 단위 부채는 그때 이미 시작되었는지 모른다. 그날도 할 얘기가 있으니 공원으로 좀 나오라는 전화가 있었다. 평소에 하지 않던 이상한 행동에 불안한 마음이 들었다. 아침에도 아이들과 나가 줄넘기를 하고 배드민턴을 치고 들어온 공원이었다. 그가 군데군데 쌓인 눈을 비켜 서있는 그곳은 썩은 낙엽이 깔려 있는 곳이었다. 황토색 파카에 베이지색 바지는 그가 출근할 때 입고나간 캐주얼 복장이었다. 왜 불러내? 집으로 들어오지 않고. 뭔데? 뭐 별 것은 아니야. 별 것이 아니라면서도 그는 쉽게 용건을 꺼내지 못했다. 그렇게 한참을 쭈뼛거리더니 외투주머니에서 뭔가를 꺼내 내 손에 쥐어준다. 이게 뭔데 나한테 줘? 이거 보고 당신 놀라지마. 놀라지 말라고 한 순간, 뭔가를 직감한 나의 머릿속에서 캄캄한 굴속에 성냥불을 그어댄 듯 불꽃이 번쩍했다. 나는 손 안에 들어와 있는 물건에 시선을 꽂았다. 이번 딱 한 번 용서해 준다면 평생 당신과 아이들한테 내 생명을 바치겠어. 두 무릎을 썩은 낙엽 위에 털썩하고 파묻은 그는 두 손을 기도하듯이 맞잡고 끊임없이 빌고 있었다. 호흡이 가빠지고 눈앞에 무수한 별이 떨어졌다. 정신을 붙잡고 찬찬히 통장을 들여다보았다. 이제 막 개설하고 잉크도 채 마르지 않은 신규 통장이었다. 그의 익숙한 이름이 선명했다. 바로 다음

장을 넘기는 순간 내 눈을 의심했다. 한눈에 세기도 벅찬 동그라미 숫자 앞에 마이너스. 바로 이거였구나. 나 이런 거 몰라. 알 필요도 없고. 내 손을 벗어난 마이너스 통장은 썩은 낙엽 위를 벗어나 눈더미 위에 꽂혔다. 나는 그대로 주저앉아 다리를 감쌌다. 그렇지 않으면 바윗돌이 굴러와 내 두 다리를 절단 낼 것만 같았다.

단편소설

17.5페이지

민재가 황톳물에 바짓가랑이를 적시며 황급히 도망치고 있을 때, 나는 칠흑 같은 어둠속 원두막 안에서 민재를 다급히 불렀다. 민재야. 민재야. 야. 나쁜 새끼야. 당장 돌아와. 하지만 나는 비명처럼 민재를 부르다가 이내 포기해 버렸다. 이미 어떤 소리도 들리지 않을 만큼 민재는 멀어졌기 때문이다. 비가 퍼붓는 어둠속 원두막 안에는 놈과 나 둘만이 남았고 둘 사이에는 팽팽한 긴장감이 감돌고 있었다. 원두막에 들어서서 놈을 발견하는 순간 나는 뼈를 에워싸고 있던 살점들이 모조리 분해되는 것 같은 분노가 일었다. 기둥에 등을 붙이고 있던 놈이 슬로우 모션으로 몸을 일으키더니 나이프를 빼들었다. 놈은 마대 바닥에 나이프를 꽂더니 앞으로 잡아당겼다. 두둑두둑 찢어지는 마대 소리는 진저리를 칠 만큼 소름이 돋았다. 앙 다문 나의 입에서는 어떤 소리도 나오지 않았다. 저놈 앞에서 두려워하면 안된다는 결심은 흔들리지 않았다. 하지만 두려운 기색을 보이지 않겠다던 각오와는 다르게 몸은 맹렬히 흔들렸다. 그때였다. 공중에서 섬광과도 같은 불빛이 사선을 그으며 놈의 면상을 후려쳤다. 우르릉 쾅. 대지가 찢어지는 엄청난 굉음이었다. 푹 젖은 원두막은 곧 주저앉을 태세였다. 이게 무슨 짓이에요. 나는 되도록 나지막한 목소리로 놈을 진정시켜야 했다. 본시 짐승은

성내는 자를 보면 더 으르렁거리고 피를 보면 물어뜯는 습성이 있다. 왜 겁나니? 이렇게 인하면 볼 수가 없잖아. 시있지 말고 앉아. 아니야, 난 갈 거예요. 간다고? 누구 맘대로? 넌 여기서 한 발자국도 나갈 수 없어. 놈은 사다리를 향해 나가는 나의 치맛자락을 움켜쥐었다. 놈은 곧 나의 목덜미에 칼을 던질 것만 같았다. 살려줘요. 제발. 나는 무릎을 꺾으며 두 손을 모았다. 이렇게 나오면 재미없는데. 너 답지 않잖아. 너는 시건방져야 매력있거든. 심심한데 너의 반반한 그 얼굴이나 못쓰게 해 볼까나. 흐흐흐. 이빨을 허옇게 드러낸 그놈은 내 눈앞에 날이 선 나이프를 바짝 들이댔다. 이러지 말아요. 제발요. 난 미친놈이야. 미친놈이 무시당하면 뭔 짓을 하는지 맛이나 볼래? 미친 새끼! 그래, 해 봐. 어쩔 건데? 맘대로 해보라고. 그때였다. 볼에 산뜩한 쇠붙이가 느껴졌지만 그것이 살이 베어지는 느낌이라고는 생각하지 못했다.

나 알아보겠어요? 등 뒤에서 굵직한 남자의 목소리가 들렸다. 나는 천천히 고개를 돌렸다. 보통 사람의 신장을 훌쩍 뛰어넘는 한 남자가 바지 주머니에 두 손을 찔러 넣고 서 있다. 좁은 논둑길에서 아침저녁 마주치던 남자의 아버지를 본 것 같은 착각이 들었다. 남자는 나를 보고 어눌한 미소를 띠었다. 나도 겸연쩍은 미소를 입술에 담았다. 그럼요. 알아보죠.
남자는 알아봐서 다행이다 싶었는지 씩 웃는다. 황소 같은
그 웃음은 세월이 지나도 여전했다. 두 사람 사이에는 어색
한 기운이 감돌았다. 할 말을 잃은 듯 두 사람은 쉽게 말을
잇지 못한다. 도로가에 서있는 앙상한 은행나무에 시선을 얹
는다. 남자도 나에게 걸쳤던 황소 미소를 거둔다. 어딜 들어
가야죠? 남자가 먼저 제안한다. 나는 8차선 도로 건너편에
시선을 넘겼다. 해물전문점 간판이 보인다. 저기 식당이 보이
네요. 턱을 들어 건너편 식당을 가리켰다. 남자는 대답 대신
앞서서 휘적휘적 걷는다. 남자의 운동화 뒤축에는 진흙이 잔
득 묻어 있다. 이 눈 속에 무슨 일로 신발에 흙을 묻혔을까.
신발 뒤축에 시선을 꽂은 나는 말없이 따른다. 눈발이 날렸
다. 희끗한 남자의 머리카락이 제멋대로 휘날린다. 남자의
어깨 위에 눈이 앉았다가 미끄러진다. 남자는 손을 들어 머
리에 앉아 있는 눈을 털어낸다. 눈을 털어낼 만큼은 내리지
않는다. 음식점에 들어가기에는 조금 이른 시간이다. 앞서 걷
던 남자가 음식점 댓돌에 껑충 올라서더니 문을 민다. 딸랑
이 종소리가 아낙네를 부른다. 고개 돌린 아낙네가 테이블
을 닦다 말고 난처한 표정이다. 아 그런 눈으로 보지 마세요.
우리 천천히 주세요. 남자가 아낙네를 향해 웃는다. 남자의

너스레도 여전했다. 남자가 창을 등지고 앉고 내가 그 앞에 앉았다. 서로의 얼굴을 정면으로 마주본다. 첫 휴가 나왔을 때 만나고 처음이네. 메뉴판을 보고 있는 나에게 남자가 말을 건넨다. 20년도 넘었지. 나는 메뉴판에 얼굴을 묻은 채 건성으로 대꾸한다. 서로가 외면하는 것이 낫다는 생각이 들었다. 그쪽도 마찬가지일 것이다. 20년 세월이 흐른 지금 얼마나 낯설겠나. 윤정이는 늙지도 않았네. 관리를 잘했나? 하나도 변하지 않았어. 그대로야. 남자가 감탄하듯 중얼거린다. 나이가 몇인데 변하지 않아. 나도 많이 늙었어. 낯가림이 해소되었나, 남자는 존댓말을 접고 반말을 한다. 나도 어느 순간부턴가 존댓말을 내려놓고 있었다. 여자 나이 마흔넷, 결코 적은 나이는 아니다. 솔직히 말해서 아직도 깨끗한 피부에 잔주름 한줄 없다는 것에 자부심은 있다. 몸매에도 나잇살 같은 것은 붙어 있지 않다. 무턱대고 들어서는 두 사람을 보고 시큰둥하던 아낙네가 전골을 들고 들어온다. 처음과는 달리 아낙네는 미소까지 피워 물고 있다. 드시다가 국물이 졸면 육수 좀 부으세요. 이젠 아낙네가 친절하기까지 하다. 남자는 아낙네를 쳐다보며 대답대신 황소미소를 짓는다. 냄비 안에서는 낙지가 몸을 배배 꼬아 꽈배기를 만든다. 단풍처럼 붉게 물 들어가는 게딱지 등에서는 하얀 거품이 부글거린다. 윤정이 술 마실 줄 알아? 술을 따르려다 멈추며 남자가 쳐다본다. 그럼 마시지. 그래? 못 마시는 줄 알고 약한 걸로 시켰는데. 전에도 술을 좀 마셨나? 남자는 술을 마시는지 몰랐다는 표정이다. 그 표정은 과거 속에 들어가 어딘가를 허우적대는 것도 같았다. 그때 내가 몇 살인데 술을 마셔. 참. 그렇지 너는 새침데기였어. 참 도도 했었는데. 도도했다는 남자의 말에 나는 피식 웃는 것으로 동조한다.

　그동안 남자의 소식은 수시로 들었다. 결혼을 요구하며 비상을 먹고 죽는다고 나자빠진 대학후배와 결혼했다는 이야기며, 결혼 몇 년 만에 딸을 하나 낳았지만 물놀이 사고로 어린 것을 잃었다는 뼈아픈 이야기며, 그 여파로 겨우 결혼해서 살던 부인과 이혼장에 도장 찍고 지금은 홀로 산다는 소식까지도. 그는 홀아비라는 현실을 들키고 싶지 않았던 것일까. 꽤나 신경을 쓴 듯 옷매무새가 말끔했다. 하지만 세월의 무게만큼은 어쩔 수 없었던 모양이다. 검푸르게 변색되고 축축 늘어진 피부에 둔탁한 목소리는 그것을 말해주었다.

　술기운 탓일까. 조금 전 남자의 늙고 어눌했던 모습이 희미해지고 옛날 분위기가 점차로 살아났다. 아낙네에게 던져주던 친절한 미소와 실없는 우스갯소리, 이따금씩 튀어나오는 위트가 그러했다. 그때의 인기를 반영하듯 몸에 배어있는 기백도 그랬다. 불룩한 복부, 거뭇한 눈자위, 터벅대며 걸을 때 펄렁대는 넓은 바짓가랑이 등, 다소 눈에 거슬리긴 했지만 도저히 못 봐 줄 만큼 추레하진 않았다. 하지만 나의 시선이 남자의 푸르스름한 안색으로 가는 것은 어쩔 수 없었다. 이 남자가 경포대 5리 바위와 10리 바위를 왕복으로 질주하던 국가 대표 수영선수였던가. 여학생 팬들이 집 주변에 진을 치고, 자지러지는 고함소리와 응원소리 등으로 인기가 하늘을 찌르던 남자였다. 조오련 선수 다음으로 잘 나가던 왕년의 수영선수 김영후였노라고 이 안의 사람들에게 말하면 믿어 줄까.

남자는 항상 풋풋한 고향과 함께 나의 뇌리를 배회했다. 남자는 나의 기억에는 언제나 좋은 기억 나쁜 기억 모두 싸들고 일어서는 사람이다. 그때마다 이 남자는 추억과 그리움의 대상이었다가 분노와 앙금의 대상이었다. 이 남자가 나에게 좋은 기억으로 농축되어 있을 수는 없었다. 가슴 밑바닥에 침전되었다가 어느 순간 풋풋한 향수와 뒤범벅이 되어 함께 떠오르는 불순물 같은 남자다. 붉은 진흙탕, 사과 냄새, 발 고린내, 천둥 번개, 재깍 소리와 함께 번득이는 칼날이 냄비속의 낙지처럼 꿈틀대고 있다. 오랜 시간은 흘렀지만 모멸의 흔적은 오랫동안 분리되지 못하고 칡덩굴처럼 한 가닥

에 뒤엉겨 있다. 장마철 벽지처럼 눅눅한 기분은 무엇으로
도 건조 시킬 수 없었다. 나의 가슴에는 깊이를 가늠할 수
없는 인두자국처럼 언제나 선명하게 찍혀있다. 그럼에도 불
구하고 나는 무슨 이유로 이 남자를 마음 안쪽 구석에 남겨
두었을까. 그날 이후 남자가 미친 듯이 자신을 찾아다니더라
는 풍문 때문이었을까. 각자의 길을 가면서도 무엇이 아쉬워
미련을 두었던 것일까. 가다가 목이 말랐고 목이 마르면 본
능적으로 물을 찾듯 마무리 못하고 끝장낸 것들이 나의 덜
미를 잡았던 것일까. 그동안 우연이라도 남자를 만나고 싶었
다. 그러나 막상 남자가 눈에 뜨이면 아는 척도 못하고 돌아
서고 서둘러 도망을 치곤했다. 지난날 그렇게 애써 외면했던
남자를 무엇 때문에 이제 와서 조카에게 만나자는 연통을
보냈던 것일까. 아직도 추억속의 내가 아닌 현실의 여자로
나를 그리워할 것이란 환상을 갖고 있는 것은 아닐까. 남자
는 나와 헤어진 이후에도 한동안 나의 주변을 맴돌았다. 어
쩌면 의미 없이 추억속의 여자를 한 번쯤 보고 싶고 궁금했
었는지도 모른다. 사실 나는 매사에 나의 기준으로 사물을
보고 밀어 붙이는 경향이 있기는 하다.

식탁에는 말갛게 비워낸 백세주병이 대여섯 병 널브러져
있다. 남자는 이제야 생각난 듯 국물이 다 졸아 버리고 건더

기만 끓고 있는 냄비에 아낙네가 놓고 간 주전자의 육수를 쏟아 붓는다. 군대 가서 죽을 고생 했어. 남자는 내가 묻지 않은 옛이야기를 끄집어낸다. 군대란 그런 거잖아. 각오하고 갔던 것 아니었나? 나는 게딱지 등짝에서 나오는 거품을 바라보며 묵은 감정이 스멀거리고 올라오는 것을 눌렀다. 케케묵은 옛날 감정이 나의 명치끝을 쿡 찔러서 피를 낸 것이다. 내가 예전처럼 얌전히 앉아 묵묵히 들어 주고만 있을 줄 알았는지 생각지도 않은 반응이 나오자 남자의 얼굴은 굳어지고 분위기는 자갈을 삼킨 강물처럼 가라앉는다.

대문 틈 사이에 꽂혀 있는 영후의 쪽지를 발견한 것은 이틀 전이다. 영후네 굴뚝에서는 저녁연기가 피어오르고 저녁노을은 불을 지른 듯 서쪽 하늘을 삼키고 있다. 나는 주머니에 구겨 넣은 영후의 쪽지를 다시 꺼냈다. 〈한번 만나요. 부탁도 있고요. 내일 6시. 우리 집 앞산이에요.〉 동산 하나를 가운데 두고 영후와 나의 집은 양쪽에 마주 보고 있다. 윤정아. 안녕. 고맙다. 나와 주어서. 약속 장소에 먼저 온 나는 영후가 보이지 않자 당황했다. 영후가 어디선가 숨어서 훔쳐보는 것도 같았고, 약속을 해놓고 놀리느라 나오지 않았구나. 싶은 판단에 자존심이 상했다. 속았구나 싶어서 다시 내려갈까 하던 중이다. 그런데 영후는 이미 나와서 기다리고 있었다. 키가 좀 크다는 것과 웃을 때 눈이 반쯤 감긴다는 것과 앞니가 살짝 겹쳐 있다는 것이 처음 본 그의 대한 느낌이다. 영후는 평소에도 눈에 잘 띄는 외모에다 인기까지 있는 운동선수라 누구나 관심이 있는 친구다. 영후를 슬쩍 훔쳐보았던 것도 사실이지만 가까이에서 보는 것은 처음이다. 영후의 부탁이란 것은 나의 예상을 빗나가지 않았다. 두 사람 연애 소식은 급속도로 퍼졌다. 영후는 모든 여자애들이 갖고 싶어 하는 남자였고. 나도 모든 남자애들이 갖고 싶어 하는 여자였다. 이날 이후 두 사람은 작은 동산에서 하루도 빠짐없이 만난다. 영후에게 관심 있던 여학생들이나 나에게 관심 있던 남자애들은 실망했다는 반응과 선남선녀가 잘 어울린다는 반응 두 가지로 엇갈렸다. 영후 못지않게 나도 최고의 인기가도를 달리는 스타였다. 사내들은 나를 마주치면 길을 멈추고 멍한 눈을 떼지 못했다. 내가 길을 걸어가고 있으면 일을 하다가도 밥을 먹다가도 문을 열고 뛰어나와 보이지 않을 때까지 훔쳐보고, 나의 소문은 절간에서 공부하던 고시생도 산을 내려오게 했고 학내외에서 가장 예쁘다고 지들끼리 등급을 매겨놓고 서로 차지하겠다고 신경전을 벌였다. 등하굣길에서 버스를 탔다가 내려 보면 책가방에서 사내들의 쪽지가 우르르 쏟아졌다. 자주색 교복에 희고 날카로운 칼라만큼 고개를 빳빳하게 세우고 나는 사내들의 눈길을 의식하며 교만하게 걷곤 했다.

영후 대신 약속장소에 나온 민재와 이야기를 하고 있던 중 영후가 약간의 술 냄새를 풍기며 나타났다. 윤정아, 나 군대 간다. 약속시간을 훌쩍 넘기고 뒤늦게 나타난 영후 입에서는 생각지도 않았던 말이 튀어 나왔다. 군대? 그래. 딱 일주일 남았어. 영후가 군대에 갈 나이가 되었다는 것을 나는 미처 몰랐다. 순박한 시골 여학생이었던 나는 영후가 세상 물정 다 섭렵한 4살이나 많은 남자라는 것이 무엇을 뜻하는지 몰랐다. 군대를 간다고 말을 했을 때 나는 아무 말도 못했다. 영후에게 나는 어린애일 뿐이다. 사실은 난 그때 사고치고 군대로 도망쳤던 거야. 도망. 왜지. 홍범이 자식 등에 소주병을 깨서 박아버렸거든. 헉, 진짜? 너한테는 말할수 없었어. 이해하기엔 넌 너무 어렸으니까. 내가 나쁜 놈이란 걸 알았다면 틀림없이 너는 도망갔을 거다. 난 그게 두려웠어. 그런 일이. 난 몰랐어. 그러고 보니 영후가 해병대를 가겠다고 방방 뛰던 그날이 기억난다.

어느새 손님들이 들어차 있다. 젊은 부부들이 방임한 아이들이 이리 뛰고 저리 뛰고 식당 안은 온통 난잡했다. 거참 어떻게 그런 짓을 했어? 그때는 나도 철이 없었어. 그 사고로 내 인생도 엇나간 거지. 내가 아는 영후는 순한 사람이다. 내 앞에서는 길들여진 양처럼 언제나 순종했고 바보 같은 미소만 지었다. 나의 심통과 짜증은 별거 아니라는 듯 묵묵히 받아주던 가슴 넓은 사람이다. 그가 화난 모습은 어떨까 상상도 할 수 없다. 그런 사람이 친구 등에 소주병을 박다니. 믿을 수 없는 일이다. 영후 깡패야. 툭하면 사고치고 경찰이 잡아갔어. 부모는 허구한 날 땅 팔아서 꺼내오고 그랬지. 넌 전학생이라 모르지. 키 크고 운동 잘하고 잘생겨서 여자애들한테는 인기지만 집에서는 골치 덩어리지 뭐냐.

동문모임에서 어쩌다가 영후가 화제에 올랐다. 정숙이 입을 통해 영후의 모든 것이 낱낱이 벗겨졌다. 원래 영후가 깡패였다는 것. 거기서도 우두머리였다는 것. 다 지난 일들이지만 나는 영후에 대한 충격적인 얘기를 듣고 심장이 뛰었다. 그 말을 듣고도 정숙에게 정말이냐는 질문도 못했다. 그렇다면 그 당시 정숙이는 친구가 깡패를 만나는 것을 왜 말리지 않았을까. 무슨 이유로 그런 중요한 부분을 말해주지 않았을까. 어쩌면 협박으로 정숙이 입을 틀어막았을지도 모른다. 하지만 사실을 말해줬어도 나는 듣지 않았다. 이미 좋아하는 남자가 되었는데 되돌릴 수 있었을까. 나쁜 남자라서? 그것이 문제가 되지는 않았다. 내가 타임머신을 타고 과거로 돌아가 있는 동안 남자는 새로운 술병을 따서 자작하고 있었다. 언제 올라 왔는지 몸뚱이가 잘린 산 낙지가 접시에 가득했다. 참기름에 굴린 토막 난 산 낙지가 남자의 젓가락을 벗어나려고 안간힘을 쓰고 있다. 하하하. 갑자기 남자가 호탕하게 웃는다. 과거에서 깨어나 어리둥절한 나는 크게 웃어재끼는 남자의 얼굴을 물끄러미 쳐다본다. 그래. 이 남자는 그때도 그랬다. 언제나 호방하고 호탕했다. 내가 다른 남학생을 만나면 그 장소를 어떻게 알았는지 나타난다. 내가 무안해서 쩔쩔매고 있어도 애는 누구냐며 묻고 참견하지 않는다. 상대 남학생의 교복에서 안양예고 배지를 보고는 음. 배우가 될 남자라 미남이네. 난 윤정이 오빠인데 즐겁게 놀다가 6시쯤 집에 보내줄 수 있지? 하고는 사라졌던 남자다. 윤정아. 홍범이 하고 내가 맞장 떴던 일 생각나니? 그럼 기억하지. 하하하. 사실 그것도 다 너 때문이었어. 친구 놈들이 나와 사귀는 걸 다 알면서도 널 차지하려고 쟁탈전을 했잖아. 후후. 그랬었지. 다른 학교 놈들까지 널 만나려고 너의 집 뒷산까지 몰려가고 그랬잖아. 내가 그놈들 막아 내느라 별짓을 다했던 것 같아. 맞아. 그랬어. 내 인기 알아줬지. 홍범이는 나의 친척의 친척이다. 때문에 경조사가 돌아오면 자연히 만나졌다. 그런 날이면 동갑내기 조카와 홍범이는 수수께끼 놀이로 밤을 지새웠다. 곁에서 구경만 하던 나도 시간이 지나면 거기에 끼어들게 되었다. 나와는 사돈지간이었던 홍범이를 나는 조카가 부르는 대로 오빠라고 불렀다. 하굣길에 마주치면 홍범이는 가게에 끌고 들어가 맛동산이나 쿨피스, 오란씨 등을 사서 안겨주었다. 이후 홍범이는 우연을 가장해서 나의 주변을 배회했다. 그 무렵이다. 홍범이는 나에게 짐승 같은 짓을 했다. 홍범이 동생 홍덕이와 놀기로 약속하고 집으로 찾아간 날은 일요일이라 가족들이 다 모여서 점심 식사를 하고 있었다. 나는 홍덕이 방으로 들어갔고 책상에서 책을 빼들고 읽고 있었다. 그때 뭘 찾는 척하고 들어온 홍범이가 책을 읽고 있는 나를 덮쳤다. 갑작스런 홍범이 행동에 나는 허겁지겁 뛰쳐나왔다. 맨발로 빠져나온 나는 그 이후 홍범이란 인간에게 정나미가 떨어졌다. 하굣길에 마주친 것도 우연이 아니었고 우연을 가장한 계획적인 행동이었다. 그런 일이 있고나서 한 달쯤이다. 자다 말고 오줌을 누고 오겠다고 밖으로 나가던 조카가 되돌아왔다. 고모 빨리 나가봐. 누가 찾아왔어. 누군데 이 밤중에. 나가보면 알아. 조카는 무조건 나가보라고만 했다. 캄캄한 어둠속에서 흙바닥에 무릎을 꿇고 앉아 있는 남자가 보였다. 그곳은 동네 노인들이 모여서 담배를 피우거나 낮잠을 자는 친척집 툇마루다. 윤정아 내가 잘못했다. 한 번만 용서해주라. 홍범이는 눈물을 철철 흘렸다. 누가 봐요. 빨리 가요. 홍범이 눈물이 쇼든 진심이든 윤정에겐 아무런 의미가 없었다. 용서해 줄 수는 없겠니? 여기 밤새껏 앉아 있어도 나하고는 상관없어요. 제발 용서해라. 그러나 흙바닥에 꿇어앉은 홍범이를 두고 나는 방문을 닫았다. 나는 순결이란 허울을 중하게 여겼던 조선시대 여자는 아니다. 다만 순결보다는 자존심을 지키겠다는 내 자신과의 약속이다. 남녀가 눈인사라도 나누다 들키면 동네 아낙네들은 함부로 입을 놀렸다. 뉘 집 딸은 연애질을 한다는 둥, 이놈 저놈 몸 주고 걸레가 다 되었다는 둥, 조금이라도 나쁜 소문이 돌면 얼굴 들고 동네에서 살 수가 없었다. 게다가 남자란 동물은 반강제로 여자와 잠자리를 해놓고도 무슨 훈장이라도 탄 듯 자랑질을 해댔다. 쟤는 내가 따먹었다. 게다가 여자가 못생기기라도 하면 맛도 더럽게 없는 년이더라, 하면서 킬킬거렸다. 나, 탈영했었다. 여자는 탈영했다는 말을 듣는 순간 전골냄비에서 건진 명태 알을 입에 넣고 어적어적 씹었다. 부대에서 그 자식이 너를 어쨌다는 소식을 들었어. 한마디로 눈이 뒤집혔지. 나는 그놈 죽이는 일이 김일성 목을 따는 일보다 더 시급했다. 결국 부대를 빠져 나가지도 못하고 체포되었지. 뒤지게 매를 맞고 영창도 가고 실미도까지 갔었다. 후에 그놈과 너의 대한 소문은 오해라고 들었어. 오해? 여자는 무엇인가 말을 하려다가 입을 다물었다.

영후가 입대한 후, 나는 학교 가는 일 말고는 집 안에 틀어박혔다. 그러다가 답답하면 할 일 없이 논둑길을 걸어보거나 캄캄한 방구석에 틀어박혀 음악을 듣거나 편지를 기다리는 것이 유일한 일과였다. 그해 가을 이사를 했다. 영후와 만나던 작은 동산은 먼 거리로 밀려났다. 이사한 집은 섬처럼 외딴집이다. 주변에는 논들이 집을 포위하듯 펼쳐져 있었고 드넓은 들판은 끝이 보이지 않았다. 들녘 곳곳에는 곡식들이 누렇게 익어 온 들판은 그야말로 황금물결이었다. 새들은 그것을 쪼아 먹기 위해 고집스럽게 들러붙었다. 동네 사람들은 올해 대풍년이라고 한마디씩 떠들었다. 하굣길 차창 밖에는 영후네 과수원이 스치듯 눈에 들어왔다. 나무에 주렁주렁 매달려 있는 붉은 사과가 소담스럽게 보였다. 통학 길에 버스에서 보면 나지막한 사과나무 사이에 원두막이 스쳐갔다. 나에게는 잊을 수 없는 추억의 과수원이다. 영후와 함께 다녔던 곳. 캄캄한 밤에 벌레 먹은 복숭아를 먹여놓고 놀리던 곳. 나는 새를 쫓으라는 부모님의 말을 허투루 흘리며 기타를 들고 바윗돌에 앉아서 어니언스의 편지 따위를 치며 영후 소식만 기다렸다. 눈을 뜨면 우체통부터 열어보았지만 편지는 좀처럼 오지 않았다. 훈련 중에는 편지를 쓰기도 어렵고 쓴다 해도 모두 검열한다는 절망적인 소식만 들려왔다. 영후가 떠나고 한 달이 되었을 것이다. 한 통의 편지를 받았다. 영후 필체가 아닌 다른 사람의 글씨였다. 일단 나는 기쁜 나머지 어떻게 봉투를 뜯었는지도 몰랐다. 봉투 안에는 또 하나의 봉투가 들어 있었고 편지도 한 장 더 들어 있었다. 저는 김영후와 같은 부대에 있는 휴가 나온 사람입니다. 이 편지는 인편으로 받아 제가 대신 부치는 것입니다. 편지는 이렇게 시작되고 있었다. 보낸 사람 주소는 가평이었다. 영후가 훈련 중에 철조망을 통해 건네준 편지를 다시 봉투에 넣어 보내는 거라고 했다. 영후의 편지는 누런 종이에 급히 쓴 글자였다. 마구 휘갈겨 썼지만 영후의 필체가 틀림없었다. 사랑한다. 보고 싶다. 기다려라. 오직 이 세 마디의 단문장만 가득했다. 편지를 읽는 내내 그리움이 파도처럼 밀려왔다. 편지가 인편에 주어져서 자신의 손에 들어오기까지 그 복잡한 과정을 생각을 하니 영후의 군대 생활이 어떠한지 불을 보듯 뻔히 느껴져서 저절로 눈물이 흘렀다.

느닷없이 오토바이가 나를 향해 달려든다. 한쪽으로 비켜선 그녀는 오토바이에 앉은 남자를 쏘아본다. 푸른 제복을 입은 남자는 황소처럼 웃고 있다. 어, 언제 왔어? 며칠 되었어, 며칠? 영후 대꾸에 나는 말문이 막혔다. 영후는 해병대 군복 차림에 팔각모를 쓰고 있었다. 며칠 되었다고? 나는 어이가 없었다. 소망대로 해병이 되어서 나타난 것이다. 저 남자가 원하던 것이 겨우 이런 거였나. '기어코 해병대 군복을 입고 휴가를 나오겠어. 해병대 군복을 입지 않는다면 휴가도 나오지 않겠어. 팔각모. 걸음마다 철렁대는 링. 붉은 이름표 〈김영후〉를 달고서 휴가를 나오겠어.' 그렇게 철부지 애 같은 호기를 부리며 영후는 해병대에 자원입대했다. 나는 눈앞에 서 있는 영후의 해병대복에 거부감이 들었다. 두 사람은 말없이 걸었다. 옷소매라도 맞닿으면 큰일 날 것 같은 분위기다. 두 사람 사이에는 큰 바위 덩어리가 놓여 있다. 그때였다. 또 한 대의 오토바이가 두 사람 사이를 갈랐다. 놀란 사람은 나 혼자만이 아니다. 야, 자식아! 너 까불래? 갑자기 뛰어든 오토바이 소리에 뒤로 물러나며 영후가 소리쳤다. 민재? 나는 오랜만에 민재를 보았다. 세찬 빗줄기를 맞으며 미

끄러운 사다리를 기어서 내려오던 모멸의 그날, 그 치욕의
순간이 민재의 뒷모습에서 흉측한 형상으로 되살아났다. 책
가방을 집어던져 민재 뒤통수에 적중시키고 싶은 충동을 가
까스로 억눌렀다. 증오의 불덩어리는 민재 뒤통수를 향했다
가 영후가 지껄이는 소음소리에 소멸되었다. 저 자식이 사람
놀라게. 뿌연 먼지를 일으키며 멀어져가는 민재를 바라보는
영후의 표정에는 증오의 기색은 찾아볼 수 없었다. 원래 흰
편은 아니지만 훈련을 받느라 햇볕에 그을린 영후의 피부는
완전 구릿빛이었다. 입대하던 날 진해 훈련소 입구에서 눈물
콧물 짜던 나의 어깨를 보듬어주고, 눈시울이 붉어지던 영후
가 아니다. 나는 시선을 내리깔았다. 영후는 묵묵히 나의 뒤
를 따랐다. 나의 걸음이 빠르다 싶으면 영후의 걸음도 빨라
지고, 나의 걸음이 느려지면 같은 속도를 맞췄다. 나는 논둑
을 내려서서 뛰었다. 영후도 나를 따라서 뛰었다. 금세 따라
붙은 영후가 나의 팔을 잡아챘다. 왜 그래? 내가 뭘 잘못했
니? 이것 놔. 연락 않고 나왔더니 너 화났구나. 따라오지 마.
나의 단호한 한 마디에 영후는 더 이상 따라갈 수 없었다.

  민재가 하굣길에 나타났다. 영후 입대 직후였다. 민재는
두 사람의 데이트 장소까지 따라다니던 영후의 친구다. 나

이는 영후보다 두 살 정도 아래였지만 그런 경우는 허다했
다. 내가 영후와 붙어 앉아 데이트를 하는 동안 민재는 주변
을 서성거리거나 논에 들어가 메뚜기를 잡곤 했다. 그러다가
지루하면 들꽃을 한 아름 꺾어서 두 사람 있는 쪽으로 던졌
다. 민재는 만날 때마다 진담 반 농담 반 영후에게 요구하는
단골멘트가 있었다. 영후야, 윤정이 좀 빌려주라, 데이트 한
번만 하게. 영후 넌 매일 만나잖아. 난 일주일에 한 번이면
된다. 민재는 말도 안 되는 소리를 되풀이했다. 그러면 영후
는 화를 내기는커녕 빙그레 웃으면서 그래라. 누가 말려. 하
고 영후답게 웃어 넘겼다. 영후가 약속장소에 나올 수 없는
날도 있었다. 그런 날은 으레 민재가 나타났다. 진달래나 개
나리꽃을 한 아름 안고 민재가 나타나면 나는 입이 함박만
큼 벌어지고 집으로 돌아갈 때는 그 꽃을 안고 가서 울 안
에 심었다. 이사 가고 없는 그 집 울 안에는 노란 개나리가
울창하게 피어 있곤 했다. 영후가 약속장소에 나오지 않아
도 나는 서운한 감정이 없었다. 민재가 기타치고 나는 노래
를 부르거나 그런 식으로 시간을 보내고 들어가곤 했으니까.
그만큼 허물없는 관계이기 때문에 영후가 입대하기 전과 다
를 것이 없었다.

　웬일이니? 어. 영후 주소 좀 알려고. 주소는 집에 있어.

지금 우리 집으로 갈래? 거기까지 갈 시간은 없어. 그럼 나중에 받지 뭐. 그때 굵은 물방울이 날아와 손등에서 튀었다. 어머. 비가 오려나 봐. 나는 손바닥을 내밀어 빗물을 받으며 큰 소리로 호들갑을 떨었다. 어느덧 빗방울은 쏴아 하며 마구 쏟아졌다. 소나기에 발이 묶인 두 사람은 남의 집 처마 밑에 쭈그리고 앉았다. 비가 그치기를 기다렸지만 그칠 기미는 보이지 않았다. 영후네 원두막으로 가자. 어두워지는데 거긴 뭣하러가. 아까 지나다보니 영후 어머니가 거기 계셨어. 나는 마음이 내키지 않았지만 영후 어머니가 원두막에 계시다는 소리에 마음이 바뀌었다. 눈도장이라도 찍어 놓을까. 순간 나의 머릿속에 야무진 계산이 파고들었다. 결혼이란 말을 꺼낸 적은 없으나 영후나 나는 당연한 기정사실로 생각하고 있었다. 나는 책가방을 머리에 얹고 냅다 뛰었다. 두 팔로 머리를 감싼 민재도 나의 뒤를 따랐다. 사방은 어둠에 휘감겨 있었다. 과수원을 오르는 언덕배기는 온통 붉은 진흙밭이다. 하얀 운동화는 황톳빛이다. 빗속을 달려온 나와 민재는 원두막에 도착했다. 칠흑 같은 어둠은 원두막 내부를 빈틈없이 메우고 있었다. 아무도 없나본데. 좀 전까지 영후어머님이 계셨는데. 일단 올라가봐. 빗물을 잔뜩 먹은 사다리는 미끄러웠다. 도둑고양이라도 튀어날 올 것 같은 캄캄한 원두막 안에는 아무 기척이 없었다. 사과 향기가 가득했고 청국장 냄새도 뒤섞여 있는 것 같았다. 오랜만이다. 어머나, 누 누구세요? 나 홍범이다. 지척을 분간할 수 없는 어둠 한복판에서 남자의 목소리가 튀어나왔다. 모르는 사람도 아니잖아. 이게 어떻게, 된 거죠? 너무 황당한 일이라 나는 상황 파악이 되지 않았다. 홍범이는 맞는 것 같은데 뭔가 이상했다. 마루 밑에 꿇어 앉아 눈물을 철철 흘리던 홍범이가 아니다. 힘깨나 쓸 것 같은 불량배의 모습이었다. 순간 나는 얼음조각을 한 자루 등허리에 뒤집어쓴 사람처럼 머리에서 심장으로 방광에서 두 다리로 초특급 경련이 일었다. 무슨 짓이에요? 그때서야 상황 파악이 되었다. 민재를 시켜 나를 유인한 거죠. 나는 보자기를 뒤집어쓴 미친년처럼 게거품을 물었다. 너는 어서 가라. 알았어. 홍범이 허락이 떨어지자 민재는 걸음아 날 살려라. 하는 듯 진흙탕에 빠지며 냅다 뛰었다. 나는 널 기다렸어. 늘. 항상. 이제나 저제나. 내가 널 얼마나 사랑하는지 아니? 넌 나를 보기 좋게 차버렸어. 차다니. 우리가 차고 말고 할 사이인가요? 그렇다 치고 지금은 내 말을 들어야 해. 말을 듣지 않으면 넌 여기서 살아나갈 수가 없어. 홍범이는 뱉어내는 말마다 섬뜩했고 간담이 서늘했다. 이럴 때 간질병이라도 발병

해서 발작이라도 일어났으면 싶었다. 불 위에 올려놓은 오징어처럼 사지가 비틀려 오그라들고 입에서는 게거품을 내뿜고 허옇게 눈동자를 뒤집는다면 놈은 징그러워서 놓아줄 것이다. 너 지금 영후 생각하니? 그 자식이 이곳에서 널 구해 줄 수 있다고 생각하니? 그 자식은 다시는 못 나와. 지금쯤 탈영했다가 잡혀서 영창 갔을 거다.

윤정이도 술을 꽤 마시네. 테이블 바닥에는 마시고 내려놓은 빈 술병 10여 개가 초병처럼 두 사람을 지키고 있었다. 이거 다 우리 둘이 마셨나? 그럼 누가 갖다 놓기라도 했나? 오전 11시부터 시작해서 오후 8시다. 그래도 나는 꼿꼿하게 앉아 있었다. 민재는 지금 뭐하고 살아? 취기가 나의 용기를 북돋은 것일까. 그 이름을 입에 올리다니. 그만큼 세월이 지나서 둔해진 것일까. 나는 민재가 궁금했다. 친구를 배신하고 친구의 여자를 팔아먹은 나쁜 새끼. 민재? 걔 죽었어. 꽤 됐는데 몰랐니? 죽어? 언제 죽었는데? 나 제대하던 해야. 다방아가씨 둘을 데리고 민재랑 밤낚시를 갔었는데. 고기를 잡다보니 배가 뒤집히는 사고가 났어. 급히 여자를 먼저 구하고 돌아보니 민재가 보이지 않더라. 이미 기운은 쭉 빠져 있지 캄캄하기는 하지. 그만 포기 하고 말았지. 여자들을 먼저 건져냈다고. 가만히 듣고만 있던 나는 의아했다. 그 자식은 그날 그렇게 죽었어. 남자는 마지막 잔을 들며 담담하게 말했다. 영후는 국가대표 수영선수다. 밤낮 물에서 생활했던 해병대였고. 그런데도 여자들을 구하고 기운이 빠져서 친구를 포기했다고. 나는 남자를 쳐다보았다. 남자의 얼굴에서는 더 이상 아무 것도 읽을 수가 없었다. 잠시 침묵이 이어지던 그때 남자가 불쑥 말을 내뱉었다. 민재가 죽고 같은 해에 홍범이도 죽었어. 그건 나도 들었어. 홍범이의 사고 소식은 나도 알고 있다. 만취한 상태로 오토바이를 타고 버스를 추월하다가 정면에서 달려드는 5톤 트럭에 부딪치며 버스 바퀴 밑으로 떨어졌다고. 두개골이 쪼개진 홍범이는 그 자리에서 즉사했다고. 나는 조카를 통해 홍범이가 죽었다는 사실을 알았다. 둘째 아이가 태어나고 며칠 되지 않았지만 그 소식을 듣고 너무 끔찍해서 잠을 이루지 못했다. 놈이 떠오를 때마다 세상에서 가장 비열하고 치졸한 놈이라고 욕을 해댔지만, 그 끔찍한 사고가 생각날 때마다 술을 마시고 서야 잠을 이룰 수 있었다. 걔네 부모는 내가 자기 아들을 죽였다고 멱살을 잡고 야단이었지. 아니 무슨 근거로? 나의 물음에 영후는 피식 웃었다. 만취한 홍범이한테 내가 오토바이를 내주면서 술을 더 사오라고 윽박질렀거든. 취한 사람한테 오토바이는 왜 내주었어? 무슨 악감정이라도 있었나? 감정?

순간 영후의 얼굴에서 격정이 훑고 지나는 것 같았다. 할 말을 찾지 못한 나는 조용히 앉아 있었다. 걔들 둘 다 내 앞에서 죽었어. 죽음으로 속죄 했다고나 할까. 나는 영후의 취중 중얼거림을 듣지 못한 척 자리에서 일어났다. 늦었어. 이제 집에 가야되겠어. 윤정아. 우리 밤새워 술 마시면서 지난 얘기나 하자. 영후가 나의 팔을 잡으며 만류했다. 쫓겨나라고? 나는 자세를 바로 잡으려 했지만 취기가 점점 더 올랐다.

위험한 동거

왠지 모르게 어떤 예감이 줄기차게 따라 다녔다. 얼마 후 그 예감은 과녁을 향해 날아가는 화살처럼 예측대로 적중했다. 내 인생 지표를 행해 직격포가 발사되고 고공 행진을 하다가 마침내 떨어졌다. 막연히 추측하던 의아한 문제들이 현실로 돌출되고, 일정한 속도를 유지하며 달려 주기를 바라던 작은 바람이 기대에 미치지 못하고 멎어 버리는 현상이 눈앞에서 발생했다. 주춤거리고 머물던 환상의 수레바퀴는 윤활유가 바닥나 더 이상 굴러가지 않았다. 가슴에 품었던 희망이란 축대가 어이없이 한순간에 주저앉은 것이다.

내 눈에 비친 그 사람의 행동에는 미심쩍은 구석이 한두 군데가 아니었다. 분명히 뭔가 감추는 것 같은 흔들리는 눈빛. 아주 미미한 거라도 곧 드러날 것임을 예측 못하고 둘러대고 빠지는 어색한 행동거지. 누구나 알아차릴 만큼 얄팍한 거짓말들. 그런 사소한 일부터 시작됐다. 그런 신경 거슬리는 것들이 날이 갈수록 그의 행동에서 감지되었다. 나는 그의 나쁜 버릇을 진작부터 알고 있었지만 모른 척 시침을 떼고 캐묻지 않았다. 내 예측이 적중했다면 틀림없이 이 사람은 엄청난 비밀을 간직하고 있을 것이다. 이런 직감은 내 머리 속을 한 번도 떠나지 않았다. 제 깐엔 감쪽같이 속인답시고 이리 꿰어 맞추고 저리 꿰어 맞추느라 온갖 머리를 짜내서 거짓말로 겹겹

이 포장하지만 거짓 포장 위에 또 다른 거짓 포장은 결국엔 오래 버티지 못했다. 완벽하지 못한 허술한 거짓말은 앞뒤가 맞지 않아 결국 드러나고 말았다.

얼마 전부터 그의 비밀을 직감하고 있었지만 당장 그 일을 버선목 뒤집듯 홀딱 뒤집어서 밝히고 싶지 않았다. 고름주머니를 당장에 파헤쳐서 제거하지 않았던 이유는 그를 위한 것이 아니라 그 엄청난 파문을 홀로 감당해낼 자신이 없었기 때문이다. 손톱 밑에 박힌 작은 가시를 파내기 위해 생살을 찢어 덧나게 하고 굳이 부스럼을 만들어서 고통 받는 악순환을 만들고 싶지 않았다. 어쩔 수 없이 암 덩어리를 파내지 못하고 보고만 있었지만 두려움이 없지는 않았다. 그것이 뱀처럼 도사리고 있다가 슬그머니 일어나 불운한 기운으로 회생하여 내 뒷덜미를 칠 것 같은 두려움도 있었다. 부패할 대로 부패한 물건을 내다 버리지 못하고 거적때기를 씌워 놓고 있었지만 날이 갈수록 팽창해지고 냄새는 진동했다. 그런 과정을 시시각각 지켜보면서도 그 부위를 과감하게 도려내지 못했다. 그것을 도려낸 후, 진통제 없이 통증을 견뎌야 하는 그 아픔이 더 두려웠기 때문이다.

허물을 들춰내는 순간 등을 긁히는 것처럼 그는 편해지겠지만, 반대로 그것이 곧 내 고통의 무덤임을 잘 알기 때문에 감행하지 못했다. 비록 잠시 잠깐의 환상이라 할 수도 있겠지만, 둥지가 산산이 깨져 버릴 것 같은 두려움 때문에 짧은 시간이라도 묶어두고 싶었다. 물론 시간이 조금 더 지체 될 뿐, 언젠가는 밖으로 드러날 환부지만 그때까지는 내 심약한 심장에 면역을 높이기 위해 두터운 그 무엇이라도 덧대어 놓고 싶었다. 드디어 어느 날 그가 쓰고 있는 그 가면이 벗겨지는 날이 오고 말았다. 그를 감싸고 있던 포장지가 벗겨지는 날 광대의 묘기는 조용히 막을 내렸다.

그가 여인군단들을 피해 쫓겨 나가고 어둠이 내리고 밤이 이슥할 때 쯤 귀가 하는 구둣발소리가 들렸다. 이어 열쇠를 집어넣고 이리 저리 돌리는 소리가 들렸다. 현관문은 아무리 힘센 장사라도 쉽게 열지 못한다. 안에서 잠금 장치를 눌러 놓았기 때문이다. 내가 거들지 않는 한 현관문은 천 없어도 열리지 않는다. 끝내 현관문이 열리지 않자 되돌아 나가는 소리가 들렸다. 이후, 선잠이 잠시 들었을까.

현관문이 부서질 정도로 쾅쾅거리고 문을 두들기는 소리가 들렸다. 그는 온힘을 다해 발길질을 했다. 결국 문을 열어준 이유는 주인집 노파 때문이다. 노파가 속곳 바람으로 뛰어 나와 시끄럽다며 노발대발 했다. 그는 주인집 노파가 자신을 구해준 생명의 구조원쯤으로 여겼을지 모를 일이다. 우리의 살림집은 캄캄하고 깊은 연립주택 지하방이다. 현관문을 열면 부엌이 있고, 방문을 열고 들어서면 단칸 방이 있다. 술을 마시지 못하는 그는 그날은 만취 상태였다. 당연히 그랬을 것이다. 일말의 양심이란 것이 있다면 바른 정신으로 들어와 내 앞에 얼굴을 내밀 수 없을 것이다. 몸뚱이조차 가누지 못하도록 취한 그는 일그러진 표정으로 들어왔으나 엉거주춤 하고 서 있었다. 앉지도 서지도 못하고 머뭇거리는 그에게 나는 안중에도 없다는 듯, 유령 대하듯 무시하자 그제야 주먹으로 벽을 퍽퍽 치며 짐승처럼 울부짖었다. 술의 힘을 빌려 집 안으로 들어온 그는 도망가기 몇 시간 전과는 다르게 야만인 같았다. 그리고 그는 내 뒤통수에 대고 깐죽거리기 시작했다.

"할 말이 있을 텐데 어서 말해 보라고! 이제 내가 누군지 알았지? 그래 나 그런 놈이야! 다 들통 났으니 나를 떠나겠다고 하겠지?"

"사람의 탈을 썼다고 다 사람은 아니야. 나는 사람의 탈을 쓰면 다 사람인 줄 알았어!"

"그래 내가 죽을죄를 지었어! 지금이라도 이렇게 빌게. 당신이 죽으라면 지금 당장 죽겠어. 그러니 오늘 일어났던 일은 잊어 버려 제발."

'저지른 죄가 얼마나 큰데, 저 인간이 반성할 생각은 조금도 않고 오히려 사람을 떠보는 짓을 할까. 어떻게 인간의 가죽을 뒤집어쓰고 저토록 뻔뻔할 수 있을까. 그러나 쥐도 달아날 구멍을 남겨 두고 몰아세운다고 나도 변명을 들어줄 여유와 용의는 있다. 어서 솔직히 진실을 말해 봐. 지금까지 살아오면서 얼마나 많은 여자들에게 못된 짓을 했고 쓰레기처럼 살아왔는지. 그러고도 파렴치한 그 행위가 발각될 때마다 어설픈 행동으로 그 순간을 모면하거나 엄포 놓기로 나갔었니? 그것도 아니면 여자의 동정심을 사서 그때마다 슬쩍 슬쩍 넘어 갔었니? 당신이 보기에 내가 그런 어리석은 여자로 보였어? 나는 너의 사기 행각을 알고도 때를 기다렸어. 그 알량한 사랑이라는 것 때문일 수도 있어. 그래, 혼자라는 것이 너무 두려워서 뻔히 알면서도 너를 내치지 못했어.'

그러나 하고 싶은 말을 입속으로만 뇌까릴 뿐 터져 나오려는 속사포를 다시 꾸겨 넣었다. 그저 마음속으로만 외쳤을 뿐 용감하게 밖으로 토해 내지는 못했다. 다시 울컥 치미는 토사물을 위속으로 구겨 넣고 나서 잠시 후에 별 효과 없는 짧은 한마디를 토했을 뿐이다.

"위선자. 날 철저히 속였어."

"그래서? 이대로 끝내겠다 이거야?"

"각서까지 써 줬어."

"무슨 각서를? 그럼 그 여편네가? 언제는 나를 사람으로 취급 했었나? 바람이라도 나서 집나가길 바란다고 악담할 땐 언제고, 막말로 제 년은 다른 놈 없었나? 다 짐작으로 알고 있지만 나 역시도 만정이 떨어져서 아는 체를 않았어. 무슨 염치로지금 와서 내 밥그릇을 뒤집어엎어? 더러운 년!"

밖으로 나가는 내 뒤통수에 대고 침을 내뱉듯이 몇 시간 전에 돌아가고 없는 여자에게 지독한 욕사발을 퍼 안겼다. 내게 해대는 욕설은 아니지만 가증스러운 생각이 들어 폭죽 같은 증오심이 인내심을 상실하고 그쪽으로 달려들 것 같았다. 이것은 그에 대한 분노만은 아니었다. 허접한 내 인생에 대한 처절한 항의였다. 사람은 태어날 때부터 운명 같은 것이 설정되어지고 그쪽 꼬리와 세상꼬리에 이어져 한데 묶여 풀 수 없는 모양이다. 그런 연관성이 있어 죽고 싶다고 죽어지는 것도 아니고 행복하게 잘 살고 싶다고 해서 그대로 되는 것도 아닌 모양이다. 그러므로 평탄치 못한 내 삶은 아무리 불운한 운명을 피하려 해도 피할 수 없었던 것이다. 마치 작두에 올라선 무녀처럼 예리한 칼날 위에 서 있거나 깨진 유리조각을 맨발로 밟고 걸어가는 것과 같은 것이다. 그러니까 가는 길마다 섬뜩하고 끔찍한 일들이 덫을 놓고 나를 기다리고 있는 것이 아닐까. 그러나 내 앞에 떨어진 고통은 내 몫일 것이다. 꼭 이겨 내야 하는 사명 같은 것. 나는 이 고통을 이겨 내려면 고통 속으로 의연히 걸어 들어가야 한다.

세상의 빛. 그 찬란한 빛이 발아하기 이전부터 나는 이물질이나 다름없었을 것이다. 그렇기 때문에 내 의사와는 상관없이 장마 통에 휩쓸려온 어느 집 세간처럼 나라는 인간도 무언가에 떠밀려 바깥세상으로 던져진 것이다. 그렇지 않고는 같은 증상이 두 번씩이나 한 부위에 발생하지는 않는다. 그리하여 지금 이토록 처연한 처지가 되어 있는 것이다. 그러고도 어그러진 그 엄연한 사실을 인정하지 못하고 남의 일처럼 먼 산을 바라보며 아직도 그 자리에 서 있는 것이다. 나라는 인종은 무뇌아로 잉태되었고 어느 담벼락에 비루하게 달라붙어 웃자라다가 튀어 나왔기 때문에 형편없이 아둔한 것이다. 그래서 나는 매사가 숨이 막힐 만큼 우유부단하고 찬 것도 아닌 뜨거운 것도 아닌 식어 터진 희멀건 기름 덩어리 같은 것이다. 아무리 맹한 얼간이일지라도 어느 지점에 와서는 자신의 주장을 펴고 당당하게 따지면서 정면 돌파해야 하지만 나약한 변종은 맘먹은 것을 행동으로 옮기지 못하고 어물장거리다가 또 다시 당하는 것이다. 나는 항상 그랬다. 부당한 일을 당할 때 대처할 대응책을 준비해 놓고도 막상 그 순간이 닥치면 입술을 딱 붙이고 뒤로 슬금슬금 물러나 비굴하게 도망쳐버렸다. 애초부터 나라는 인종은 어떤 것도 온전하지 못했다. 그런 까닭에 목적지로 달리는 열차에도 탑승하지 못했다.

그가 치졸한 인간임을 확인하고도 어리석은 나는 매정하게 문밖으로 내치지 못했다. 그런 부족한 결단력이 내게 가장 문제되는 단점이었다. 그동안 푹 들어버린 정 때문만은 결코 아니다. 아마도 혼자 남는 것이 이유라면 이유였을 것이다. 혼자라는 것은 잔혹한 형벌이고 심장이 떨리는 두려움이다. 혼자가 아닌 사람은 그 두려운 적요를 말할 수 없으리라. 혼자가 얼마나 홀가분하고 편하냐고 위로하거나 부러워하는 사람은 가족에 둘러 싸여 즐거운 비명을 지르는 사람일 것이다. 혼자가 화려한 싱글이라고 미화 해대는 것은 상업적 광고라고 보면 될 것이다. 불 꺼진 빈 집으로 터벅터벅 걸어 들어가는 그 쓸쓸한 심정은 느껴보지 않고는 아무도 모를 것이다. 혼자라는 것은 마치 무덤 속으로 들어가는 공포 같은 것이다.

햇살 같이 따뜻하던 내 눈길과 마음은 살얼음이 휘감았다. 아무리 강심장이라도 차갑게 냉각된 내 곁으로 다가올 수 없었을 것이다. 얼마 후 그가 술의 힘을 빌려 내 이불 속으로 슬며시 기어들었다. 뱀이라면 그토록 징그러울까. 그 사람은 얼마 전까지 살을 맞대고 잠들었던 내 사람이다. 그러나 지금은 그 사람이 아니다. 그 날 이후 주영이 아빠가 되는지는 몰라도 이미 내 남자는 아니다. 아이 아빠라는 천륜의 고리를 끊지 못해 집안에 두었지만 이미 내 마음은 천리만리 떠나 버린 뒤였다.

이 남자와 인연의 끈으로 묶였던 곳은 내가 운영하던 잡화가게에서다. 주변에는 오물 덩어리 뒤섞인 개천이 흐르고 있었고 쓰레기 처리장이 자리 잡은 곳이었다. 주 고객은 환경미화원들이었고 작업이 끝나면 나는 이들에게 막걸리와 삶은 계란 등을 팔았다. 그들은 이런 잡다한 먹을거리로 지친 몸을 달랬고 그런 것들이 그들에게는 추위와 허기를 달래주는 유일한 간식이었다. 그는 이곳을 드나드는 한 사람이었고 그가 하는 일은 정확히 알 수는 없어도 미화원들에 비하면 비교적 깔끔한 옷차림에 호방한 웃음을 짓는 인상 좋은 한 손님이었다.

"우리 건물에 세 들어 사는 사람인데 남들이 흔히 하는 술도 마시질 않아. 마누라가 무슨 암으론가 죽었다지. 저렇게 착한 사람이 왜 혼자 사나 몰라 마땅한 여자 있으면 중매했으면 좋겠구먼."

"우리 가게에 자주 오는데 뭐하는 사람인지는 모르겠어요."

"응, 택시회사 사장이랴."

건물주인은 그 남자를 은근히 치켜세웠다. 그 후 얼마 지나지 않아 주인의 속셈이 드러났다. 함박꽃처럼 벌어진 입을 다물지 못하고 열을 올려 나를 설득하는 것이다.

"자네가 처녀라지만 나이도 많고. 배운 것이 있나, 바리바리 혼수해 줄 부모가 있나. 이게 웬 떡인겨? 안 그랴? 글쎄 그 양반이 자네를 소개해 달라는구만. 재취라지만 좋은 자리지. 암 말 말고 좋다는 사람 있을 때 가라고."

여자의 얼굴은 천연두 자국이 심하다 싶게 선명했다. 눈만 빼놓고는 콩 자루를 뒤집어 쓴 엿 뭉치 같이 얼굴전체가 빡빡 얽었다. 곰보딱지라고 비웃을 일이 아니었다. 그래 봬도 큼직한 이 건물이며 중심부 어디에 꽤 높은 건물도 하나 더 있다고 은근히 자랑도 했겠다. 틀림없이 곰보는 돈 푼 깨나 있는 알부자일 것이다. 타고난 복하고 생긴 것 하고는 별개라는 생각이 들었다. 대개 남편 복 있는 여자를 보면 미모하고는 거리가 한참 멀었다. 그런 저런 생각을 하고 있자니 순간 어처구니없게도 빡빡 얽은 곰보딱지 그 여자의 늘어진 팔자가 부러웠다. 곰보는 아예 자기 일은 작파하고 불도저처럼 강하게 밀어 붙였다.

나는 그가 한 번 상처 했던 사람이라서 싫은 것은 아니었다. 나 역시 처녀라고 알고들 있지만 짧든 길든 결혼생활 한 번 실패한 여자가 아니던가. 내 주제에 싫다고 뻗댈 입장도 못되었다. 그의 나이는 나보다 십 년이나 연상이다. 그렇다고 우물쭈물 망설이는 것도 아니었다. 그냥 이유 없이 선뜻 마음이 가지 않았기 때문이다. 하지만 온갖 정성을 다하는 그 사람에게 더는 남처럼 대할 수 없었다. 그동안 정에 굶주린 탓일까. 차차 내 마음이 열리고 그가 의지가 되었다. 저 사람이 이 세상에서 단 한 사람 내 편인가 싶은 생각도 들었다.

"허물 있고 나이 많은 내게 와주어서 고맙소! 내 어떤 소원이라도 당신의 소망을 들어주겠소. 내게 자식이 둘 있는데 걔들은 다 컸고 다들 제 짝을 만나 잘살고 있으니 부담 느낄 필요 없소."

"저도 많이 부족한 사람이에요."

"이렇게 어여쁜 사람이 부족하다니 당치도 않소."

나이 많은 자신에게 와 준 것이 고맙다며, 자신의 소중한 것들을 모두 다 버리고 나를 사랑하겠노라며 철부지 애들처럼 손가락을 깨물어 피로 맹세한다. 나 하나만을 위한 삶을 살겠다고 다짐한다. 내가 나이가 좀 젊다지만 나도 허물이 있지 않은가. 사람 마음 하나 진실하고 선량하면 그만이지 이보다 더한 욕심은 죄가 된다는 생각이 들었다.

사정이 있으니 조금만 참아 달라며 월세방을 얻었다. 조금 기다리고 있으면 곧 아파트를 마련해 준다는 약속도 덧붙였다. 돈을 보고 사람을 선택한 것도 아닌데 아무려면 어떠냐고, 내 몸 하나 의지하면 되는 것을 지하방이면 어떻고 월세방이면 어떠냐고 미안해하는 그에게 위로의 말을 건넸다. 허리가 잘려 나가는 듯 하는 아픔을 견디며 하루 종일 가게 일에 매달려 온몸을 혹사했다. 아픈 허리만큼 험한 인생길에서 이 정도의 불편함은 천당이었다. 이제 몸도 불편하니 일은 접으라는 그의 의견에 따라 고마운 마음으로 가게는 그만 두었다. 나는 가게를 정리하고 그 돈으로 한 칸짜리 전세방을 계약했다. 그가 퍼붓는 사랑의 부피는 유한한 것으로 세거나 잴 수조차 없었다. 너무도 행복한 나머지 내 얼굴에선 웃음이 그치지 않았다. 결혼식의 절차도 생략하고 살림을 차려놓고 동거를 시작했다. 그런 형식적인 것은 별 의미가 없었다. 일 년이란 시간은 빠르게 흘러갔다. 그러는 동안 또 한 번의 기쁨이 찾아왔다. 그가 기다린 것은 아니지만 내가 간절히 기다리던 아들 주영이가 태어났다. 나는 하루하루가 꿈처럼 즐겁고 행복했다. 이 행복이 민들레 홀씨처럼 바람 타고 날아 가버리면 어쩌나 하는 불안한 날들이 지나고 있었다.

 대여섯 명의 여자들이 들이닥쳤다. 그들은 신발도 벗지 않고 들어와 입에 담을 수 없는 욕설을 토해 놓으며 공포의 도가니로 몰아넣었다.

 "당신들 누구예요? 여보! 여보!"

 "여보? 하하하, 누가 누구의 여보야?"

 "젊은 년 꼬드겨 살림 한다는 소문은 들었지만 애새끼까지 싸질러놓고 사는 줄은 몰랐네. 저 놈이 어떤 놈인지 너 알고나 사니? 누구냐고? 나? 저 새끼 처 되는 사람이다!"

 "뭐라고요? 분명히 부인은 죽었다고 했어요!"

 "그건 저 새끼가 상습적으로 우려먹는 단골 멘트지. 전국 방방곡곡에 계집년 어디는 없을까. 쫓겨 다닐 때마다 그년들 치마폭으로 숨어드는 놈이지. 죽어? 내가 죽었다고? 지렁이 오줌 갈기는 소리 하고 자빠졌네. 눈깔 시퍼렇게 뜨고 살아 있는 여편네를 두고 죽었다고, 또 나를 죽였어? 나는 저 새끼한테 수백 번도 더 죽은 사람이야. 똥개가 오줌 갈겨 영역 표시하듯 가는 곳마다 숨겨놓은 년들만도 몇이나 되는 줄 알아? 정신 차려 이 여자야. 저 놈은 희대의 사기꾼이야. 지금도 경찰에선 저 사기꾼 찾으려고 현상금이 붙어 있어. 설마 그걸 다 알고도 이 짓거리 하고 사는 건 아니겠지?"

"이봐요! 여기서 나가 주세요!"

"보아 하니 인물 그만하지, 몸매 되는데 왜 나이 많은 사기꾼인 저놈이야? 참 한심한 년이네."

나는 졸지에 놀란 가슴을 수습할 길이 없었다. 그 사람을 찾았지만 언제 밖으로 빠져 나갔는지 나 혼자만 벌건 불 속에 남아 있었다. 분명히 조금 전까지 욕실에서 뭔가 하고 있던 사람이었다.

'애 아빠가 사기꾼이라니. 저 여자가 본처라니. 분명 죽었다고 하지 않았던가. 죽은 사람 빼놓고는 오직 여자는 나 하나뿐이라고 말했는데, 도대체 이 상황을 어떻게 날보고 믿으란 말인가. 마른하늘에 날벼락도 유분수지. 아니야. 아닐 거야. 얼마나 진실했는데 이 세상 나밖에 아무도 없다고 했는데. 저 사람에게 많은 여자라니 아무래도 저 여자들이 집을 잘못 찾아온 거야. 그래 뭔가 잘못 되었어. 다시 한 번 확인해 봐야해. 지금 들었던 말 어떤 말도 믿을 수 없어.'

"이보세요. 찾아온 사람의 이름이 뭐죠? 아무래도 사람을 잘못 찾아온 것 같아요."

"하, 그러지! 이름이 뭐냐고? 똑바로 들어 강. 만. 기. 왜 틀렸니? 그 이름이 내 남편 이름이다!"

"어떻게 이런 일이……."

여자는 거품을 물고 계속 푸념이다. 나는 남의 이야기를 듣고 있는 듯, 표정 없는 얼굴에 분노 같은 것도 느끼지 못한 채 멍청히 서 있을 뿐이다. 어떤 말도 나오지 않았다. 여자가 비아냥거리는 소리조차 나하고는 아무런 상관없는 일이구나 싶었다. 꼭 한 편의 드라마를 시청하고 있는 것 같았다.

"하기는 이 여자가 무슨 죄가 있겠어. 수많은 계집들을 거느린 문어발인데. 나는 예전에 그 작자를 내다 버렸어. 그럼에도 불구하고 이곳에 찾아와 난동을 부리는 까닭은 그 작자가 젊은 여자와 아이 낳고 잘 산다는 소문에 속이 뒤집혀서 먹지 못할 호박 찔러나 보자는 삼사였다고. 그렇다고 그 작자가 혼자 살고 있을 거라는 생각은 혹시라도 하지 않았어. 내게 그 작자는 버린 쓰레기였다고, 내다 버린 쓰레기. 혹여 바람 타고 집으로 다시 날아들까 경계했을 만큼 지겹던 놈이었어. 그렇던 사내지만 돌부처도 시앗을 보면 돌아앉는다고 젊은 여자와 행복하게 사는 꼴은 나도 못 보겠더라고."

폭풍이 한 차례 지나가자, 본처라는 여자가 믿기지 않는 사연을 폭로했다. 여자는 신들린 무당처럼 이 말 저 말 마구 쏟아 놓았다. 나는 여자의 토설을 고스란히 다 듣고도 믿기지 않았다.

"폭파 기술이 있었던 그 작자는 한때는 착실하게 돈도 벌어왔고 가정도 잘 꾸렸지. 그 짧은 평화가 깨진 건 사고가 나고부터였어. 아침 TV에서 사고가 났다는 보도가 나오고, 아나운서의 입을 통해 많은 인명피해가 우려 된다는 보도가 들렸어. 숨 가쁘게 사람들을 구조하는 화면에 유가족들의 아우성소리가 처절했지. 그런데 그 사건이 남의 일이 아니라는 것은 한 통의 전화를 받고 나서야. 한 마디로 우리 가족에게 마른하늘에 날벼락이 떨어진 거야. 급히 달려간 사고 현장에는 수십 대의 구급차와 소방차가 대기하고 있었고, 부상자 가족과 유가족들이 몰려들어 울고불고 북새통을 이루었지. 건물 더미에 파묻혔던 시체와 부상자는 피범벅이었고. 시체가 들것에 들려 나올 때마다 가족들이 달려들어 확인하고 오열하는 사고현장은 생지옥이었어. 나는 시체와 다름없는 남편을 병원 응급실에서 만났어. 아무 의식 없는 남편은 산소 호흡기에 생명을 걸어 놓고 있더라고. 목숨에는 지장이 없을 것 같다는 의사의 말을 듣고 잠시 안도 했지만. 남편은 차돌 같던 몸을 잃고 산송장이 되어 버린 거야. 한 순간에 먹구름이 몰려오고 있었지. 앞으로 어찌 살아가야 할지 눈앞이 캄캄하더라고. 당연히 집 안 분위기는 시간이 갈수록 음울했지. 기둥이 빠졌으니 지붕이 내려앉는 것은 시간 문제였어. 점점 앞날에 대한 두려움이 나를 에워싸고 있었지. 온몸이 부서지고 마디마디 절단된 그 사람은 공사판에 설치한 철근처럼 온몸을 철사 줄로 부서진 뼈를 이어 놓았지. 그러고도 숨을 쉬고 산다는 것이 신기할 정도였어. 그래도 워낙 단단했던 몸이라 1년 쯤 지나자 그 사람은 차차 회복이 되어 가더라고. 후유증은 있었지만 남이 알아볼 만큼 외적으로 불편하지는 않았어. 그러나 하던 일에서는 손을 떼야 했어. 회사에서는 조기 퇴직하라고 종용했고. 보험회사에서는 거의 보상금을 받지 못했지.

"아니, 저런 싸가지 없는 여자에게 뭔 쓸데없는 과거지사 푸념이야. 청승맞기는! 다 때려 엎고 빨리 나가자고!"

듣고 있던 여인군단들이 여자를 향해 부추였다.

"아냐! 이 여자도 알 건 알아야 하지 않겠어! 그 사람의 머리는 선천적으로 비상했어. 그 머리를 갖고 그대로 주저앉아 있을 사람이 아니지. 맨 처음 추진한 일은 장애인협회 회원으로 등록하는 일이었어. 그래야 복지혜택을 받을 수 있다는 거야. 그게 쉬울 것 같아도 세밀한 등급제 문제로 까다롭기가 만만치 않아 쉽지만은 않았어. 그 비상한 머리는 결국 해내고 말더라고. 장애인 자격이 갖춰지자 개인택시 자격증을 따고 할부로 차량도 한 대 구입했어. 개인택시 영업을 하게 되자 택시만 끌고 나가면 다 돈인지라 그런대로 돈은 잘 벌었어. 현금이 손에 들어오자 이 남자 변하기 시작하더라고. 남자란 동물은 집 한 채만 있으면 딴 생각을 하는 동물이란 옛말이 있어. 이 남자도 초심과는 다르게 싹 변하더니 주머니에 돈이 들어오면 여편네 줄 생각은 않고 주색잡기에 골몰했어. 사람이 망가지다 보면 어디까지 갈지 모르게 끝없이 발을 헛디디는 것이지. 그 사람도 끝이 어딘지도 모르는 내리막길을 한없이 내달렸어. 그러다가 주색잡기에 싫증을 느낀 그 사람은 이번에는 모사를 꾸미기 시작하는 거야. 멀쩡한 차량을 감춰두고 경찰에 도난 신고를 하고, 며칠 후 보험회사에서 새 차가 나오면 운전자를 따로 고용했어. 그런 식으로 서너 대 더 구입해서 불법영업을 시작했고, 점점 더 대담해지더니 대여섯 대의 개인택시를 굴렸어. 하지만 영원한 비밀은 없는 거라고 꼬리가 길면 밟히는 법이지. 결국 범법 행위를 운전자가 알게 되었고, 운전자는 불법영업 행위를 경찰에 고발하겠다고 협박을 놓았어. 그때마다 미봉책으로 술을 사주거나 용돈을 주거나, 월급을 올려 주었지만 약점을 잡고 있는 운전자는 하늘 높은 줄 모르고 오만

방자해졌어. 월급을 턱없이 올려 달라고 요구한다거나, 일을 나오지 않고 버티고 있다거나 그런 식으로 속을 뒤집었지. 그 사람은 도저히 더 이상 요구를 들어줄 수도 없었고 감당할 수도 없었겠지. 기는 놈 위에 나는 놈 있다더니 운전자는 꼭 그 짝이었으니까. 비위는 거슬리고 더러워도 어쩔 수 없이 급여를 올려 주고 비위를 맞춰주면 그것도 며칠 못 가 약발이 떨어지고, 또 다시 새로운 요구를 했어. 술이라도 만취하면 경찰에 신고하겠다고 으름장을 놓고 협박하는 그 자를, 사람을 시켜 흠씬 두들겨 팼다는 거야. 그것에 앙심을 품은 운전자는 보복을 결심하고 결국 경찰에 신고 했어. 그래서 그 사람이 지금 쫓기고 있는 중이라고. 처지가 그럴 때마다 나이가 많거나 적거나 상관없이, 또한 생긴 것하고는 무관한 아무 여자에게나 접근해서 빌붙는 추하고 더러운 놈이라고."

앞집 벽면에 그의 얼굴이 나붙어 있다. 대문짝만한 유인물에 인쇄된 그의 얼굴을 까막눈 아닌 눈구멍이 뚫린 사람이라면 누구라도 알아보았다. 이 사람을 신고하는 사람은 얼마의 현상금을 준다는 문구와 함께 멋들어지게 걸려 있다. 길목마다 여기 저기 나붙은 벽보를 발견한 후부터 겁에 질린 그 사람은 한 발자국도 밖으로 나가지 않았다. 밖을 나가지 못하는 그는 좁은 방 안에 틀어박혀 애꿎은 화투장만 주물럭거렸다. 그뿐만이 아니라 세 식구 모두가 감방 아닌 감방 생활에 들어가고 그런 날이 달포 이상 이어졌다. 우선 주인노파가 그를 알아보면 가장 먼저 신고할 것은 자명했다. 그는 밤이면 아무도 몰래 나가 유인물을 떼어 내고 들어오는 것 같았다. 그런 숨 막히는 날이 끝없이 이어지자, 가진 돈은 바닥 나고 가정생활은 더 이상 떨어질 바닥도 없이 떨어져 비참한 생활이 되었다.

"어떻게 하겠어? 당신이 나가서 벌어야지 애는 먹여야 하지 않겠어? 이왕지사 이렇게 된 것 당신이 날 이해해 주구려. 요즘엔 노래방 도우미 같은 일로도 돈을 벌고, 전화방 같은 것도 있다는데 고생하지 않고도 돈을 벌수 있으니 그쪽으로 뚫어 봐."

"뻔뻔스러운 인간……."

자신에게 와 주기만 한다면 어느 여자보다 행복하게 해준다고 호언장담하던 남자였다. 내가 행복하지 않으면 자신이 자존심 상한다고 내 눈을 바라보며 다짐하던 남자였다. 그러던 남자가 1년도 못가서 뒤집어질 줄은 상상도 못했다. 눈금만치도 의심 같은 것은 못했던 일이기에 더더욱 기가 막히고 어이없었다. 이제 와서 밖으로 나가 생활비를 벌어오라고 말 하는 저 입이 진정, 그때 다짐하고 다짐하던 그 입인가 싶었다. 하지만 이제는 더 이상 버틸 수 없는 상황이 되었다. 그 사람이 일을 시킨다고 해서 하려는 것은 아니다. 더 이상 버티지 못할만큼 궁색한데다가 좁은 방구석에 종일토록 그 사람의 얼굴을 마주 보고 있기가 거북했다. 어린 내 자식이 굶고 있으니 찬밥 더운밥 가릴 여유가 없었다. 더구나 밀린 월세를 내놓지 않고는 버티기 힘겨웠다. 주인노파는 아침저녁으로 들락거리며 방세를 내놓든지 방을 빼든지 양단간에 결정하라고 재촉했다. 손쉽게 돈을 벌수 있는 방법을 그가 제시 했지만, 아무리 목구멍이 포도청이라도 아이 엄마로서 진흙탕에 빠지고 싶지는 않았다.

초저녁에 눈을 잠시 붙이고 모두 다 단잠 든 새벽, 돈을 벌기 위해 도둑처럼 집을 빠져 나갔다. 그 시간이면 밖에 나다니는 사람은 거의 없고 으스스할 정도로 고적하다. 휘영청 밝은 달빛을 한 아름 안고 걷다가 바스락 대는 내 발자국 소리에 내가 놀랄 뿐이다. 괴기스러운 정적과 처량 맞은 자신의 그림자, 그런 것들이 내 등 뒤에 바짝 따라붙어 두런거리는 것만 같았다. 팽팽한 긴장 속에 걸어서 목적지에 도착하고 쌓여 있는 신문을 분리하고 수레에 실었다. 높은 아파트를 올려다 볼 때는 고소공포증과 중압감, 이런 것들이 나를 옥죄었다. 울렁거리는 심장을 달래며 23층에서 내린다. 문이 열리는 그 짧은 순간 재빠르게 층마다 좌우로 신문을 던진다. 그때 누군가가 엘리베이터 안으로 쓰윽 들어오면 맥 놓고 있던 가슴은 철렁 내려앉고 온몸은 오싹한다. 신문 돌리는 일은 단순 노동이라 쉬우면서 한편으론 쉬운 일이 아니었다. 달빛이라도 있을 때는 덜하지만 가로등이 꺼져있는 칠흑 같은 어둠 속에서는 풀숲에서 뭐가 튀어 나올지 모른다는 두려움에 떨고 있기 마련이다. 비가 오면 그 비를 다 맞으며 일하고, 눈이 오는 날은 넘어지며 시간의 오차 없이 제시간에 맞춰 전달해야 하는 작업이다. 때로는 괴물소리 내지르며 달려드는 폭주족들 난동에 떨리는 가슴을 쓸어내릴 때도 있다.

그러나 모두 다 부정적인 것만은 아니다. 아무도 걷지 않았을 상큼한 새벽길을 제일 먼저 걷는다는 향긋한 설렘과 상쾌한 기분은 경험 하지 않은 사람은 모를 것이다. 새벽이나 보고 느낄 수 있는 또 다른 세상, 힘들고 고달프지만 희망을 안고 살아가는 사람들을 보았다. 새벽에 나가보지 않았다면, 그 어두운 세상이, 낮은 곳에 있는 사람들에게 희망을 준다는 사실을 깨닫지 못했다. 비닐 앞치마를 두르고 차량을 세차하는 노부부. 집집마다 우유를 돌리던 눈매 선한 아버지와 전교 일등

한다는 효자 아들. 가족사진 핸들 앞에 올려놓고 깃대 휘날리며 신문 실어 나르던 몸집 큰 운전기사 아저씨. 새벽 별 보며 길을 나선 일용직 노동자들. 그런 모습은 밝은 낮에는 볼 수 없는 또 다른 세상 사람이었다. 그러다가 신문 배달을 그만둔 사연은 좋은 자리 차지한 주제에 적은 양을 돌린다는 이유에서였다. 작업량이 더 많은 사람에게 넘긴다고 그만 두라는 것이었다. 졸지에 일자리를 잃고 좋은 곳 나쁜 곳 따질 여유가 없었다. 직업소개소라는 간판 앞에서 망설이길 여러 날. 하루는 용기 내어 쳐다보기도 찝찝한 그곳으로 들어갔다. 겉에서 상상했던 대로 내부의 분위기는 우중충했다. 소장이라는 명패를 책상 앞에 올려놓고 졸고 있던 한 남자가 내가 들어서자 부스스 눈을 뜬다. 사무실 집기들이 쌓여있는 문 건너편의 작은 방에는 많은 여자들이 모여앉아 화투치기가 한창이었다. 아래위를 찬찬히 훑어보던 남자는 신분증을 요구하며 무엇인가 쓰적거릴 준비를 한다. 신분증이 없다는 나의 대꾸에 지금 당장 없어도 되니까 다음에 가져오라고 선심 쓰며 불러주는 주소부터 적는다. 소장은 파출부 일을 달라는 내 요구를 무시하고 그런 곳엔 돈이 안 되는데 왜 사서 고생하려 하느냐 노래방이나 전화방엘 나가면 돈방석에 앉을 거라고 설득한다. 그 말을 듣는 순간 반발심이 작용했다. 그가 권유했던 말을 상기하면서 그런 곳에 가면 무슨 일을 하느냐고 물었다. 사실 그곳에서 무슨 일을 시키는지 정말로 몰랐기 때문이다.

"이 아줌마가 진짜 순진한 건지 알면서 순진한 척 하는 건지 모르겠네. 쩝!"

남자의 말투는 조롱이었다. 느끼한 눈빛과 마주친 나는 느물대는 남자의 어투에 주눅이 들어 움츠렸다. 내 결심을 다시 한 번 확실히 전달했다. 그런 곳에 갈 마음이 없으니 싫다. 그때서야 남자는 못마땅하다는 듯 입맛을 다시더니 한식집을 소개한다. 신문배달과는 다르게 복잡한 절차를 거치고서야 식당 한 군데를 소개 받았다. 첫 출근한 곳은 강남의 한식집이다. 주방에서 설거지만 하겠다는 나에게 홀에서 서빙을 하라는 것이다. 나는 사람을 싫어하는 성격이라 그런 일은 싫다고 거절했다. 오전엔 손님이 들지 않아서 그런대로 편했다. 이 정도라면 충분히 할 것 같은 자신도 생겼다. 그러나 열한 시 반이 되자 마치 식당은 전시를 방불케 했다. 사기그릇 부딪치는 소리, 손님맞이 하는 소리, 그런 시끌벅적한 소리들이 뒤엉키고 모두가 맡은 일에 열성이다. 이런 것을 두고 손발이 척척 맞는다고 말해야 옳을 것이다. 시간이 조금 지나자 구름같이 손님들이 몰려들었다. 급박하게 일이 돌아가자 내가 맡은 설거지가 문제였다. 산더미처럼 쌓이는 그릇들. 그 위에 또 쏟아지는 그릇들. 씻어낼 사이도 없이 손등 위로 마구 쏟아지는 그릇들. 숨이 탁탁 막히는 고통이 달려들었다. 뒷머리가 뻣뻣해지고 허리는 참을 수 없는 통증으로 심하게 비틀렸다. 주방 홀을 망라하며 피멍이 들도록 중노동으로 피로에 지쳐 차라리 이대로 죽고만 싶었다. 한마디로 노동이란 죽을 만큼 힘들다. 죽을 만큼 힘들었던 노동은 아무런 생각도 기억도 말라 요구했다. 지옥 같은 일을 망각하는 방법은 노동이다. 그러니까 악몽을 잊도록 도와주는 도구가 죽을 만큼 힘겨운 노동인 셈이다. 나는 아무 생각도 할 수 없는 노동으로 내 몸을 더욱더 혹사하기로 마음먹었다. 어두컴컴한 골목을 지나, 몇 푼 쥐어준 돈을 받아들고 주영이가 기다리는 집으로 행한다. 오는 길에 주영이 먹을 것을 사려고 슈퍼에 들렀지만 조금 전의 고통이 떠오르며 차마 이것저것 주워 담지를 못했다. 그 일도 얼마 나가지 못하고 그만 두게 되었다. 약해빠진 몸으로 그 힘겨운 중노동을 이겨내지 못하고 쓰러지고 말았다. 식당일을 나가지 못하게 되자 반가워하는 사람은 직업소개소 소장이다.

"거 보슈! 요즘 젊은 사람들은 힘든 곳에 안 가요. 식당은 나이가 많거나 못생긴 폭탄들이 가는 곳으로 알고들 있는 세상이오. 언니는 노래방 도우미가 맞아."

처음엔 아니라고 거부하며 버티던 노래방 도우미. 너무 힘겨웠던 탓일까. 서서히 흥미가 당겼다. 그러나 차마 그럴 수가 없었다. 마음을 돌려먹고 주점 주방에서 일하기로 결심했다. 안주 등을 만들고 내주며 빈 컵을 씻는 일이다. 식당 설거지보다 훨씬 편했다. 그런데 주인은 바쁠 때마다 홀로 불러냈다. 손님들이 부른다며 잠시만 들어가는데 당장 어떻게 되느냐고 하며 손님방에 밀어 넣었다. 여자는 유혹에 약한 동물이다. 점차 노동을 하지 않아도 되고, 힘겹게 일하지 않아도 돈이 된다는 이치를 알아 버렸다. 술 취한 손님들이 집어 주는 돈에 노예가 되는 일은 순식간이었다. 이젠 주인이 아닌 내 발로 손님 테이블로 걸어 들어갔다. 손에 물을 묻히지 않고도 돈이 되는 방법을 알아버린 나는 더 이상 힘겨운 주방으로 들어가지 않았다. 변해 버린 나를 말리는 사람은 오히려 주점 주인이었다. 주방에서 손에 물을 묻히는 힘든 일 보다는 손님들 술시중 드는 것이 수입도 좋았고 훨씬 편하다는 생각이 들었다. 때로는 취한 술꾼 때문에 굴욕적인 날도 있기는 했지만 이거나 저거나 술집이기는 마찬가지라는 생각이 들었다. 가만히 앉아 있다가 주는 술 마셔주고, 가끔 오가는 음담패설에 싫지 않은 척, 들어주기만 하면 되는 것이다. 그러나 날이 갈수록 점진적으로 지쳐갔다. 취객들의 끈적거리는 눈길과 손길은 젖가슴 속으로 넘실대며 들어왔고, 푸른 지폐는 점차 한 가정의 주부를 폐인으로 만들어 갔다. 그러나 그 느낌도 그때 뿐, 날이 갈수록 신경은 무뎌지고 무감각해져 갔다. 때로는 무의식 속에서 발정 난 수컷들을 따라 나갔다가 제정신이 들어올 때 쯤 돌아오기도 했다. 허탈한 마음으로 들어오는 길에 가방 속에 들어있는 몇 푼의 지폐를 꼭 움켜쥐었다. 그 돈을 꺼내 하루 종일 굶고 있을 주영이 먹일 것과 쌀을 사가지고 들어왔다. 자신의 여자가 다른 남자와 잠을 자고 들어온다는 것을 짐작 하고도 남을 텐데, 그는 강심장임을 시험이라도 하는지 잠자는 척 코를 골았다. 이제 아내 아닌 아내를 포기해야 할 때가 왔다는 뜻일까. 그것도 아니라면 자존심보다 더 시급한 생존본능 때문이었을까.

그 사람의 모든 허물이 벗겨진 그날부터 나는 그를 강하게 거부했다. 도저히 인간이라고 인정할 수 없었다. 다만 지금 떠난다면 처참한 이 아픔을 감당할 자신이 없었다. 그리하여 상처가 크지 않을 만한 면역을 키워야 했다. 내가 떠나서도 그가 감당할 수 있고, 나 역시 죽을 만큼 아프지 않아야 했다. 그동안 우리의 사랑 맹세는 한낮에 쏟아진 소나기에 지나지 않았다. 말장난이었다. 이 같은 엄청난 일이 길을 잃고 돌아치다 제자리를 찾아온 것처럼, 한잠 자고 일어나면 아무 일도 없었던 것처럼 한바탕 꿈이었으면 좋겠다.

그는 자유인이 되어 밤이슬 맞으며 제 뜻대로 들락거렸다. 물론 나 역시도 그 사람 거동에 방관자처럼 일관했다. 집을 나가는 것도 들어오는 것도 내게는 관심 밖이었다. 기억하기 싫은 시절 그러나 날 수밖에 없는 사람 첫 남자. 그 남자와 이 남자는 너무도 닮아 있었다. 이 남자와 그 남자는 단 한 번도 만나본 적이 없는데 어째서 똑같이 닮았을까. 어쩌면 두 남자가 닮은꼴로 같은 과일까. 절대로 그런 남자는 만나지 않겠다고 이빨을 앙 다물었는데 이상한 일이다. 겨우 1년은 살았을까. 하루아침에 직장 상사의 부인에게 남편을 빼앗겼다. 다시 돌아와 달라고 꿇어 앉아 울부짖었지만 그는 끝내 나를 외면했다. 여자가 연상이었지만 무엇이 그를 모든 것을 다 버릴 만큼 미치게 했는지 모른다. 처음엔 아들자식을 야단도 치고 간절히 설득도 하던 시어머니는 그 여자가 돈으로 매수 하자 어느 날부터 그 여자 편이 되어 내게는 비정할 만큼 냉랭했다. 내가 떠나올 때쯤은 위로는커녕 시댁 식구들 모두가 얼음처럼 차가워져 있었다.

아직도 발음이 부정확한 주영이는 그 사람을 아빠라고 부르며 잘 따랐다. 그도 심심했던지 아니면 나이 들어 얻은 자식이라 애착이 갔던지 숨어 지내는 동안 주영이와 잘 놀아 주었다.

그러나 단칸방은 날이 갈수록 내게는 지옥 같았다. 죽지 못해 이어지는 생활이었다.

"할머니, 이곳에 강만기라는 사람 살고 있지요? 다 알고 왔으니 솔직하게 말하세요. 숨겨 주면 할머니도 좋지 않습니다."

"숨기긴 누가 숨겨! 저쪽 끝 방이오. 그쪽으로 가 보슈."

노파는 방세도 내지 않고 내 배 째라는 듯 얌통머리 없이 계속 눌러 살고 있으니 잘되었다 싶었는지, 아니면 진짜 범법자라 그들의 말 그대로 무서웠는지 두말없이 남자들을 안내했다. 노파와 남자들이 밖에서 주고받는 대화를 들으니, 설명 필요 없이도 그 남자들이 누구라는 것이 짐작이 가고도 남았다. 누가 먼저랄 것도 없이 하늘로 튀는 공처럼 우리 두 사람은 누웠다가 벌떡 일어나 앉았다. 그리고 그는 본능적으로 문고리부터 잡아당겼다. 들어오는 문도 나가는 문도 하나였다. 아무리 둘러보아도 다른 곳으로 튈 곳은 보이지 않았다.

"문 열라고! 강만기! 여기 있는 것 다 알고 왔어. 자아 시간 낭비 하지 말고 빨리 문 열엇!"

남자들은 조그만 틈새도 주지 않고 문을 열라고 소리쳤다. 그 사람의 반백머리 밑에서는 비지땀이 비처럼 쏟아졌다. 그런 그 사람을 보면서 가슴이 뛰었다. 밖에서는 여전히 문고리를 흔들며 어서 문을 열라고 소리쳤다. 어차피 어떤 일이 있어도 여기를 빠져 나갈 수는 없었다. 그도 틀렸다고 생각했는지 포기하는 눈빛으로 손에 실었던 힘을 풀었다. 느슨해진 현관문이 순식간에 벌컥 열렸다. 체념한 듯 주저앉는 그의 깡마른 손목에 수갑이 채워졌다.

중편 추리소설

거미집

토막잠 속에서 내용이 불분명한 꿈을 꾸었다. 움직일 수 없이 온몸이 포박 되어 있고, 앞서가는 누군가를 따라서 걸었다. 그곳은 매우 어두웠고 좁은 동굴이었다. 낮은 천장에서는 날짐승이 푸드득 거렸다. 빙벽에는 붉은 종유석이 주렁주렁 매달려 있었고, 그것이 부러지는 소리가 간간히 들렸다. 난간 밑에는 정체를 알 수 없는 검붉은 핏물이 고여 있었다. 앞서 가던 사람이 보이지 않았다.

꿈이라서 다행이다. 안도감이 들었다. 나는 요즘 눈만 감으면 쫓기는 꿈을 꾸었다. 그럴 때마다 큰 바위덩어리에 눌려 압사할 것 같았다. 흉몽을 꾸다가 깨고 또 비몽사몽간에 다시 잠들었고, 잠이 들면 또 다시 괴한에게 쫓겼다. 어떤 때는 수많은 군중들이 지켜보는 가운데 공개재판을 받고 있었고. 많은 군중들은 일제히 나에게 돌을 던졌다. 그렇게 내 모습을 내가 구경하는 꿈을 꾸는 것이다.

어딘가 모르게 긴장을 요구하는 사내들이 집 앞뜰에서 서성거렸다. 사내는 희끗한 상의에 회색 바바리 차림이었고 또 한 사내는 검은색 가죽잠바에 거칠어 보이는 인상이었다. 차림새만 보아도 심상치 않은 분위기가 느껴지는 두 사내는, 어머니와 무슨 말인가 주고받고 있었다.

두 사내의 거동은 주변을 긴장으로 물들였다. 사내의 옷자락이 바람에 흩날렸다. 바바리를 입은 사내가 힘껏 빨아들인 담배연기를 후우 하고 내불었다. 가죽잠바차림의 사내가 바바리 입은 사내에게 무슨 말인가 귀엣말로 속닥거렸다. 귀를 빌려 줬던 사내가 알았다는 듯 목을 쭉 빼고 주변을 살폈다. 앞마당으로 들어서는 나를 보자 사내는 먹이를 발견한 승냥이처럼 눈알에 광채를 빛냈다. 나는 섬뜩한 기운이 느껴졌다. 어머니는 나를 발견하자 황급히 달려 나왔다. 두 사내도 어머니 그림자를 밟으며 걸어 나왔다. 마당에는 푸른빛이 감도는 달빛이 파도처럼 출렁거렸다. 나는 그들에게 간단한 목례를 하고 안으로 향했다.

"오, 양순 씨. 이제 오시요?"

바바리가 앞을 막아서며 내게 아는 체를 했다. 나는 흘긋 보고 돌아서서 어머니를 향했다.

"저 사람들 또 왔네?"

"조사할 것이 더 있어 왔다는구나."

나는 외출복을 벗어 옷장에 걸고 평상복으로 갈아입으며 짜증스런 어투로 통통거렸다. 저들의 출현은 오늘 뿐이 아니었다. 사건이 마무리 된 다음에도 뻔질나게 드나들었다. 그동안 수차례 찾아와서 조사를 한답시고 집 안을 발칵 뒤집어 놓았다. 나는 온 신경이 밖의 저들에게 모아지고 바늘 끝처럼 예민해졌다. 죄 없어도 사람을 위축 되게 만드는 형사들, 무조건 사람을 죄인으로 보는 태도 퉁명스런 언동, 언제나 사람을 위축시키는 저들이었다. 어느 해인가 오빠가 매를 맞고 들어온 날, 나는 경찰서를 방문했다. 그때 알았다. 저들이 얼마나 오만한가를, 저들의 오만한 말투에 분개하고 일도 제대로 못보고 되돌아 나왔던 기억이 아직도 생생했다. 이쪽이 피해자라는 것을 확인하고도 반말지거리를 해대며 죄인 취급을 했었다. 나는 그렇게 당했던 일이 아직도 뇌리에 남아 있다.

"온 집 안을 홀딱 뒤집어 샅샅이 조사해 가고도 뭘 또 조사할 것이 남아 있대요?"

그동안 여러 차례 저들에게 불쾌한 일을 당했던 나는 마음속에 잠재해 있던 불편한 마음을 드러냈다.

"이봐요. 양순 씨, 어서 갑시다."

"내가 왜 가죠?"

"몇 마디 물어보고, 집까지 데려다 준대. 얼른 갔다 오너라."

"난 안 가, 오빠를 보내요!"

"오빠 서울 갔다."

"언제 또?"

어머니는 세상 돌아가는 것은 모르고 일만 아는 또순이는 아니었다. 자신이 궁지에 몰리면 둘러대는 기교 하나는 놀라울 만큼 남달랐다. 그렇게 융통성 있는 여자라는 것을 잘 알기 때문에 나는 불만이 가득한 눈으로 버럭 화를 냈다. 본심이 빤히 들여다보이는 어머니가 미웠다. 하지만 상대방이 눈치 챘다는 것을 모르는 어머니가 더 미웠다.

"빨리 갑시다."

내 입장만 고집하고 버티기는 어려운 상황이었다. 완강하게 거부하자 어머니는 내 손을 잡고 타일렀다. 단 한 번도 내 손이 어머니 손에 잡혀본 일이 없었고 어머니가 내 손을 잡아본 일도 없었다. 내 손에 닿은 어머니 손은 까칠하고 뻣뻣했다. 어머니 손은 마치 나무껍질같이 서걱거렸다. 억새풀 같은 어머니 손이 아니었더라면 더 오랫동안 버텼을 것이다. 하지만 나는 따라가겠다는 의사를 내 비치고도 마음이 흔들렸다. 목구멍을 통과 한 음식물을 토해 내듯 가겠다는 말을 번복하고 싶었다. 아이들처럼 두 다리를 뻗고 앉아 생떼라도 쓰고 싶었다. 그러나 생각과는 달리 톱니바퀴에 끼인 이물질처럼 내 몸은 지프차량 안으로 빨려 들어갔다.

마음의 포승줄에 묶인 나는 두려웠다. 차량 구석으로 짐짝처럼 내던져지고 나니 막다른 골목에 다다른 것 같았다. 시간이 갈수록 마음도 몸도 돌덩이처럼 굳어가는 시체 같았다. 온몸의 혈액은 거꾸로 역류했고 벼랑 아래로 떨어지다 다시 솟는 폭포처럼 온 전신에 자맥질을 쳤다. 이 모든 것이 두려움에서 발생되는 병증이란 생각이 들었던 것은 그 이후였다. 정신을 차려야지 하고 심신을 가다듬고 마음을 곧추세웠다. 차돌처럼 마음을 단단하게 다져먹었다. 두려움을 억누르기 위해 미친 여자처럼 중얼 거리며 주문을 외웠다. 최면이라도 걸지 않으면 견디기 어려웠다. '아무 일도 없을 거야.' 나는 귀신 물리칠 부적을 품은 광신자처럼 지성으로 신령을 섬기는 무녀처럼 연방 웅얼거렸다.

"어제 풀어준 살인 용의자 말일세. 그자는 진범이 아니야, 두고 보라지, 내 말이 틀렸나. 진범을 잡기위해 그자를 내보냈더니 자식들 난리법석이야, 대갈통에 먹물만 들었지 현장 경험 없는 것들이 뭘 안다고, 심증만 가지고 되는 게 아니야, 증거가 있어야지, 무조건 잡아다 족치라니, 벽창호들, 지들이 현장에서 뛰어봤어, 대갈통 먹물 좀 담갔다고 거들먹거리기는."

258

"맞아. 샌님들, 탁상머리 수사나 알았지 뭘 안다고, 목숨 걸고 범인 잡아 놓으면 공적은 지들이 가로채는 놈들이, 밤중에 물에서 건져 놓은 여자시체 지키라면 기겁을 하고 줄행랑을 칠 놈들이, 30년 짬밥은 거저먹은 줄 아는지 원."

"그러게나 말이야!"

저들의 대화 속에 내재 된 으스스한 은어들, 내 존재는 까맣게 잊어버리고 그들은 누구에겐가 불만을 터트렸다. 그들의 거친 어투는 조금 진정되었던 내 가슴을 다시 요동치게 했다. 소름이 돋고 등골이 오싹했다. 저들이 하는 일은 끔찍하다. 저들의 대화 속에 숨겨진 험한 은어들이 해일처럼 일어나 파도처럼 출렁거렸다. 곧 해안을 휩쓸 쓰나미의 전조 같았다. 나의 불안 심리는 거센 파도 같았다. 차창 밖에는 달걀 노른자위 같은 보름달이 검푸른 하늘에 두둥실 떠 있었다. 동강에는 달의 조각들이 산산이 부셔져 반짝이고 있었다.

"야, 야, 일어나!"

눈을 떠보니 거대한 회색 건물이 우뚝 서있다. 팽팽한 긴장도 시간의 경과에 따라 느슨해질 수 있는 모양이다. 긴장의 끈이 풀어지며 피로가 몰려왔다. 나를 앞세우고 들어가는 형사들을 향해 정문의 로봇 경관이 거수경례를 올려붙인다. 일어나라는 소리에 나는 벌떡 일어났고 나가자는 소리에 짐짝처럼 황급히 밖으로 나왔다. 나는 되도록 그들의 명령에 복종했다. 나는 마치 태엽에 의해 움직이는 인형 같았다.

미간에 고뇌의 주름살이 깊이 패인 형사 앞에 앉았다. 깡마른 체구에 싸늘한 기운을 내포한 남자였다. 굳게 다문 한 일 자 입술과 주름투성이 이마에 절간 앞에 있는 석상이 그려졌다. 저들은 형사 이미지가 아니라 범죄인의 인상 같았다. 나는 도마 위에 올라온 산 낙지처럼 바들바들 떨렸다. 언제 내리칠지 모르는 시퍼런 사시미 칼을 올려다보는 물고기 신세였다. 자판에 글자를 치는 형사의 손등에는 동맥이 도드라져 검붉은 지렁이가 꿈틀대는 것 같았다. 형사는 날카로운 어투로 질문을 던졌다.

"사망자가 죽던 그 시간 양순 씨는 무엇을 했지?"

질문이 낙엽처럼 우수수 쏟아졌다. 형사는 나의 호흡이 가쁘도록 숨통을 죄었다. 어딘가 깊은 수렁으로 빠져 들어가는 것 같았다. 같은 질문과 같은 대답이 수차례 오고 가고 형사는 점점 거친 어투로 나가더니 협박성 질문으로 변모해갔다. 고장 난 녹음기를 계속 돌리는 것 같았다. 어떤 진술을 원하는 것인지 종잡을 수 없었다. 나도 모르게 눈물이 주룩주룩 흘렀지만 그들에게 죄인의 눈물 따위는 아무 가치가 없었다.

"빨리 끝내고 잠이라도 자두는 것이 낫지 않냐?"

"할 말 없어요. 아는 것은 모두 다 말했어요."

"진실을 말해야지. 거짓말 말고, 진실."

"그게 다예요."

"목 매단 남자 사체를 여자 혼자 무슨 기운으로 운반까지 하냐? 니 엄마 천하장사냐? 나무 위에 있는 성인 남자 사체를 끌어 내렸다고? 이건 불가능한 일이야. 사망자는 자살이 아니라 타살이야. 목이 졸렸고 둔기로 머리를 맞고 사망했어. 다시 말해 사망자는 살해당한 거라고!"

형사는 혼자 북 치고 장구 치고 놀고 있었다.

"너네 가족이라는 사람이 제보를 해왔어. 네가 범인이라고. 우리는 신고를 받고 널 연행해 왔을 뿐이야. 이제 알겠어. 이제 진술서나 쓰라고 다 끝났으니!"

"제가 죽이지 않았어요. 아니에요. 울 엄마 불러 주세요!"

"이게 증거다!"

코앞에 들이댄 10여 장의 사진, 시체 목덜미에는 검푸른 멍 자국이 선명했다. 사진 속의 사망자가 아버지라고 믿고 싶지가 않았다. 거짓 자백을 받아내려는 음모라고 생각했다. 전혀 모르는 사람 사체를 내 눈앞에 들이 대고 협박하는 거라고 소리치고 싶었다. 분명히 내 아버지 얼굴이었다. 돌아가는 정황으로 봐서 이제 꼼짝없이 나를 진범으로 몰아가려는 것 같았다. 나는 아버지를 죽인 존속 살인자라는 압박 벨트에 꽁꽁 묶여 있었다. 저들은 나를 회유했다. 바른대로 실토하면 무거운 형은 면한다고. 어린 나이라 앞날을 생각해 최대한 선처해 주겠다고. 모든 일은 주도면밀하게 꾸며진 것 같았다.

"서로가 기운 빠지는 일이다. 우리 빨리 끝내자."

"아니라고 하는데 왜 나를 범인으로 모는 거예요? 엄마를 불러달라고요."

나는 반정신이 나가서 어머니를 불러 달라고 울부짖었다. 그러나 내 목소리는 계란으로 바위치기에 불과했다. 진범은 이 광경을 지켜보며 낄낄거리고 웃는 것만 같았다. 3일째 되던 날부터 나는 온 육신에서 기력이 빠져나가고 케케묵은 잠이 쏟아졌다. 집으로 돌아가겠다던 희망은 전시에 폭탄 맞은 가옥처럼 완전히 전소됐다. 사흘 밤낮을 꼬박새운 올빼미 고문이었다. 힘이 빠지기를 기다렸던 형사는 드디어 내게 올가미를 씌웠다. 잠의 늪에 빠진 나는 공황 상태였다. 형사는 내 손을 끌어다가 자백서에 손도장을 찍었다.

*

'이 사실을 모르는 엄마는 얼마나 나를 기다렸을까. 그런데 엄마는 어째서 3일이 지나도 나를 찾아오지 못하는 것일까.' 어머니는 끝내 오지 않았다. 다음날도 그 다음날도 나타나지 않았다. 이제 여기서 벗어날 길은 없었다. 패륜아라는 죄인의 굴레를 뒤집어쓰고 무덤 속으로 들어갈 일만 남은 것이다. 딸의 생사가 어찌되었는지 알아보지 않는 어머니가 괘씸했다. 이보다 비정할 수는 없었다. 덩굴처럼 뭉친 분노를 표출하지 못하고 삼키자니 오장육부가 문드러질 것 같은 통증이 왔다. '혹시 병태가 아닐까. 엄마는 평소 아들만 끼고 돌았잖은가. 병태가 아버지를 죽였을 가능성도 배제 하지 못한다. 아들이 애비를 죽였다는 사실을 은폐하기 위해 눈엣가시 같은 나를 살인자로 지목해서 신고하고 아들은 뒤로 빼돌려 도주시켰을 것이다. 실수든 고의든 술 취한 아버지를 죽게 만든 아들을 구하려고 어머니는 잔꾀를 썼을 것이다. 평소에는 다른 어머니들처럼 자식만 아는 억척같은 어머니다. 그러나 폭풍이 몰아치고 해일이 일어나면 상황이 달라지던 어머니였다. 어머니는 고요한 삶에서도 폭우를 만나면 태풍이기를 마다하지 않았다.

그런 어머니 앞에 떨어진 청천날벼락이라니, 어떤 방법이든 다 했을 것이다. 머리회전 하나는 누구도 따라오지 못했으니까. 병태 짓임이 틀림없다. 이건 분명한 사실이지만 뒤집을 만한 증거는 없었다. 가족들 앞에서는 당당 한 듯 허세를 부리지만 문밖을 나서면 누구보다 비굴했던 병태. 계획적으로 일을 꾸밀 위인은 못되었다. 병태는 어찌어찌 하다가 아버지를 밀쳤는데 아버지가 죽었다. 이젠 나도 죽었구나. 싶었을 것이다. 울고불고 하는 아들의 모습을 지켜보던 어머니는 어떻게 하든지 살려야 했다. 두 사람은 머리를 굴리던 끝에 나를 대타로 신고하고 병태를 도주시켰다. 어머니는 형사들을 불러 나를 잡아가도록 손을 쓴 것이다.

내 몸에서 애벌레가 꿈틀거렸다. 모든 것이 꿈이었으면 싶었다. 귓가에 누군가의 말소리가 들렸다. 일어나라, 일어나라. 누군지 알 수는 없지만 내 가슴에 불을 지피기는 충분했다. 그때 내 가슴에는 불꽃같은 분노가 하늘을 덮었다. 내 몸속에는 이미 맹독이 자라고 있었다. 독버섯 같은 맹독이 전신으로 옮겨 붙을 조짐을 보였다. 나는 창살에 매달려 철문을 열어 달라고 목이 터지도록 울부짖었다. 불덩이를 넘긴 맹수처럼 날뛰기를 반복했다. 이 담장을 뛰어넘을 수 있을까. 쇠톱으로 창틀을 자르면 나갈 수 있을까. 이 몸에 불을 사르면 연기가 되어 나갈 수 있을까. 잠시 체념했다가 불에 덴 듯 벌떡 일어나 악을 쓰다가, 나는 매일같이 소란을 피웠다. 이 무덤 같은 지옥에서 구해 줄 사람은 아무도 없었다. 나는 마음을 가다듬어 묵언스님 참선하듯 자신을 다스렸다. 이곳에서 나갈 수만 있다면 무슨 짓인들 못 할까. 어머니는 딸자식을 죽음의 형틀에 매달아 놓았다. 그러고도 단 한 번도 나타나지 않았다. 무엇으로 어떻게 설명할 수 있을까.

나는 악악대며 소리치던 입술에 자물쇠를 채웠다. 진짜 벙어리가 된 듯 죽은 듯이 엎드렸다. 그러고 있으면서도 복잡한 상념은 끝없이 이어졌다. 남의 죄를 덮어쓰고 희생물이 되었다는 생각에 피가 거꾸로 쏟아졌다. 반드시 결백을 밝혀내기 위해선 여기를 나가야 했다. 외면상으로는 내가 안정을 되찾은 것 같아 보였을 것이다. 그렇게 보이도록 철저히 가장했다. 여기를 빠져 나가는 데는 이 방법밖에 없었다. 교도소 측에서는 점차 나를 인정 하는 것 같았다. 그동안 새벽부터 일어나 봉사라든가 허드렛일이라든가 죽기 살기로 해치웠다. 드디어 감시의 눈초리가 나에게서 벗어지고 모범수라 불렸다.

잠결에 여자 울음소리가 들렸다. 한밤에 여자 울음소리는 오싹한 한기를 느끼게 했다. 나는 뭔가에 이끌린 듯 몽롱한 상태에서 그 울음소리를 따라 나갔다. 순간 곡소리는 거짓말처럼 멈춰버렸다. 밖에는 바람이 거세게 불었다. 머리 위에는 창백한 달빛이 떠 있었다. 여자의 곡소리가 다시 이어졌다. 울음소리는 아무래도 집 안 어딘가에서 나는 것 같았다. 울음소리에서는 애끓는 슬픔 같은 것은 느껴지지 않았다. 어쩐지 가식이 가미되었다는 느낌을 지울 수가 없었다. 나는 곡소리의 진원지를 따라 걸었다. 여자의 울음소리는 어머니 방에서 나오고 있었다. 잠시 머리를 갸웃거린 나는 숨을 죽이고 어머니 방문을 열었다. 삐거덕 소리에 놀랐는지 어머니가 고개를 돌렸다. 어머니는 울고 있었다. 쪽진 머리를 풀어 헤쳐 산발을 하고 어머니는 음산한 곡소리를 내고 있었다. 병태도 구부리고 앉아서 눈물을 찍어내고 있었다. 두 사람 행동에 영문을 알 수 없던 나는 신발을 벗고 들어가 어머니의 어깨를 흔들었다.

　"엄마! 왜 그래요?"

　"아버지께 절이나 해라."

　"네에?"

　나는 어머니와 병태가 울고 앉아 있는 맞은편을 바라보았다. 아랫목에 병풍이 날개를 펼치고 있었다. 붉은 색이라 짐작되었으나 쥐 오줌 자국으로 형편없었고 낡고 떨어져서 누더기 같았다. 어머니는 더 이상 어떤 설명이 없었고 마른 곡만 계속 해댔다. 울음소리는 한층 더 높아졌다. 방 안 분위기는 음산했다. 음산한 이 기류는 저 병풍에서 기인된다는 생각이 들었다. 화려한 병풍 뒤에 무서운 뭔가가 숨겨져 있다는 것을 나는 알고 있었다.

초등학교 1학년 때였다. 억수 같이 퍼붓는 장마였다. 큰집 새언니가 장대 같은 비가 쏟아지는데 우산도 없이 통곡을 하면서 우리 집 앞마당에 들어섰다.

"작은아버님! 우리 아버님이 돌아가셨어요."

"뭐라고! 그게 무슨 말이냐?"

그날 아버지는 마늘 밭에서 일을 하다가, 소나기가 쏟아지는 바람에 들어와 막 옷을 벗던 중이었다. 아버지는 벗었던 비옷을 다시 주워 입고 빗속을 내달렸다. 새언니는 엉엉 울면서 그 뒤를 뛰어갔다.

그날, 천둥번개가 쩌렁쩌렁 울렸다. 그 시간 큰아버지는 억수같이 퍼붓는 소나기를 피해 뜨락에 서있었다. 그때 천둥번개가 때렸고 큰아버지는 쿵 하는 소리와 함께 바닥으로 떨어졌다. 그 순간 번갯불이 번쩍 하는 동시에 땅을 찢을 듯 엄청난 굉음이 일어났다.

"형수님, 이 전깃줄 때문이었어요. 전깃줄을 마주 보게 두면 전류가 통하잖아요."

"그걸 내가 알았겠소, 삼촌!"

아버지는 누굴 나무라는 소리 같지는 않았다. 너무 허무한 나머지 허공에 대고 하는 소리였다. 큰아버지는 잠든 듯 창백했다. 소나기가 대체로 그렇듯 언제 그랬냐는 듯 말끔히 그치고 캄캄한 밤이 되었다. 사촌 오빠는 벽장에서 병풍을 꺼내더니 큰아버지 시신에 둘렀다.

저 병풍 뒤에도 죽은 아버지가 있을 것이다. 가운데만 불쑥 튀어 나온 부분은 분명히 배일 것이다. 그것을 짐작하고 상상하는 시간은 그리 길지 않았다. 나는 황급히 방 안으로 뛰어들어 병풍을 제쳤다. 창백하게 일그러진 얼굴에 입술 밖으로 튀어나온 벌건 혓바닥, 부릅뜬 허연 눈동자, 끔찍한 이 형상은 사람이 아니었다. 악마의 형상이었다.

"악 아버지가……."

아버지의 죽음을 확인하고도 나는 눈물이 나오지 않았다. 아버지의 흉한 몰골은 정나미가 뚝 떨어졌다.

병태도 동생들도 훌쩍였다. 나만 민망할 정도로 눈물이

나오지 않았다. 나는 방을 나왔다. 아버지의 흉측한 몰골이 섬뜩해서 더 이상 그곳에 머물고 싶지 않았다. 어머니와 병태의 울음소리는 계속되었다. 새벽닭이 울어대는 소리가 들렸다. 그때도 두 사람의 울음소리는 그치지 않았다. 동네사람들이 하나둘씩 모여 들었다. 그때서야 어머니 곡소리가 멈췄다. 사고 소식에 놀란 동네 사람들은 어머니를 위로 하며 같이 우는 사람도 있었고 위로하는 사람도 있었다. 귀신의 형체처럼 흐물흐물 풀어지는 새벽 무렵이었다. 사고신고를 받고 출동한 경찰들이 씨 쓰리를 타고 몰려왔다. 경찰들은 시신의 옷을 칼끝으로 자르고 빈대떡을 뒤집듯 뒤적거리며 사진을 찍어댔다.

  햇볕이 정수리에 쏟아졌다. 먹구름이 걷힌 맑은 하늘엔 밝은 빛이 가득 했다. 자연의 섭리가 겨울을 밀어낸 것이다. 내가 숨을 쉬고 있다고는 하지만 산목숨이 아니었다. 식물인간이 산소 호흡기로 숨을 쉰다고 하여 살아 있다고 볼 수 없듯이, 눈을 감고 있어도 잠을 잔 것이 아니듯이. 입에 밥을 떠 넣어도 먹은 것이 아니 듯이 그런 상태에서도 나는 내 생각과는 다르게 하루가 물처럼 자연스럽게 흘러갔다. 남의 등짐을 대신 짊어지고 수많은 날들을 뜬눈으로 지새우고 이

를 갈아온 날들이지만 그렇게 살아온 인생에도 세월이 흘러
갔다. 무겁던 이 등짐을 벗어 던질 날이 오고 있었다.

*

 밤낮없이 동경했던 담장 밖으로 나왔다. 오랜만에 나온 세
상은 변해 있었다. 이곳도 싸늘하기는 담장 안과 마찬가지였
다. 오히려 마음은 더 깊은 곳에 이감되는 기분이었다. 한쪽
으로는 자유를 느낀다면 다른 한쪽으로는 싸늘한 현실이 밀
고 들어왔다. 도로에는 앙상한 나무들이 목석처럼 서있었
다. 나는 가로수 밑에 또 하나의 초라한 가로수가 되어 서
있다. 그런 나를 기다리거나 반기는 그림자는 보이지 않았
다. 나는 되도록 움직이지 않았다. 지금 나의 심정은 두려움
과 설렘, 두 개의 색깔에 얼버무려져 있다. 나는 정신을 다
시 가다듬었다. 구차한 목숨 오늘까지 연명한 이유는 가슴
에 서린 복수심 때문이었다.

 차창 밖 풍경은 나하고는 상관없다는 듯 빠르게 스쳐갔
다. 눈이라도 뿌릴 듯 찌푸린 날씨도 나와는 관계가 없었다.
내가 탄 열차가 태백역을 향해 빠르게 내달리고 있었다. 열

차는 동굴 속으로 빠르게 흡입되었다. 동굴 속으로 빨려든 열차는 이내 암흑 속에 잠기고, 잠시 후 숨을 토하듯 굉음을 내지르며 굴속에서 빠져 나왔다. 주변에는 갑자기 돌개바람이 휘몰아쳤다. 열차를 점령했던 어둠이 밝음으로 교체되고 차창 밖에는 눈꽃이 흩날리고 있었다.

열차 안에 가득했던 승객들도 줄어들어 내부는 한산했다. 시골 정감이 아직 조금이나마 남아 있는 것 같았다. 강원도 특유의 투박한 말씨 순박한 눈길, 얼마 만인가 이런 모습들이. 아낙들의 정겨운 수다도 포근했다. 아이들과 산으로 들로 뛰어 다니던 유년의 들녘이 눈앞에 펼쳐졌다. 고향의 정겨움과 옛날 기억으로 나는 증오의 앙금 덩어리를 녹일 수 있을까. 순간 나는 소스라지듯 놀라 깨어났다. 죽어도 잊을 수 없는 뻔뻔한 얼굴들을 클로즈업 시켰다. 주머니에 찔러 넣고 있던 손을 접어 돌처럼 단단하게 말아 쥐었다. 잠시 녹이려했던 증오심을 다시 얼음덩이로 단단하게 냉각시켰다. 적개심을 키워 본연의 마음으로 돌려놓았다. 어머니와 병태, 이 두 사람을 용서 할 수 없었다. 어떤 식으로 복수 하고 어떻게 한을 풀겠다는 계획 전이지만 그들에 대한 적개심은 시간이 경과 할수록 하늘을 찔렀다.

"할매, 엄마한테 갈래!"

아이가 노인의 등짝에 기대어 칭얼거렸다. 아이의 옷은 애초 어떤 색깔이었는지 육안으론 구별 되지 않았다. 가난한 생활에 찌들어 궁색함이 여실히 드러나는 이들은 탑승객들에겐 신기한 구경거리였다. 이들을 보기위해 모인 눈동자가 여기저기서 빛을 발하고 있었다. 가난이란 숨기려 들면 더 드러난다고 했다. 한 승객이 녀석에게 사탕을 건네주었다. 새까만 손등을 드러낸 녀석은 재빠르게 사탕을 잡아채서 입으로 가져갔다.

"그 죽일 년은 왜 찾아? 이 새끼야."

노인은 사내아이의 머리통을 야무지게 후려갈긴다. 졸지에 쥐어 박힌 녀석은 울기는커녕 상습 매질에 면역되어 있는 듯 무표정한 얼굴을 하고 저만큼 물러났다. 나는 천 원짜리 한 장을 녀석 앞에 내밀었다. 녀석은 무섭게 달려들어 비호같이 잡아챘다. 매가 병아리 채가듯 빠르고 기민한 행동이다. 녀석의 행동은 내게 어린 동생들을 떠오르게 했다. 시커먼 산동네를 오르내리며 고물을 주었고 봄이면 해빙으로 젖은 땅을 밟으면서 뛰어 놀았다. 전쟁이 종결되고 이후 몇 년이 흘렀지만 땅을 파거나 산을 오르면 전쟁의 잔재들이 여기저기 널려 있었다. 불발탄이나 수류탄 파편들을 주워서 엿이나 강냉이를 바꿔 먹었다. 서너 집 빼놓고는 어느 집이고 먹을 것이 없던 시절이었다. 봄 햇살 아래 영양실조로 부어 올라 볼록한 배를 드러내놓고 서 있던 아이들, 새까맣게 탄 맨 몸을 감추지도 못하고 멍하니 앉아 있던 아이들, 그때는 흔한 그림이었다. 아이답지 못한 악동 같은 녀석의 행동은 승객들에게는 심심하던 차에 좋은 구경거리였다. 그러나 나로서는 저 녀석이 구경거리가 아니었다. 나는 형제 많고 궁색한 집에서 태어나 자랐다. 당장에 먹고 사는 문제가 고통이었던 어머니를 지켜보며 자랐다.

"그 애 엄마가 도망을 갔소?"

귀를 쫑긋 세우고 아까부터 이쪽으로 신경을 곤두세우던 나이든 남자가 끼어들었다. 저 늙은이도 같은 처지라 이쪽에 관심이 있는지도 모른다는 생각이 들었다.

"그건 왜 물어 보우?"

"아니 뭐, 그냥 궁금해서 물어 본 기요."

"시퍼렇게 살아있는 서방을 놔두고 바람이 났소! 내 자식 피멍 들게 한 년. 내 그년을 잡으면 어금니로 잘근잘근 씹어서 국물은 삼키고 건더기는 며칠 굶은 개를 던져 줄 거구먼."

노인의 면상에는 검버섯이 시커멓게 덮여 있다. 입에서는 쉼 없이 욕설이 빠져 나왔다. 노인이 뱉어낸 욕설을 요약하자면 이런 사연이었다. 공사판에 나가 일하던 며느리가 젊은 감독하고 눈이 맞았는데, 그 소문이 시어머니 귀에까지 들어왔지만 설마 자식을 셋씩이나 두고 그랬겠나 싶어서 지나쳤다. 아들놈은 타고난 성품이 순둥이라 남들이 다 의심을 해도 저 혼자만 의심 하지 않았다. 결국 며느리는 그놈과 줄행랑을 치고 말았다. 노인은 욕설과 푸념에 열을 올렸다. 혀를 차고 맞장구를 치는 승객도 있었으나 나는 한 여자를 기억해내고 쓰디쓴 웃음을 지었다. 노인의 며느리 사연과 내 기억 속에 떠오른 한 여자의 사연이 닮아 있었기 때문이었다.

그녀는 탄광촌 서너 마을을 통틀어 대조해도 비교 못할 만큼 보기 드문 미인이었다. 모두가 새까만 피부 일색인 탄광촌 여자들 속에서 진흙 속에 피어난 한 송이 백장미처럼 그녀는 쉽게 눈에 뜨이는 새하얀 미인이었다. 달빛처럼 희고 고운 피부와 매력 넘치는 여성스러움. 그렇던 그녀의 미모는 여성으로선 최상의 무기였다. 사람들은 그녀와 닮은 나를 가리켜 쌍둥이 자매 같다고들 했지만 내가 그녀보다 미모가 떨어짐은 당연했다. 달맞이 꽃 같은 그녀의 피부에 비해 나의 피부는 황인종의 유전인자에 충실한 누런색이었다. 단지 고모와 조카라는 혈연관계로 이목구비가 닮은 것이 남들에게 착각을 일으킬 뿐이다.

나와의 관계는 조카 고모 사이었다. 그녀와 나는 외모는 닮아 있었지만 그것은 겉의 모습이었지, 한참 떨어지는 그녀의 지능은 아니었다. 게다가 그녀의 바람기는 가문의 수치였다. 마을 사람들은 그녀를 화냥년이라 불렀다. 사내 꼬드기는 데는 천부적인 소질이 있다고 욕을 하고 비난했다. 유부남 총각 할 것 없이 그녀에게 껄떡대지 않는 남자가 없었다. 그녀는 남자들이 손을 내밀면 지체 없이 그 손을 잡았다. 스무 살이 되던 해는 말려도 듣지 않고 결국 동네의 총각 놈과 살림을 차렸다.

어쩌면 이 노인의 주장은 전부 거짓이고 진실이 아닐지도 모른다. 집에서 반 백수로 놀고 있는 아들대신 며느리가 나가 돈벌이를 했을 수도 있다. 며느리가 도망친 건 무능력한 남편 때문일지도 모르는 것이다. 백수한테 매를 맞다가 살기 위해 피신하듯 나갔을지도 모른다. 언제나 진실은 물리적인 것에 의해 거짓 뒤에 묻혀 있고, 거짓이 진실로 둔갑하고 가면을 쓰고 진실행세를 하지 않던가. 사람들은 필요에 의해서 거짓말을 진실로 믿어버리고 진실은 아무리 저항하고 소리치며 버둥거려도 들어주지 않고 믿으려 하지 않는다.

예미역에서 하차했다. 아주 작은 간이역이다. 이곳이 내가 태어난 고향은 아니다. 어쩌다가 이 골짜기까지 밀려와 살았는지 나는 알지 못했다. 어머니가 혼잣말처럼 왜 이런 시커먼 동네로 끌고 들어와 이 고생을 시키느냐고 원망하는 소리를 몇 번 들었을 뿐, 자세한 내막은 알 수 없었다. 2차선 가느다란 신작로 길을 걸었다. 그 옆으로 철길이 나 있었다. 유년시절 철길을 마구 걸어 다녔고 기차가 오면 못을 올려놓고 도망갔다가, 차가 지나가면 다시 달려와 확인하고 납작하게 된 못을 수거해서 스케이트 바닥을 만들곤 했다.

나는 다시 지난 향수에 젖어들었다. 시커먼 먼지로 마을이 뒤덮이고 흐르는 냇물도 먹물이었다. 산과 들 모두가 구분이 없었다. 온통 시커먼 색이었다. 지금은 그때 모습이 아니었다. 검은 동네의 흔적은 그날 밤 살인죄를 덮어쓰고 무덤으로 끌려갔던 나와 함께 사라지고 만 것일까. 줄지어 석탄을 실어 나르던 검은 화물차도, 눈만 빠끔 뚫려 있을 뿐 누가 누군지 분간할 수 없었던 그 많던 사람들도 전부다 보이지 않았다. 검은색이 일색이던 그 모습들은 완전히 종적을 감춰버린 것일까. 나는 이 생각 저 생각을 떨치지 못하고 깊은 골짜기 길을 걸었다. 가로수가 있다고는 하나 시내같이 밝지는 않았다. 하기는 이 동네는 워낙에 골짜기라 낮에도 햇살

276

은 잠깐이면 사라지고 곧 침침했다.

병태가 원래부터 비틀어진 성격은 아니다. 고등학교 들어가고부터 조금씩 변하기 시작했고 점차로 포악하게 변모했다. 처음 문제를 일으킨 시점은 친구들을 따라 다니다가 남의 물건을 훔치고부터였다. 하지만 병태는 또래들이 시키는대로 망을 보고 있었을 뿐이다. 또래들은 오토바이를 훔쳐타고 달아났지만 병태는 그때까지도 멍청하게 망을 보고 있었다. 나이가 어려서 교도소는 면했지만 대신 소년원을 갔다. 그때부터 소년원을 제집처럼 들락거렸다. 어느 날은 돈을 내놓으라고 생떼를 부렸고 어머니는 그 밤중에 돈을 빌려오지 않고는 집으로 들어오지 못했다. 도끼로 마루를 내리치는 일 같은 것은 흔히 있는 일이었다. 참다못한 아버지가야단 한번 치려다가 아들한테 호되게 당한 적도 있었다. 아버지에게서 직언을 듣고 있던 병태는 단 몇 분도 참지 못하고 벌떡 일어나 멱살을 흔들고 밀쳤다. 순식간에 아버지는뒤로 밀렸고 꼬리뼈가 부러지는 부상을 입었다.

아버지가 타살이라면 병태가 한 짓임이 틀림없었다. 항상술이 취해있던 아버지는 성격상으로도 병태가 하는 행동을보고 있지 않았을 것이다. 그렇게 당한 아버지는 앞뒤 가리지 않고 아들한테 노발대발 모욕적인 언사가 튀어나갔을 것이다. 지금까지 병태소행으로 봐서 우발적 살인은 얼마든지 일어날 수 있는 것이다. 지서에서는 틀림없이 병태를 의심했을 것이다. 형사들이 나를 끌고 가던 날 밤에도 집에 있어야할 병태는 없었다. 갈 곳이라고는 뻔질나게 드나드는 동네 당구장이나 곰팡내 나는 뒷방구석이다. 반백수의 신분으로 집구석 어딘가 처박혀 술에 떨어져 있던지. 담배나 꽈대며 곰이나 잡던 병태가 그날따라 어딜 갔을까. 나는 이제야 모든 정황들이 선명해지는 것 같았다. 살인자를 자수시켜야 하지만 엄마는 그렇게 하지 않았다. 오히려 병태의 행위를 은닉하고 도주시킨 것이다. 찢어지게 가난한 살림임에도 불구하고 제 욕심만 차리는 얌통머리 까진 딸에게 누명을 씌워 멀찌감치 내쫓은 것이다.

한참을 올라왔다. 그때도 이렇게나 멀었나 싶어 나는 올라온 길을 한 번 더 돌아보았다. 깊은 산으로 둘러싸인 마을이 시야에 들어왔다. 나지막한 건물 몇 개가 더 들어서 있었지만 그것마저 황량해 보였다. 방금 전까지도 붉은 노을이 나뭇가지에 걸려 있더니 언제 넘어갔는지 땅거미가 내렸다. 높은 산에서 내려온 검은 그림자는 온 동네를 어둠으로 물들였다. 밤이라 그런지 마을은 온통 음울해 보였다. 그러나 분명히 있어야 할 검은 탄가루는 보이지 않았다. 어쩌면 어둠이 모두 흡수해 버렸는지 모르겠다는 생각이 들었다. 나는 옷깃을 여미었다. 싸늘한 기온이 뼛속으로 깊이 파고 들었기 때문이다. 가로등은 일정한 간격을 두고 서 있었다. 그것은 마치 바다를 지키는 등대 같았다. 한 때 이곳은 에너지 천연자원의 본거지로 국내 최고의 연료를 대량 생산 했던 곳이었다. 그 명성에 걸맞게 주민들 모두는 호황을 누렸었다.

그러다가 새 기술로 산업이 발달하고 기름보일러와 도시가스 등이 잇따라 탄생하고 보급되는 바람에 더 이상은 석탄이 필요하지 않았다. 석탄이 필요 없게 되자 이 지역은 예전의 인구 밀도 지역이 아니었다. 탄광업소들은 갈수록 적자 경영난에 허덕였다. 더 이상 버티지 못한 탄광은 자진 해산했다. 그 이후 이곳은 자연히 폐광촌이 되었다. 일자리를 잃은 광부들은 갈 곳이 없었다. 광산이 무너지며 목숨을 잃는 사고가 빈번했던 이곳은 죽음을 각오하고 들어온 곳인 만큼 개인 신분은 캐묻지 않고 불문에 붙이고 무조건 받아들이는 곳이었다. 그런 관대함이 있었던 직장이라 경찰의 검거에 불응하고 쫓기던 시국사범들의 공공연한 은신처이기도 했다. 그들은 다시 일자리를 찾아 떠나갔다. 그것을 증명이라도 하듯 곳곳엔 빈집들이 흉가처럼 널브러져 있고, 매스컴은 폐광촌임을 전국으로 광고하는 실정이었다.

희미한 불빛이 문틈으로 새어 나왔다. 나는 앞마당을 가로질러 대청마루에 걸터앉았다. 마당은 어수선 했고 집은 낡아 있었다. 허물어진 행랑채는 반쪽만 붙어 있었다. 아버지가 목을 매 자살했다는 대추나무도 앙상한 삭정이로 주저앉아 있었고. 낯익은 흔적은 여기저기 곳곳에 남아 있었지만 어쩐지 그때 우리 집 분위기는 아니었다.

"게 뉘기요?"

방문이 뻐걱 열리더니 문틈으로 늙은 여자가 얼굴을 내밀었다.

"네에. 누굴 찾아 왔는데요."

방 안에 앉아서 밖을 내다보던 늙은 여자는 귀찮다는 듯 천천히 일어나 끙끙거리며 마루로 걸어 나왔다. 안에서 쏟아내는 전등 불빛은 눈이 부시도록 강렬했다. 그 불빛이 밖으로 나오는 노인을 집어 삼킬 것만 같았다.

"먼저 살던 서씨네를 찾는 기요. 그 사람들 이사 간 지가 언제라고 이제와 찾소?"

"지금 이 집에 살지 않는단 말인가요?"

"보면 모르오? 내가 살지 않소?"

분명히 이 집은 우리 집이다. 어머니와 오빠 동생들이 있어야 할 곳인데 없다는 것이다. 모든 것은 10여 년이란 세월이 덮어 놓았지만 나는 그들은 잊지 않고 그대로였다. 한순간도 잊어본 적이 없었다.

"할머닌 이 집에서 언제부터 사셨어요."

"칠팔 년은 실히 되었소!"

'어디서 본 듯한 노인네다. 어디서 보았을까.' 반사한 불빛에 자세히 훑어본 노인은 생소한 얼굴은 아니었다. 그랬다. 이 집으로 오다 보면 오밀조밀 조그만 논들이 있다. 그 건너편에 야산이 있고, 그 산을 오르기 직전 꽃상여 집 옆에 오두막이 하나 있다. 가만 보니 그 집에 살던 무당이었다. 나는 무당을 알아보았지만 무당은 나를 알아보지 못했다. 많이 늙어 있었다. 무녀는 말하면서도 조미료를 치듯 캑캑대고 기침까지 해댔다.

젊었을 때 무녀는 쥐를 잡아먹은 듯 빨간 입술이었다. 빨간 입술의 젊은 무녀는 간데없고 처질대로 처진 목덜미의 살가죽을 늘어트린 무녀가 있을 뿐이었다. 당장이라도 저승에서 부를 것 같은 늙은 무녀에게 동정심이 들었다. 나를 알아보면 어쩌나. 염려도 했지만 내 얼굴을 똑바로 쳐다보고도 알아보지는 못했다. 나는 무녀의 태도에 여유가 생기고 안도 감이 들었다. 마른 행주처럼 얼굴은 쪼글쪼글 늙었어도 무녀가 섬기는 장군귀신은 무녀를 놓아주지 않는 모양이다.

열린 문틈으로 방 안을 살펴보니 총 천연색의 장군귀신이 시퍼렇게 날선 창칼을 들고 밖을 내다보며 째려보는 것이다. 그게 그림이겠거니 하고 생각은 했지만 촛불 뒤에서 너울대는 장군귀신은 무서웠다. 젊은 시절 무녀와 지금의 늙은 무녀는 같은 한 사람이었다. 세월은 한 사람을 둘로 만들어 놓았다. 신주단자처럼 모시는 장군귀신도 흐르는 세월을 붙잡아주지 못하는 모양이다. 사실 이 집에 우리 가족들이 지금까지도 살고 있을 거라고는 기대하진 않았다.

"여기 살던 사람들은 어디로 갔어요?"

"여길 떠났소!"

"이 동네를 아주 떠났단 말인가요? 그럼 애들은요?"

"큰딸 년이 제 애비를 죽이고 교도소에 붙잡혀 들어갔다오. 그 후, 굶고 있는 애들이 보기 딱해서 남한테 줘 버리라고 했지만. 그 아낙네가 애들 건사도 못하면서 고집을 부렸소. 서방 복 없는 년 자식복도 없다고 그 와중에 아들놈이 어미 속을 어떻게나 뒤집어 놓던지. 그놈도 제 아비 뺨치게 몹쓸 놈이었다오."

오빠라는 작자가 무녀의 언급으로 내 기억에 돌아오자 눌려있던 신경 세포가 일제히 촉각을 세웠다.

"처음에 제 어미가 탄광에 취직을 시켰소. 그러면 뭘 혀. 금세 튀어 나와서 싸움질이나 하고 돈 내놓으라고 지랄이나 떠는걸. 그것도 모자라서 제 고모 집에 내려가 행패를 부리다 쥐어터지고, 늘 그랬다오. 그래 속을 썩이니 제 에미가 실성을 했제. 시방은 어떻게 되었는지 나도 모르오!"

무녀들이란 귀신의 영험을 빌렸다는 핑계로 아무에게나 반말을 해댄다. 하기는 이 늙은 무녀에게서는 욕이나 듣지 않으면 다행이다. 그래도 반말정도는 예의를 차리는 인텔리 무녀 편에 속했다. 무녀는 신기하게도 우리 집 사연을 명주실처럼 계속 뽑아냈다. 귀신의 영험을 내려 받은 무녀라 그럴까? 꼭꼭 숨겨진 우리 집 사연을 너무도 자세히 알고 있었다. 나는 무녀의 입에서 나오는 독설이 모두 다 귀신의 조화라고 생각했다.

이 늙은 무녀가 젊었을 때도 지금처럼 오지랖이 넓었다. 온 동네 대소사는 다 꿰차고 있었고, 제 일은 제켜놓고 온 동네 사소한 일까지 참견하기를 무불통지의 전과를 올리던 무녀였다. 그때도 오지랖이 넓던 무녀가 그 엄청난 사건을 모를 리가 없었다.

"실성을 하다니요? 누가요?"

"그렇소, 서씨 마누라가 미친 것은 아들 때문만이 아니라오. 서방도 천하가 다 아는 몹쓸 노름꾼이었제. 식구들이야 굶든지 말든지 처자식 생각 안하는 몹쓸 작자였소. 그 여편네 복이라고는 먹고 죽으려고 비상으로 쓰려 해도 없었구면. 하기는 내 팔자나 그 여편네 팔자나 거기서 거기지만도. 그래도 나는 속 썩이는 씨알머리들은 없으니 차라리 내 팔자가 낫제. 암만 내가 훨씬 낫제! 집구석이 그 지경이니 어떤 여편네가 미치지 않겠소?"

그러고 보니 내 기억에 주둥이 빨갛던 젊은 무녀가 애를 업은 것도 보질 못했고, 쫄랑대고 무녀를 뒤따라 다니던 애들도 본 적이 없었다.

"그 집 큰아들은 어떻게 되었어요?"

"언제부턴지 보이지 않았소!"

'천벌을 받았어. 신은 모든 사람에게 공평하다고 했어. 나를 내다 버리고 잘 살아 보려고 했겠지만 죄를 받은 거야. 그것도 처절하게. 뿔뿔이 흩어져 유기된 가족들. 미쳐버린 엄마. 마치 비극적인 대하드라마의 마지막 장면을 장식하는 것 같잖아? 하하하.'

세상이 공정하다는 생각이 들었다. 10년 묵은 체증이 확

뚫려 내려가듯 속이 후련했다. 증오심을 불태우며 복수 하 겠다고 밤낮없이 칼을 갈았지만, 사실 대책은 세우지 못했 다. 그런 내 입장을 신께서도 아시는 듯 내가 할일을 대신 해주었다. 속된 말로 손도 대지 않고 코를 푼 격이었다. 나 는 지금 당장 벌떡 일어나 무녀의 손을 잡고 덩실 덩실 춤이 라도 추고 싶었다.

나는 그동안 매 순간 살기를 품었다. 꿈에서도 비수를 빼 들고 그들의 심장을 내리쳤다. 나도 당신들처럼 악마가 되었 다고. 내 몸 속에도 악마의 피가 섞여 있다고. 당신들과 같 은 피가. 하하하.'

"그래요?"

옛날부터 부정적인 편견을 갖고 있던 무녀였다. 늙은 무녀 가 나를 알아보지 못한다는 것은 천만다행이었다. 만약에 무녀가 나를 알아본다면 이렇게 독설을 퍼부을 것이다. '서 씨네 큰딸 년이구먼. 여기가 어디라고 낯짝을 들고 기어 들 어와? 제 애비 죽인 년을 살려서 내보내다니 그놈들도 미쳤 구먼. 미쳤어.'

무녀는 지칠 줄 모르고 계속 이어서 떠들었다.

"제 애비를 죽일 만큼 그렇게 독한 년은 아니었소, 그런데 양쪽 부모가 아들놈만 싸고 도니 오랫동안 앙심을 품었을

거미집 285

것이오."

무녀는 살인 동기가 부모가 편애를 하는데서 오는 불만이었을 것이고, 그래서 앙심을 품었고 아버지를 죽이는 끔찍한 살인을 했다고, 추리했다. 참으로 무녀의 논리는 기가 막혔다. 나는 터지려는 웃음을 참아 내느라 입술이 터질 것만 같았다.

"가난한 살림에 애새끼는 뭣하게 수두룩 싸질러 놓아? 큰아들 놈 밑으로 큰딸 년, 그 밑으로도 줄줄이 사탕이고, 형제가 일곱이나 되었제!"

나이 먹고 몸은 늙었어도 그녀의 기억력이 생생하다 못해 아주 영명하고 총명했다 우리 형제들이 전부 합쳐서 일곱이나 되었노라고 자식들 숫자까지 정확하게 짚어 주었다. 무녀는 계속해서 떠들었다. 제 애비를 죽이는 그런 천벌을 받을 짓을 하고 앙큼하게 숨었지만 얼마 후 형사들이 잡아가는 바람에 들통이 났고, 그때 동네 사람들은 모두들 놀라 기절초풍했노라고, 다른 사람도 아닌 제 딸년한테 죽임을 당했으니 제 애비가 죽어서도 눈을 감겠느냐고 얼마나 기가 막히고 코가 막히는 노릇이냐고 멍한 시선을 하고 있는 내게 그렇지 않느냐고 물으며 묻지도 않는 사연까지 보너스로 덧붙였다. 그렇게 흉측한 년도 자식이라고 딸년을 경찰이 잡아가고 나서 제 어미는 식음을 전폐하고 넋을 놓았었고, 처음에는 실어증 증세가 먼저 나타나 말을 못하다가 나중에 말은 터졌지만 이번엔 정신을 놓고 미친 증세를 보이더라고. 그렇게 돌아치다가 1년 만에 다시 나타났다는데, 그때 왔을 때는 이미 더 심한 증상을 보였다고. 어떻게 여기까지 찾아 왔는지 의문이 생길 정도였다고. 어머니는 그때 이미 사람도 알아보지 못할 지경으로 제정신이 아니었다는 것이다.

"그런데 참으로 신기한 것은 큰딸 년을 내놓으라고 경찰서에 들어가 울부짖는 거였소. 그럴 때는 미친 여자 같지 않고 멀쩡한 정신이 돌아온 것 같다고들 했었다오. 아마 경찰이 딸년을 잡아 갔던 일은 기억났는갑다 했제. 그러니까 지서 가서 난동을 부리지 않았겠소?"

거기까지 주절거리며 사소한 내용까지 이어가던 무녀는 어머니가 다시 고향을 떠난 시점은 정확히 알 수 없고, 끝내 정신이 돌아오지 않았다는 소문만 들었다는 것이다.

"애들 엄마가 행방불명이 되었다면 애들은요?"

"이웃사람들이 모여서 상의를 했제, 어린애는 애없는 집에서 데려가고 좀 큰놈은 일이라도 시켜 먹는다고 농사짓는 집에서 데려 갔소!"

'실성을 하다니, 행방이 묘연하다니.' 자식을 살인자로 몰았던 모진 어머니가 그만한 일로 실성 했다는 말은 믿어지지 않는다. 하기는 늙은 무녀가 지껄이는 수다가 다 참말이고 맞는다고 할 수는 없는 것이다. 남 말하기 좋아하고 예전에도 근거 없이 뜬소문을 퍼뜨리고 떠벌리던 무녀였다.

어머니는 그 누구보다 독한 여자다. 형사들이 찾아 와 살인 용의자를 내놓으라고 으름장을 놓았을 때. 죄인 아들은 감춰놓고 죄 없는 나를 넘겨주겠다고 주도면밀하게 상황을 뒤엎었던 무서운 여자다. 그리고 천연덕스럽게 다녀오라고 했던 교활한 여자라는 것을 간과해서는 안 된다. 내가 울부짖으며 찾아도 수년 동안 면회 한 번 오지 않았던 비정한 여자다. 그런 어머니가 나를 보낸 양심 때문에 미쳤다니 말도 안 된다. 틀림없이 늙은 무녀가 뭔가 잘못 알고 있는 것이다. 어머니는 나에게 정이란 없었다. 가뭄에 갈라진 논바닥만큼이나 메마르고 인정머리 없던 비정한 모정이었다. 무녀에게 나 때문에 미친것이 아니라고 반박하고 싶은 것을 간신히 참았다. 늙은 무녀가 알면 얼마나 알까 싶었다. 사람이 죽을 때가 되면 변한다는 속설은 들었다. 혹시 모르지 않은가, 죽을 때가 되어 일말의 양심이라도 씻어내고 맘 편해지고자 극적인 쇼를 했을 지도 모른다, 어머니는 누군가를 속일 작전으로 쇼를 했을 것이다,

나는 어떤 변명도 위로도 소용없을 만큼 앙금이 남아 있었다. 어떤 말을 들어도 맺힌 응어리는 녹아내리지 않았다.어떤 참회를 했다 해도 핏발선 내 눈의 살의는 삭이지 못한다. 내가 지금까지 살아 있었던 힘의 원천은 이들에 대한 사무친 미움이었다. 그 미움이 원동력이 되었고 그 힘으로 버텼다. 증오의 싹을 가슴속에 심어 놓고 키우며 어떤 날은 그 싹을 싹둑 잘라 난도질을 했다가도 다시 일으켜 부러진 상처를 싸매고 물을 주면서 복수의 칼날을 시퍼렇게 갈았다.

그때 양쪽 부모는 극한 상황이었다. 나는 병태에 비해 욕심이 많았다. 양부모가 다 나를 미워한 것은 순전히 내 욕심 때문이었다. 그러므로 늙은 무녀의 수다대로 죽이고 싶은 원한 같은 것은 따로 없었다. 양친모두 나의 대한 미움이 극에 달하기도 했었지만 부모 자식 간이라 화가 풀리면 그만이었다. 또 다른 문제가 있다면 돈이었다. 부모님의 간절한 바람은 공장이라도 나가 돈을 벌어오기를 바랬다. 그러나 내가 하고 싶은 것은 노동이 아니라 앞날을 설계 할 수 있는 의미 있는 것이었다. 나는 부모님 말을 듣지 않고 땟거리 걱정하는 집에서 대학갈 준비에 정신을 쏟았다. 그런 이유로 양쪽 부모는 내가 미웠을 것이다. 아니 미워했다. 부모님은 내게 허용보다는 규제를, 용서보다는 체벌을, 관심보다는 미움을 주었다. 그런 것 때문에 무녀의 말대로 내가 양친에게 한을 품지는 않았다. 양친 모두는 갈수록 나와 미묘한 감정이 생겼다.

나는 되도록 서로가 부닥치는 것을 피했다. 내 인생을 포기 하고 스스로 짓밟을 만큼 양친과 원수지간은 아니었다. 매사 적극적이며 욕심이 많았던 나는 굳이 나를 해명한다면 과욕이 아니라 내가 정해놓은 좌우명 같은 것이었다. 크게는 내 삶의 목표로 가는 길목이었고 작게는 나와의 약속이었다. 끝없는 도전과 목표 달성 그리고 승리였다. 나는 시작했던 일이 끝나고 나서야 다른 것들을 돌아보았다. 계획을 세우고 나면 끝까지 밀고 나갔고 가던 길을 멈추는 일은 결단코 없었다. 그 관문을 통과하고 나서야 물러나는 집요한 성격이었다. 그런 것들이 격한 노동과 남편과 아들로 인해 육체적 정신적인 고통에 시달리는 어머니에겐 분노를 일으켰을 것이다. 어쩌면 나의 대한 어머니의 미움은 그것이 발화가 되었을 것이다.

"서씨 딸년 때문에 동네가 시끄러웠소! 살인자가 우리 마을에 살았으니 왜 안 그렇겠소?"

"할머니가 사람 죽이는 것 봤어요?"

"아니, 교도소에 갔지 않았소?"

"교도소 갔다고 다 진실일까요."

"진실? 그게 뭐여?"

"살인하지 않았을 수도 있다고요."

억눌렸던 분노에 불이 당겨졌다. 나도 모르게 터져 나왔다. 감정이란 놈이 이성을 누르고 튀어 나갔다. 나는 아 차 싶은 생각에 풀어진 자제력의 조임을 비틀어 조이고 감정이란 놈을 달랬다.

"아 그걸 눈으로 꼭 봐야 아남? 경찰들이 조사하고 잡아 갔으면 죽인 거제. 그런 높은 사람들이 거짓말을 하남? 그런 사람들이 엄한 사람 잡겠소?"

나는 흥분했던 마음을 다시 다스렸다. 늙은 무녀가 근거 없이 떠드는 말들을 무시하기로 마음먹었다. 병태와 어머니만 떠올리며 비수를 갈고 갈아 가슴에 품었다. 나는 그랬다. 교도소에 수감되어 있을 때, 살생할 수 있는 물건이 눈에 뜨이면 몇날 며칠이고 갈아서 흉기를 만들어 품속에 넣었다. 어머니와 그녀의 아들 병태가 밤마다 꿈에 나타났다. 나는 그들을 따라다니며 흉기로 찌르고 또 찔렀다. 그렇지만 무슨 조화 속인지 그들은 죽지 않았다.

"그 사람들 어떻게 찾을 수 없을까요."

"저 아랫마을 걔들 고모가 술집을 한다고 들었소. 거길 찾아가 물어보면 알 수 있을지 모르겠소!"

"걔들 고모가 술집을 한단 말인가요?"

"그년도 온몸이 뒤틀린 병신 아들을 낳았다오. 병든 서방 두고 직업도 없는 날건달 놈 하고 도망을 쳤으니 죄를 받은 거제. 아 그놈하고도 얼마 살지도 못하고 사내놈이 교통사고로 죽었소. 그랬으면 혼자 살지, 친정 동네는 왜 들어와 술집을 차려, 그래서 겨우 한다는 짓이 사내들 훑어 먹는 술집을 내냐고!"

무녀의 수다는 지느러미를 흔들며 춤추는 물고기 같았다. 무녀는 방금 전까지 나를 살인죄에다가 쳐 죽일 년을 만들어 놓더니 이제 나의 대한 허물은 다 퍼 쓰고 바닥이 드러났는지, 이번에는 고모 쪽으로 타깃을 넘겼다. 무녀는 말끝마다 화냥년이라는 욕설을 대명사처럼 붙였다. 화냥년이라고 말끝마다 욕설을 붙이는 이유는 그일 때문일 것이다.

고모는 아버지의 유일한 혈육 중에 막내 여동생이다. 외모는 천하일색 미인이지만 내적으론 지능지수가 모자란 반편이었다. 어머니 뱃속에서부터 반편인지, 소문대로 아버지한테 매질을 당해 그리된 후천적 요인인지 확인되지는 않았다.

어느 날 수천 미터 지하막장에서 작업하던 남편에게로 산더미 같은 석탄더미가 쏟아졌다. 석탄더미에 깔려 죽은 줄만 알았던 사람이 일주일 만에 구사일생으로 구조되었다. 목숨은 겨우 건졌지만 하체가 마비되었다. 자식도 낳기 전이었으니 문제는 심각했다. 앞으론 자식을 낳지 못한다고, 남자 구실을 못하니 인생은 끝났다고, 목숨이 살아 있다고 하지만 그게 산목숨이냐고, 입을 달고 있는 사람들은 모두 수군거렸다. 고모의 남편은 성불구자가 모두 그렇듯이 의처증이 발병했다.

"이년아. 언놈을 만났어?"

"시장에 갔다 왔어요!"

"시장에는 남자가 없어? 누구와 이제까지 있었냐고? 바른대로 말해 봐."

집 안에 앉아서 레이더를 팽팽히 세워놓고 일거수일투족을 체크했다. 그렇게 다그치는 일상 속에서 그녀는 설상가상으로 몸값으로 받아 챙긴 보상금을 날건달 놈한테 사기를 당했다. 남편도 사건의 전모를 모두 알게 되었지만 별 반응이 없었다. 아마도 의처증이 발병한 남편은 돈 같은 것에는 관심이 없는 것 같았다. 문제가 커지게 된 것은 다른 놈과 도망치려고 빼돌렸다고 생떼를 쓰는 것이다. 결국 그녀는 그

런 남편이 두려워서 들어가지 못하고 밖으로만 나돌았다. 시
집은 갔지만 겨우 스물다섯이었고 애도 낳지 않았으니 고모
는 처녀와 다를 바가 없었다. 방금 뽑은 왜무처럼 매끈하게
잘빠지고 반반한 얼굴은 남성들을 유혹하기에 안성맞춤이었
다. 그녀가 화장을 하고 엉덩이를 흔들며 동네 한 바퀴를 싸
돌면 수많은 남자들은 발정난 개처럼 그녀를 따라 붙었다.
그러다가 말겠지 했으나 우려했던 것들이 밖으로 드러나기
시작했다.

돈을 뺏고 사기까지 친 건달 놈이 고모한테 들러붙은 것
이다. 아버지는 사기꾼과 동생을 두들겨 패며 타일러 보았지
만 허사였다. 결국 병든 남편은 내던지고 건달 놈과 둘이 도
주하고 말았다. 집 안의 귀중품과 저축해두었던 돈까지 몽
땅 들고튀었다. 여자가 사내한테 미치면 자식이고 나발이고
모두 다 내던지고, 찌그러진 냄비까지 들고 내뺀다더니 딱
맞는 말이라며 동네 사람들은 모여서 혀를 찼다. 착하고 선
하기만 한 그녀는 단순했고 낫 놓고 기역 자도 모르는 문맹
자였다. 그녀에게 죄가 있다면 반반한 얼굴과 몸뚱이였다.

그렇게 착한 여자를 단 한 가지 바람기가 좀 있다고 해서
무녀는 저렇게 몰아붙일까. 나는 늙은 무녀가 뭔가 잘못 판
단하고 있다고 생각했다. 심약 했던 그녀는 겁이 많았다. 남

294

편의 폭언과 의처증을 이기지 못하고 달아났을 뿐이다. 정말 나쁜 사람은 순박한 그녀를 꼬드긴 사기꾼 날건달이었다. 나쁜 년은 세상 무서운 줄 모르고 살다가 바보같이 따라나선 그녀가 아니었다.

마누라가 떠난 것을 뒤늦게 알게 된 그녀의 남편은 반미치광이가 되어 갔다. 그녀를 찾아내서 죽이겠다고 낫을 들고 미친 듯이 날뛰었다. 맘먹고 숨어버린 사람을 찾아내기란 어려웠다. 그녀의 남편은 결국 일을 내고 말았다. 텃밭에 쓰려고 사두었던 제초제를 마시고 자살을 기도했다. 곧바로 발견은 되었지만 목숨을 구할 수 없었다. 제초제를 마시고 살아난 사람은 단 한 사람도 본 적 없고 저렇게 걸어 다녀도 살아날 수 없으니 떠나보낼 준비나 하라는 의사의 말을 듣고도 믿을 수가 없었다. 일반 농약은 위세척만 잘하면 생명은 건지지만 들풀을 말려 죽이는 성질이 있는 제초제는 인간의 목숨도 풀잎처럼 말려 죽인다는 것이다. 역시 의사의 진단대로 퇴원해서 얼마간은 그런대로 살아있더니 결국은 바짝바짝 마르며 20일을 못 넘기고 숨을 거두었다.

"할머니. 안녕히 계세요."

"갈려고 그러우? 그 화냥년 술집으로 가 보게!"

늙은 무녀에게 목례를 하는 듯 마는 듯 하고 뜰을 내려섰다. 돌덩이를 발목에 매단 듯 발자국 떼어 놓기가 버거웠다. 늦은 밤거리는 찬바람이 거칠게 불었다. 가로수 사이의 상가들이 예전과는 다른 모습으로 변해 있었다. 도시에서 흔히 보았던 큼직한 간판들은 작은 마을답게 함축시켜 옮겨 놓은 듯 했다. 약속 다방, 털보네 세탁소, 맛나 식당, 신나네 노래방, 당긴다 호프 등등, 어디서나 흔히 눈에 뜨이고 어디에나 있음직한 간판들이 줄지어 들어서서 손님들을 기다리고 있었다. 그것들 틈에 있는 딱 고만한 술집인 "오페라 하우스"라는 간판이 눈에 들어왔다. 순간 노인의 말이 생각났다. 혹시 하며 유리문을 열고 들어섰다. 밖에서 예상하던 것보다 내부는 더 작고 협소했다.

"어서 오세요."

얼굴에 화장으로 떡칠한 젊은 여자가 시답잖게 반겼다. 남자가 아니라서 실망을 했다는 것인지 모를 일이다. 낯익은 얼굴은 아니었다. 무녀가 잘못 가르쳐 준 것은 아닌가 하는 실망한 표정을 숨기며 구석자리를 찾았다. 사람들은 무엇 때문에 대다수 구석자리를 좋아할까. 다른 사람들이 그렇듯 나 역시 어디를 가든지 구석자리를 찾느라고 휘휘 둘러본다. 구석자리가 없으면 난감해진다. 나가야 하나 말아야 하나. 망설이게 되고 가운데 자리에 앉으면 나갈 때까지 불안한 것도 이상한 습관이다.

손님이 없는 관계로 구석 자리를 용케 잡아 앉았다. 좁아 터진 징소라 그러한지 활활 타는 붉은 불꽃이 이유가 되었는지 구석자리 내부는 갈수록 숨이 차고 답답했다. 천장 구석에 매달아 놓은 스피커에서는 어느 여가수의 흐느낌 섞인 시절 지난 유행가가 잔잔히 흘렀다. 주문한 맥주병을 테이블 위에 거칠게 올려놓고 여자는 황망히 나간다. 손님이라고는 나 말고는 단 한 테이블도 없는 술집은 여자들만 셋이서 왔다 갔다 좌불안석이었다.

여자 혼자 술 마시는 모습이 낯이 설었던지 30대 중반은 되었을까 한 여자가 내가 앉아 있는 쪽을 유심히 쳐다보고 있다. 나는 어이없게 그녀를 알아보고 웃음이 나왔다. 술기운이 온몸을 한 바퀴 돌고 나오자 나도 모르게 몸과 마음이 누그러진 탓일 것이라고 생각했다.

"예쁜 아가씨 혼자시네, 술동무 좀 해줄까?"

이쪽을 유심히 쳐다보고 서 있던 예의 그 30대 여자였다. 언제 가까이 왔는지 등 뒤에서 돌아나오며 말을 걸어왔다.

"그러시든지……."

"어디서 봤을까."

"하나도 변하지 않았네요. 세월이 비켜가는 모양이죠?"

"그러고 보니 너는? 양순이 아니냐?"

"잘 살고 있네요?"

"아이고. 양순아, 미안하다. 죽을죄를 지었지 뭐."

"죽을죄를 지어?"

여전히 호들갑스러울 줄 알았던 그녀는 변해 있었다. 예전의 어수룩했던 고모가 아닌 것 같았다. 그때의 고모는 아무 생각이 없었다. 전혀 감동할 일이 아닌데도 팔딱팔딱 뛰며 감동했고. 울 일이 아니지만 눈물을 꾹꾹 짜내며 울었다. 어떤 때는 조용히 앉아 있다가 깔깔대고 웃는 바람에 옆 사람까지 놀라게 했다. 주변의 이목 같은 것은 알 바 없고 감정대로 행동했던 단순한 여자였다.

그렇게 맹 하던 그녀가 아닌 것 같았다. 어쩐지 차분한 분위기가 흘렀다. 다시 보아도 변한 것 같았다. 무녀의 말대로 자식을 낳았다더니 그런저런 풍파를 겪으며 철이 든 것일까. 세월이 적지 않게 흐른 지금 어떤 연유로 저토록 차분한 성품으로 변했을까.

미인은 대부분 생각의 깊이가 심오하지 못하다고 세인들 간에 떠다니는 고정관념이 박혀있다. 그러한 관념적 정설을 뒷받침 하듯 그녀는 머릿속이 텅 빈 콩깍지였다. 세상 사내들은 머리가 텅 빈 여자를 좋아 한다. 절세미인이지만 지혜를 갖추지 못하고 그저 본능적인 것 세 가지 외엔 어떤 생각도 못하는 여자. 그런 여자인줄 알면서도 좋아한다는 것은 남자 역시 본능적 성욕을 간단하고 쉽게 해소하기 위한 한 방편일 것이다. 그녀의 **빼어난** 미모와 한참 모자란 지능은 남자들에겐 잘 주물러 놓은 떡밥이었다. 그녀가 만나는 남자들 이름으로 나는 낱말 잇기 놀이까지 하면서 놀렸을 정도였다. 그녀는 자신의 몸을 지키며 남자를 만나는 것 같지는 않았다. 남자를 만나러 나갔다하면 아침에 들어왔다. 며칠째 연락두절 된 날도 있었다. 지금도 그녀의 나이 삼십 대 중반이라 하지만 그 미모는 여전히 빛났다.

"사람을 생매장시켜 놓고, 잘 먹고 잘들 살았겠어?"

"……."

그녀는 말이 없었다.

"살인자! 어디 있어! 대라고!"

"모든 것은 내 죄다."

"어디 있어? 핑계 댈 생각 말고 바른대로 말하라고."

"나는 너의 가족들 몰라."

"천벌 받을 짓을 하고도 찾아오지 않았던 철면피들. 그 뻔뻔스러운 낯짝을 오늘은 보고 말겠어."

"죽은 니 엄마가 부럽다."

"누가 죽어? 무슨 소리를 하는 거야?"

나는 자리에서 벌떡 일어나 그녀의 앞섶을 틀어쥐었다. 가냘픈 그녀의 몸은 강풍에 휘말린 듯 사정없이 흔들렸다. 목걸이가 끊어지며 검은 콩이 바닥으로 이리저리 굴러갔다. 누가 본다면 그녀의 목을 조른다고 착각했을 것이다.

"니 엄마 죽었다고."

"뭐? 그럴 리가 없어. 허튼 수작 말고 바른대로 대."

"진정하고 내 말 좀 들어봐. 니 아버지 죽인 사람은 병태가 아니고 니 엄마야. 니 엄마가 단독 범인이라고."

"뭐라고? 엄마가 죽였다고?"

"양순아, 나를 용서해라. 내가 너를 살인자로 만들었어. 그놈한테 속아서?"

"속다니, 누구한테 속았다는 거지?"

"나하고 살던 날건달 사기꾼. 그 개자식 말이다."

"무슨 얘기를 하는지 모르겠네, 자세히 말해보라고? 그 남자가 이 일에 무슨 상관이 있어?"

생각지도 못했던 충격적 뉴스였다. 나는 온몸에 경련이 일었다. 그녀는 나를 잡아 앉히며 진정 하고 자신의 말부터 들어보라 했다. 할 말을 잃어버린 나는 마른 풀처럼 주저앉았다. 어떤 경악할 뉴스가 저 입에서 또 쏟아지려는 것일까. 그녀가 두려웠다. 나는 내심 가슴속에 감추었다. 그녀의 진심이 아닐 수도 있다는 생각을 하며 우선 변명을 들어보기로 했다. 그동안 일어났던 일들과 사건의 요지를 들어봐야 알 수 있을 것 같았다.

"여자 혼자 나무에 목 매단 남자 시체를 끌어내린다는 것은 불가능 하지. 사망자는 나무에 목을 맨 것이 아니야, 타살이라고. 타살."

형사들이 내게 자백을 강요할 당시, 몇 번이고 내뱉던 말이었다. 그들의 말들이 다시 떠오르며 내 뇌리를 스쳤다. 아버지 스스로 목을 맨 것이 아니라는 것은 형사들 조사과정에서 짐작은 했다. 나는 그날부터 병태가 해쳤을 거라고 굳게 믿고 있었다. 이렇게 되면 나의 예측이 완전히 빗나간 것이다. 병태가 아닌 어머니 혼자서 아버지를 살해했고 그것도 단독 범행이었다니. 어머닌 늘 어딘가가 아프다고 노래를 했다. 그 몸으로 건장한 장정을 죽였다니, 도저히 믿을 수가 없었다.

"그렇다면, 본인이 사람을 죽이고 그 죄를 딸자식한테 덮어 씌워서 교도소에 보냈단 말이지? 그래놓고 편안하게 눈을 감고 죽었단 말이지?"

"그게 아니라니까. 내 말을 좀 들어보라고."

나는 어머니의 비정함에 살이 떨렸다. 하기는 세상에는 알수 없는 일들이 자주 일어난다. 생계를 한탄하며 부모가 자식을 한강에 던져 죽이는 일이며, 친부가 친딸을 수년간 강제 추행하는 일이며, 귀하게 키운 자식이 돈을 주지 않는다고 부모를 때려죽이고 기름을 뿌려 소각하는 일들이며, 내일이고 남의 일이고 참으로 살 떨리게 소름 끼치는 일들이 일어난다. 내 어머니도 자식한테 할 수 있는 행동이 아니었다. 눈물이 가득 고여 그렁대는 눈으로 나를 잡고 설득했다. 참고인 자격으로 가는 것이니 조사만 받고 바로 나올 거라고, 경찰이 집에까지 데려다 줄 거라고, 아무 걱정하지 말라고. 그렇게 나를 꼬드겨 형사에게 따라 보냈던 비정한 여자였다.

"무슨 말을 들어. 다 핑계지, 듣고 싶지도 않아."

그녀 입에서 무슨 말이 또 튀어 나올까 기대 같은 것은 없었다. 모든 것이 다 부서지고 망가진 장난감 같았다. 생각지도 않았던 이 새로운 상황에 어찌할 줄을 몰랐다. 앞에 놓인 술잔만 비우고 또 비웠다. 그녀가 무슨 말인가 들어보라고 했지만 듣고 싶지도 않았고 궁금하지도 않았다. 그러나 내 의도와는 다르게 그녀의 입에서 쏟아지는 사연은 라디오를 켜 놓은 것처럼 자동으로 들렸다.

"그날 막 잠자리에 들어가 잠을 청하려던 참이었어."

밖에서 나는 인기척을 느끼고 그녀가 방문을 열었다. 밖의 냉기가 방 안을 덮치며 하얀 달빛이 밀고 들어왔다. 그 뒤에 차가운 달빛만큼이나 창백한 얼굴을 하고 한 여자가 서 있었다. 푸른 달빛을 등에 업고 둥둥 떠도는 영혼처럼 여자는 소복차림이었다.

"아니. 이 밤중에 웬일이에요?"

"도와줘요. 나를 도와줄 사람은 아가씨뿐이에요."

"아니 뜬금없이 뭘 도와달라는 건지……."

"우리 애들을 맡아 줘야겠어요."

"어디 가세요?"

"나는 이 길로 지서로 가야 해요. 내가 애아버지를 죽였어요."

그때서야 심상찮은 예감이 들었고 그녀는 같이 사는 날건달에게 자리를 피해 달라고 눈짓을 했다.

"언니가 오빠를 죽이다니요. 그게 사실이에요?"

남자가 밖으로 나가는 것을 확인하고 그녀는 올케를 다그쳤다. 올케 입에서는 상상을 초월한 비화가 쏟아졌다.

"애들 아버지는 자살한 것이 아니에요. 내가 죽였어요."

시누이 앞에서 어렵게 말을 꺼낸 올케는 그동안 있었던 사고 경위를 담담하게 털어 놓았다. 그녀는 처음엔 크게 충격을 받았으나 시간이 지나자 담담해졌다. 그까짓 것 사람 같지 않았던 오빠의 죽음 같은 것은 오래 전에 잊었다. 남매의 정 같은 것은 약에 쓰려고 찾아도 없었다. 스스로 죽었던지 올케가 죽였던지 그녀에겐 별로 관심이 없었다. 그 보다 지금 닥친 문제가 더 시급하고 암담했다. 그녀는 어떤 문제에 빠져 고민하는 사고 깊은 성격이 아니었다. 앞에서 말했듯이 단순 무식했다. 올케 고백 같은 것은 남의 얘기처럼 한쪽 귀로 흘렸다.

그녀에게 가장 중요한 것은 본론이었다. 그 많은 애들을 맡으라니 말만 들어도 끔찍했다. 남자도 놀고 있었고 본인도 술집에 나가 하루하루 벌어먹고 사는 형편이었다. 어떻게 하면 일곱이나 되는 대가족인 조카들을 떠맡지 않을까. 아무리 생각해도 대책이 서지 않았다. 그녀는 도망갈 궁리만 떠올랐다. 미칠 노릇이었다.

"언니. 내 처지를 잘 알잖아요. 나도 도망 나온 년인데, 이 남자가 그 많은 조카들을 받아들이겠어요?"

"고모 조카예요. 저 사람은 고모를 술집 일을 시키면서 놀고먹고 있잖아요. 이번에 다시 집으로 돌아가요. 내가 떠난 뒤 애들을 키우며 혼자 살아요. 제발 부탁해요."

"말도 안 돼요 나는 저사람 없으면 못 살아요."

"그럼 어떻게 해요. 고모가 애들을 맡지 못한다면 우리 모두는 여기서 죽겠어요. 어차피 두고 가면 말짱 굶어 죽어요, 차라리 다 죽겠어요."

그때 어머니의 표정은 전쟁터에 나가는 무사 같았다. 단호하고 결연한 의지를 보이는 어머니는 누가 보아도 아이들을 데리고 강물이라도 뛰어 들어 죽을 것만 같았다. 이러지도 저러지도 못하고 있는 가운데 사방은 회색빛으로 채색되고 새벽이 밝아 왔다. 그녀는 아무리 핑곗거리를 찾아도 빠져나갈 구멍이 없었다. 그녀는 애들을 떠맡는 수밖에 다른 묘수가 떠오르지 않았다.

"맡기는 하겠지만 언제까지 돌본다고 약속 못하겠어요."

"그래요. 우선 맡아줘요, 두고 보자고요. 아가씨. 고마워요."

"여보야. 들어가도 돼."

"응, 들어와!"

"제가 끼어 들 사안은 아니지만 밖에서 듣자니 안타까워서 한마디 하겠어요. 처남댁, 처남댁이라 부르라고 허락은 안하겠지만 지금부터 제 맘대로 그렇게 부르지요. 처남댁은 사람을 죽였어요. 그것도 다른 사람도 아닌 남편을 말이죠.

존속 살인이 더 무서운 거지요. 형도 몇 배나 더 무겁고요. 이제 교도소에 들어가야 하는 것은 기정사실이고, 문제는 어린자식들이네요. 당연히 처남댁이 구속되면 아이들이 굶어죽던지 뿔뿔이 찢어지던지 그렇겠지요. 그렇다고 입에 풀칠도 겨우 하는 우리 부부한테 맡으라고요? 아니면 저와 이 사람을 헤어지라고요? 그런 억지가 어딨어요. 난 그렇게 못합니다. 한두 명도 아니고 말도 안 됩니다."

"이봐요, 다 해결되었으니 댁은 참견 말아요."

"언니. 이 사람 제 남편이에요. 이제 우리 가족이라고요."

"이 사람 말이 옳아요, 저도 이 집 식굽니다. 처남댁 하던 말 계속하지요. 이제 어떻게 해야 할까요? 제가 욕을 얻어먹더라도 묘책을 짜주지요. 처남댁 대신 다른 사람을 보내는 겁니다."

"참 내, 생각해낸다는 것이. 그런 사람이 어딨나? 말 같은 소리를 하시요."

"있어요. 처남댁을 대신 할 수 있는 사람이 꼭 한 사람 있어요."

난데없이 방문을 열고 들어온 그녀 남자가 처남댁이라는 인척 호칭을 쓰며. 해결사 노릇을 자처하며 끼어들었다. 어머니는 이 날건달 놈이 이제 죄인이 되었다고 쉽게 보는 모양이라고 생각했다.

"대신 할 수 있는 사람이 있다니, 도대체 그 사람이 누구요?"

"큰따님입니다. 살인 했다고 자수 하는 것이 아니라, 부부 싸움을 말리다가 실수로 처남을 넘어트려 죽은 겁니다. 큰딸의 나이가 다행히 어리니 금상첨화죠? 처음엔 소년원을 잠시 들어갔다가 아버지의 나쁜 행위가 변호되어 정상참작 되면 금방 나옵니다. 그러니까 무거운 처벌은 받지 않는 다는 얘기죠."

"뭐라고 이 천하 날건달 자식아. 잘살고 있는 남의 여자 훔쳐 가는 놈이, 뭔 말인들 못 할까 만은 그따위 생각밖에 못하냐? 뭐가 어쩌고 어째, 이 놈! 당장 꺼져!"

"잘 생각해봐, 언니. 내가 들어보니 이 사람 말이 맞아, 좋은 방법이야, 난 애들 못 맡아."

"뭐라고? 어떻게 고모가 되어 조카한테 그럴 수 있어?"

"언니, 이 사람 말이 금방 나온다잖아요."

"맞아요. 나오지 못하면 제가 가서 빼오지요. 우리 육촌 형수님 동생이 수사과에 근무하고 있어요, 끗발 좋습니다. 내 약속합지요."

두 사람은 어머니를 밤새도록 설득했다. 어머니는 처음엔 불쾌하고 괘심해서 분노를 금치 못했지만 마음이 흔들리기 시작했다.

그러나 어머니가 진짜 믿었을까. 아니면 사면초가에 몰려 인간이기를 포기했던 것일까. 시간은 자꾸 흐르고 두 사람이 설득하는 바람에 뭔가에 홀린 듯 어머니는 펄펄 뛰던 행동을 멈추고 입을 다물었다. 그녀에게 욕을 퍼붓던 노기가 점점 꺾이며 체념한 듯 멍하니 생각에 잠겼다.

"이봐요. 진짜 교도소에 가지 않겠소? 아, 아니요. 그럴 수는 없소. 그렇더라도 우리 딸은 가지 않을 거요. 워낙 영민한 아이라. 아무리 그래도 안 돼! 내 딸은 도저히 안 돼!"

"모든 것은 제가 할 테니까. 처남댁은 시키는 대로만 하세요. 이 일이 마무리 되면 따님을 빠른 시일 안에 빼내 올게요. 처남댁. 의심하지 마시고 절 믿고 맡기세요. 그리고 따님한테는 일단 말하지 말고 참고인 자격으로 갔다가 오라고만 하세요."

정신이 반쯤 나가 판단력이 흐려진 어머니를 두 부부는 삼 일동안 가두어 두고 회유했다. 혼백이 나간 듯 어머니는 뭐가 어떻게 돌아가는지 알 수 없었다. 차멀미에 시달린 승객처럼 어머니는 짐짝처럼 널 부려져 아무생각 못한 채 떠밀렸다. 다만 잘 될 것이라는 기대 하나로 실낱같은 줄 하나에 매달린 연처럼 그들의 말만을 믿었다. 어머니는 남자가 시키는 대로 충실히 실행했다. 남자의 계획은 일사 철리 착착 진행되었다. 맹추 같은 그녀는 조카에게 살인누명 씌우는 살인마의 속셈도 모르는 채 같이 춤을 추었다.

금방 나온다는 딸의 소식은 캄캄 무소식이었다. 남자의 간교한 회유는 진실이 아니었다. 어머니를 설득하며 사흘 밤을 꼬드기던 남자는 맹한 그녀의 옆구리를 쿡쿡 찔러 말을 못 하게 함과 동시에 동조하게 만들었다. 우선 보내면 늦어도 이삼 일 후엔 자신이 틀림없이 빼내 온다고 하지 않았든가. 그러나 다음 날은 물론이고 이삼 일이 지나도 돌아오지 않았고 빼올 생각도 하지 않았다. 남자는 파자마 바람으로 자빠져서 안절부절 못하는 어머니를 향해 느긋하게 앉아 기다리라고 짜증을 냈다. 남자는 방바닥에 누워서 야한 영화를 보거나 여자 속옷 광고하는 방송을 즐겨 보며 히쭉거렸다. 이제 칼자루를 쥐고 있는 그 남자는 어머니와 그녀에게 안하무인이었다. 다시 며칠이 지나도 소식이 없었다. 그때서야 어머니는 남자에게 의심을 품었다. 두 사람에게 바른대로 말하라고 윽박질렀다.

"이게 어찌 된 노릇이고? 내 딸은 어떻게 된 거냐고, 책임지고 **빼내** 온다고 하지 않았소?"

어머니는 두 사람을 향해 무섭게 다그쳤다. 그때서야 그녀는 눈물을 짜면서 고백했다.

"언니, 나를 죽여줘요. 저 사람이 시켰어요. 양순이가 사람을 죽였다고 내가 신고를 했어요. 그래서 그날 밤 형사가 양순이를 잡아간 거예요."

"뭐야, 이 짐승만도 못한 인간들, 내가 니들 두 년 놈을 찢어 죽여 버리겠어!"

"그럼 어떻게 해, 저 사람이 시키는 대로 안하면 나를 버리고 떠난다는데."

"미친 잡년, 니가 고모냐? 저 놈이 그렇게도 좋으냐?"

그녀는 뻔뻔스럽게 감히 내 앞에서 얼굴색하나 변하지 않고 모두 털어놓았다. 만약에 그녀가 똑똑한 여자라면 겁도 없이 내 앞에서 이 무서운 일들을 주절거리며 털어 놓을 수 있을까. 어리석은 어머니는 그때서야 그 남자는 꾸미고 맹추 같은 그녀가 지원 사격한 것을 알게 되었다.

"미안해요. 난 조카보다 이 남자가 우선이에요."

"천벌 받을 거다. 이 나쁜 년 놈들."

어머니는 하늘이 무너지는 절망과 슬픔에 부들부들 떨며 그 자리에 털썩 주저앉았다.

"우리도 처남댁네 어린자식들을 위해 고민 많이 했다고요. 괜히 그래요. 고마워나 하시죠?"

"아이쿠, 우리 양순이 어쩌면 좋소. 내가 너희 년놈들을 가만 두지 못한다. 이놈. 두고 봐라. 네놈이 차에 갈려 피를 수십 말 흘리며 뒈지는 꼴을 보고 죽을 테다."

주저앉았던 어머니는 벌떡 일어나 그녀와 남자를 미친 듯이 쥐어뜯었다. 그러고도 분을 풀지 못했는지 웃다가 울다가 미친 여자 같았다. 그 길로 신발도 신지 않은 채 지서로 내달렸다.

"여보시오. 내가 살인자요, 나를 가두고 내 딸 양순이를 내 앞에 데려다 놓으시오."

그러나 반미치광이를 어느 누가 정상이라고 볼까. 그때 어머니를 정상으로 보는 사람은 아무도 없었다. 딸 걱정으로 분에 못이긴 어머니는 더 이상 정상이 아니었다. 천진난만한 소녀처럼 깔깔거리며 길거리를 배회했다. 가까스로 붙잡아 두어도 밖으로 빠져 나가 지서로 직행했다. 지서 정문 앞에 주저앉아 내 딸을 내놓으라고 울부짖었다. 사람들은 딸을 보내 놓고 미쳤다고 혀를 찼다. 의복과 머리를 산발하고 떠

돌아도 어머니를 거두는 사람은 아무도 없었다.

몹시 추운 겨울이었다. 그날 밤 추위는 모든 것이 꽝꽝 얼어 빠지도록 극성을 부렸다. 온전한 정신이 아닌 어머니도 추위를 느꼈을까. 추위를 피해 들어간 곳이 화물차 밑이었다. 그곳이 어머니가 천상으로 올라가는 계단이었다. 새벽녘 일 나가는 운전자는 무심코 출발했고. 어머닌 그 자리에서 비명횡사했다.

어머니가 떠난 며칠 후, 놀라운 일이 벌어졌다. 한 맺힌 어머니가 날건달의 멱살을 잡아끌고 저승으로 갔던 것일까. 참으로 의문스러운 일이 벌어졌다. 날건달 그 남자는 오토바이를 타고 나가다가 브레이크 고장 난 버스가 정면으로 돌진하는 바람에 그 자리에서 두개골이 날아간 상태로 즉사했다.

"아이고, 잘 뒈졌지 뭐. 남의 눈에 피 눈물 짜게 해놓고 무슨 낯짝으로 살아 개자식. 난 아무것도 몰랐어, 다 그놈이 한 짓이다, 사실 내가 뭔 죄가 있겠어, 다 그놈이 시켜서 한 일인데!"

나불대는 뻘건 입술을 보고 있는 나는 지금 그녀가 누구 얘기를 하며 누가 죄인이라는 것인지 도무지 이해하기 힘들었다. 차라리 똑똑한 여자였다면 지금이라도 잘잘못을 가려

312

내고 싶었다. 또 다시 예상을 뒤엎는 엄청난 사실을 내게 고백하는 그녀는 표정하나 바뀌지 않았다. 이제 따질 가치조차 없어진 맹한 여자를 잡고 어떤 심판을 해야 하는지 갈피를 잡을 수 없었다. 다만 그녀의 생각 없는 행위가 무섭다는 생각이 들어 온몸에 소름이 번졌다.

연탄을 대처한 가스난로에서는 불꽃이 쉭쉭거리며 시퍼런 혓바닥을 드러내 놓고 뜨거운 열기를 내뿜었다. 시퍼런 불빛은 곧 그녀를 집어 삼킬 저승사자의 혓바닥 같았다. 시뻘건 불꽃이 타올라 주변은 붉은 노을 같이 붉었지만 내 가슴은 서슬 퍼런 푸른빛이었다. 붉은 불꽃과 시퍼런 불꽃이 얼버무려진 분노의 색깔은 그녀의 허연 이빨과 정면으로 맞부딪쳤다. 좁아터진 술집 내부는 뜨거운 열기가 달아올라 내부 전체로 옮겨 붙을 기세였다. 그녀 얼굴에선 눈물인지 땀인지 붉은 기름덩어리가 흘러 내려 시뻘건 핏자국으로 홍건했다.

그 순간 뜨겁게 닿아 오른 그녀의 목덜미를 틀어잡았다. 살기인지 흥분인지 지글지글 끓어 오르는 울분이 폭발했다. 죽기를 각오를 했는지 멱살을 틀어 집힌 그녀는 저항도 하지 않고 당황하지도 않았다. 허탈한 심정이 들었던 쪽은 내 쪽이었다. 나는 움켜잡았던 그녀의 옷자락을 힘없이 놓았다. 그녀는 내가 하는 행동에 조금도 동요하지 않고 담담한 표정이었다. 가득 채운 술잔을 들어 붉게 물든 핏물을 마셨다. 그 순간 그녀의 눈에서는 알 수 없는 붉은 핏물이 흘러 내렸다. 붉은 불꽃에서 붉은 핏물이 다 떨어지고 뽀얀 불꽃이 일렁거렸다. 그 맑은 불꽃 속에서 어머니 온화한 환영이 어른거렸다. 마치 그리웠던 딸을 반기듯 어머니는 그런 표정이었다.

"병태는 싸가지 없는 녀석은 아니다. 네 아버지가 죽던 날 밤이었어. 네 아버지는 노름판에서 돈을 다 잃고 나자 집으로 달려와 네 엄마를 닦달했다. 너의 아버지가 얼마나 못된 인간이었는가는 네가 더 잘 알 것이다."

타임머신을 돌리듯이 차분한 어조로 다시 나를 과거 속으로 끌고 들어갔다. 십여 년 동안 혼자서만 간직했을 무서운 비밀 캡슐이 열린 것이다. 묻지 않았지만 스스로 알아서 헤집어 내는 그녀의 속셈은 무엇일까. 어쩌면 자신이 빠져 나갈 구멍을 찾아 계산에 넣었을지도 몰랐다. 그녀가 설명하지 않아도 아버지의 행위는 서로가 잘 알고 있었다. 사실 아버지는 집안에서 차라리 없었으면 더 좋았을 사람이었다. 우리 형제들이 미워하는 아버지를 그녀라고 좋아했을 리가 없다. 아마도 그녀가 다른 사람처럼 똑똑했더라면 더 많은 한을 품었을지도 몰랐다.

어머니를 일찍 여의고 배다른 오빠 밑에서 성장하던 그녀는 아버지의 화풀이 대상이었다. 매일같이 두들겨 맞았고, 오빠인 아버지에게 인간 이하의 대우를 받았다. 아니, 사람이 아닌 버려진 물건에 불과했다. 밥을 먹는 것도 눈에 거슬렸고, 잠을 자는 것도 못 봐 줄 일이었다. 그렇게 천덕꾸러기로 자라던 그녀가 하루는 말도 없이 집을 나갔다. 그녀가 어디를 갔는지 우리들은 전혀 몰랐다.

얼마 후 그녀가 집으로 돌아온 후에야 어디를 갔었는지 알게 되었고 참으로 기막힌 사실이 밝혀졌다. 노름에 미치면 마누라 자식도 팔아먹는다는 말도 떠돌지만 실지로 내 아버지가 그런 인간이라는 것은 꿈에도 생각하지 못했다. 다 자라지도 않은 어린 동생을 노름빚으로 빚쟁이에게 넘겼다. 똑같은 부류의 인간 말종인 빚쟁이는 얼씨구 좋다 하고 데려다가 어린 것을 허드레잡일을 시키고 짐승처럼 부려먹었다. 그렇게 노예 같은 생활을 하다가 어느 날 도망쳐왔다. 어머니도 나도 그때서야 그녀의 비참한 처지를 알았다. 한동안 종적을 감추었던 그녀가 집으로 들어서던 날이 생생이 기억난다. 쌩쌩 불던 바람을 맞으며 꽁꽁 언 다리 사이로 선혈이 낭자해서 들어서던 그날을, 그것이 어떤 의미라는 것도 알았다.

그렇던 그녀가 아버지인 오빠에게 정이란 눈금만큼도 없었을 것은 뻔했다. 아버진 그만큼 노름에 미쳐 있었다. 어린 동생을 노름판에 팔아먹었고 아내마저 팔 곳만 있다면 팔았을 아버지였다. 아버지가 돈을 잃고 들어오는 날은 집 안에 초비상이 걸렸다. 그때 아버지 눈에서는 산짐승의 불빛이 번쩍였다. 빨리 돈을 구해 오라, 빌려다가 주기만 하면 노름방 돈은 모조리 훑어올 수 있다, 제발 나가서 꾸어 오라, 처음에는 거절하지 못하고 집집마다 구걸하다 시피 꾸어다 주었다. 그것도 한계에 도달하고 누가 돈을 빌려 주지도 않았다. 그동안 빌려다준 돈만해도 빚더미에 올라가 있는 실정이었다. 아버지는 생떼를 쓰기 시작했다. 돈 많은 남자라도 꼬드겨라. 등등 하지 않으면 안 될 말까지 서슴지 않았다. 도저히 견디기 힘들었던 어머니는 그런 아버지를 향해 소리쳤다.

"인간구실을 못하려거든 입이라도 다물고 있어. 벌레만큼도 못한 인간아! 나가 죽어, 제발 죽으라고."

벌레만도 못한 인간 나가 죽으라고. 했지만 죽이고 싶은 심정은 마음뿐이지 실행이란 있을 수 없었다. 죽으라는 소리를 들은 아버지는 욕설은 물론이고 이루 말할 수 없이 날뛰었다.

"무엇이 날더러 인간구실 못한다고? 그래서 벌레처럼 엎드려 입 닥치고 죽으란 말이지."

순식간의 일이었다. 재떨이가 어머니를 향해 날아들었다. 이어 요강단지가 두 동강이 나며 방 안은 오물로 뒤덮였다. 이마에서 솟는 피를 틀어막으며 생각했다. 끊임없는 고통의 세월이 지루하다고. 남편이라는 위인은 틈만 나면 자신에게 온갖 불만을 터뜨리고 많은 자식들도 있지만 하나같이 도움이 되지 않았다. 남들이 보는 하늘은 파랗건만 어머니의 눈에는 파란 하늘이 노랗게만 보였다. 절망스런 그 순간 어머니는 죽어버리고 싶은 마음이 들었다. 이렇게 사는 것도 인생인가, 새삼스럽게 돌이켜 본 자신의 신세가 서러웠다. 고통 없는 다른 세상이 있다면 그곳으로 가고 싶었다. 뼈골이 빠지도록 노동을 하고 들어와도 밤마다 이 고통이었다. 더 이상 견디기 힘겨웠다. 죽음을 생각했다. 죽어버린다면 모든 것들에서 해방되고 짐승 같은 인간으로부터 헤어난다고 생각하니 오히려 행복했다. 이제 더 이상 머물고 싶지 않았다.

퍼뜩 장독 뒤에 두었던 양잿물이 생각났다. 벌떡 일어난 어머니는 조그만 항아리 속의 양잿물을 들여다보았다. 단단하고 투명한 것이 꼭 얼음덩어리 같았다. 그대로 먹기는 목에 걸려 곤란할 것 같았다. 냉수 한 대접 떠서 들고 방으로 들어왔다. 술 취한 아버지는 짐승 소리를 내며 잠들어 있었다. 양잿물 덩어리를 물 대접에 담가놓고 자식들 생각으로 시름에 잠겼다. 어린 자식을 두고 세상을 떠난다고 생각하니 가슴이 메어져 왔다. 어린자식이 무슨 죄가 있어 고생을 시킬까. 다시 냉정하게 마음을 돌려 먹고 미련은 두지 않기로 생각했다. 옛말에 지 먹을 것은 가지고 태어난다고 하지 않던가. 찢어질 듯 아픈 가슴을 억누르며 잠들어 있는 아이들의 얼굴을 쓰다듬었다. 낳아놓고 무책임하게 떠나는 자신을 용서하라고 빌었다.

"퉤! 이게 뭐야? 사람 살려 윽……."

"그걸 왜 마셔?"

아이들과 마지막 작별을 고하고 있는 그 짧은 시간에 일어난 일이었다. 어머니가 아이들을 보며 흐느끼는 소리에 잠에서 깨어난 아버지는 마침 목이 말랐다. 그런 와중에 머리맡에 있던 물 대접을 들어 단숨에 들이켰다. 아버지는 어머니가 마시려던 양잿물을 마신 것이다. 양잿물을 마셔버린 아버지는 온몸을 애벌레처럼 뒤틀며 고통을 호소했다. 마치 소금 벼락 맞은 미꾸라지 몸부림 같았다. 점점 타들어가는 오장육부의 통증에 허연 눈자위를 까뒤집고 꿈틀댔다. 그 모습은 죽어가는 흉측한 벌레 같았다. 자신이 마셨다면 자신이 저런 추한 모습으로 죽어 갔을 것을 생각하니 소름이 돋

앗다. 생각해보니 고생만 하던 자신이 죽을 이유가 없었다. 정작 죽을 사람은 식구들 고통 주는 저 짐승만도 못한 인간이어야 한다는 생각이 들었다. 그렇게 생각한 어머니는 야릇한 보복 심리가 발동했다.

'그래, 내가 잘못 생각했어. 자식을 키워야 할 내가 왜 죽어? 저 짐승을 저대로 두는 거야. 내가 죽이자고 죽인 것도 아니잖아. 제 손으로 쳐 먹고 지 목숨 지가 끊은 거야. 제발 실패하지 말고 죽어라. 죽지 않으면 내가 모진 목숨 딱 끊어 주겠어. 지금 벌레 한마리가 죽고 있는 거야.'

속히 구급차를 불러야 할 위급한 순간임에도 어머니는 못 본 척 했다. 슬며시 문을 열고 밖으로 나와 주변을 살폈다. 주변엔 사람의 인기척은 없는 것 같았다. 그렇게 싸늘하게 식어가는 어머니 마음 앞에서 아버지의 꿈틀거림도 서서히 줄어들고 있었다.

"그 인간 또 노름 할 돈 내놓으래?"

어머니가 뒤로 넘어갈 듯이 놀랄 것은 당연했다. 가슴이 덜컹 내려앉은 어머니가 뒤를 돌아보았다. 외출했던 아들이 집으로 들어오는 길이었다. 어느새 아들은 방문을 열기위해 문고리를 잡았다. 그 순간 어머니는 더 빠른 동작으로 아들의 손을 후려쳤다.

"열지 맛!"

"……?"

"네 방으로 얼른 들어가거라."

아들을 보내놓고 어머니는 방문을 열었다. 예상대로 아버지의 눈동자는 뒤집히고 허연 흰자위만 보였다. 밖으로 빠져 나온 혀를 보자 온몸이 오싹했다. 완전히 숨이 끊긴 것 같지가 않았다. 경미하지만 손발이 움직이며 경련이 일었다. 어머니는 누가 시킨 것처럼 자신도 모르게 방으로 뛰어 들어 비키니장 지퍼를 갈랐다. 괴괴한 한밤중에 지퍼 찢어지는 소리는 기겁을 할 정도로 크고 끔찍했다. 빛바랜 양복과 넥타이가 흘러 내렸다. 넥타이 하나를 집어 들었다. 아버지의 목덜미에 한 바퀴 돌려 감았다. 돌아서서 넥타이 잡은 두 팔에 힘을 모았다. 아무 반응도 보이지 않았다. 숨이 끊어진 것이 확실했다. 순간 쭈뼛한 기운이 느껴졌다. 어머니는 밖으로 나가려고 문고리를 잡았다. 그때 누군가 뒷덜미를 잡아채는 것 같았다. 한기를 느꼈던 어머니는 문틈에 있던 방망이를 집어 들어 머리통을 내리쳤다. 아버지는 이미 아무 움직임도 없었다.

"엄마!"

방 안에서 허겁지겁 나오는 어머니 앞에서 아들은 짧은

외마디 소리를 질렀다.

"아직도 있었니?"

"왜 그랬어!"

아들은 어머니가 하는 행동을 모두 목격했다. 어머니는
아들에게 들키고 나서야 제 정신이 번쩍 들었다. 자신이 지
금 무슨 짓을 했는지 당황했다. 정신이 없었다. 제 정신이
돌아온 어머니는 두려움에 휩싸여 어쩔 줄을 몰라 했다. 그
때 희한한 일이 벌어졌다. 도무지 믿을 수 없는 일이었다. 그
동안 말썽만 부리던 행동과는 정반대로 아들은 어머니를 안
심시키고 부축했다. 놀랄 만큼 참착하게 대처했다. 아들은
아버지 시체를 아랫목에 얌전하게 눕히고 다락에서 병풍을
꺼내 시체에 두르고 어머니에게 곡을 하도록 시켰다.

"엄마. 아무 걱정 말고 내가 하라는 대로 하세요. 엄마는
아무것도 모르는 일이에요. 아버지는 저 대추나무에 스스로
목을 매고 자살을 한 거라고요."

"오, 아들아."

말썽만 부리던 아들이 저렇게 변하다니 도무지 자신의 아
들 같지가 않았다. 갑자기 변하고 의젓해진 아들이 어찌된
영문인지 믿을 수가 없었다. 어머니는 어느 신보다도 장한 자
신의 아들이 더 든든했다. 그런 아들에게 의지하고 시키는

대로 움직였다. 아들은 차근차근 계획을 세웠다. 아버지가 나무에 목을 맸고 자살한 흔적으로 알리바이를 만들고 시간을 맞췄다. 동네 사람들이 한잠자고 일어날 적당한 시간을 선택했다. 그때쯤 곡소리를 내고, 사람이 죽었음을 자연스럽게 알리기로 했다. 계획이 차질 없이 진행되어 나갔다. 신속한 후속 처리를 마치고 나니 어머니는 마음이 놓였다.

"참 믿어지지 않는 일이네. 어머니가 아버지를 죽였다는 것도, 오빠가 어머니를 도와 뒤처리를 했다는 것도 내가 도깨비에 홀린 것 같아, 무엇이 오빠를 변하게 했을까?"

아버지 장례를 치르고 나자 오빠가 보이지 않았다. 어머니는 친구 집에 보냈다지만 정작 오빠가 집을 나간 것은 형사가 찾아와 오빠를 의심해서였다고 한다. 아들을 의심하는 형사들을 피신시켜 어머니는 오빠를 서울로 올려 보냈다. 그동안 말썽을 부리고 방종만 부리던 오빠가 그 긴박한 시간에 나타나서 어머니의 큰 힘이 되어주었다는 것은 정말로 믿을 수가 없었다. 그래서 못났어도 아들을 기둥이라고 하는 것일까.

형사가 어머니를 조이기 시작한 것은 아버지 장례식이 끝나고 한 달쯤 넘어서였다. 어머니는 아버지의 장례를 끝내놓고 평상시와 같은 일상생활을 했다. 물론 어머니의 입에는 자물쇠가 채워진 것은 말할 것도 없었다. 그러나 진실 앞에 거짓은 드러나기 마련인 모양이었다. 아버지를 죽여 놓고 둘러댄 어머니의 어설픈 알리바이가 처음에는 성공한 듯 먹혀들었지만, 언젠가는 진실은 거짓을 밀어내는 것이 이치인 모양이다. 사망 직후 찍어두었던 아버지 사체 사진에 나타난 상처와 의문점들이 뒤늦게 발견되었다. 처음엔 형사들이 도벽과 폭행을 일삼던 아들을 의심했다. 항상 건들대며 말썽을 피우던 아들을 의심했던 것은 당연했다. 그런 아들을 조사 하겠다고 엄포를 놓으며 하루에도 몇 번씩 집으로 직장으로 찾아와 어머니를 괴롭혔다.

그렇게 어머니를 공포의 압박 밴드로 돌돌 감았다. 그래도 끝까지 입을 다물고 함구하려 했지만 의심의 범위 반경이 점점 좁혀졌다. 형사는 아들딸들을 모조리 잡아다가 조사하겠다고 으름장을 놓았다. 그래도 완강하게 부인했지만 날마다 찾아와 쥐 잡듯이 어머니를 닦달했다. 자백하지 않으면 죽은 자의 무덤을 파헤쳐 부검을 해서라도 물러서지 않겠다고 협박했다. 형사와 쫓기는 도망자는 막다른 골목까지 내몰리게 되었다. 그렇게 되자 도망자는 항복하지 않으면 총이라도 맞아 죽을 처지었다. 꼼짝할 수 없는 단서를 손에 쥐고 줄기차게 닦달하는데 어머니는 더 이상 물러설 수 없었다. 끝까지 시달렸던 어머니는 버티기 힘들었고 결국 자수를 결심했다. 그동안 드나들며 집안 사정을 알았던 형사는 동정심이 유발했고, 어머니에게 자수를 권유했다. 어머니는 죽으려고 했던 때와는 입장이 크게 달랐다. 막상 자수를 결심하고 보니, 자식들 걱정에 발이 떨어지지 않았다. 철 들려면 아직도 먼 나라인 큰아들. 없는 살림에 배우겠다고 고집하는 큰딸. 이제 초등학교 들어간 두 아이. 동생에게 밀려난 두 살배기 큰애기. 태어난 지 육 개월을 조금 넘긴 쌍둥이 막내아들. 이 애들을 다 어찌 할까. 차라리 그때 죽었으면 더 좋았다는 생각이 들었다. 그 안에 들어가 밥알을 목으로 넘기며 살 수 없을 것 같았다. 거지처럼 떠돌 아이들이 눈에 밟혀 애들을 어찌 두고 갈 것인지 눈앞이 캄캄했다.

어머니는 아픈 상념으로 뜬눈으로 밤을 지새웠다. 그 밤을 꼬박 새우고 다음 날 밤 다시 생각했다. 다행이 자신을 도와줄 딱 한 사람이 생각났다. 그길로 밤길을 나섰다. 자식을 돌봐줄 수 있는 사람을 찾아야 했다. 그래도 두고 가는 것보다 나을 것 같았다. 어머니는 단 하나, 애들 피붙이인 시누이를 생각해냈던 것이다. 그날따라 물기 묻은 모든 것들이 얼어터지는 강추위가 기승을 부렸다. 자정을 넘긴 그 시간 시누이를 찾아가는 어머니의 발길은 가벼웠다. 그러나 피붙이를 찾아가는 길은 호랑이 굴로 들어가는 마지막 길이었다.

"이봐요! 아줌마! 아들교육을 어떻게 시킨 거예요? 당신 아들이 우리 딸애의 옷을 홀랑 벗겨놓고 다락방에서 무슨 짓을 했는지 알아요? 전번에는 딸애 친구를 옥상에 데려가서 지랄병을 했다더니 이번에는 우리 애한테 그랬다고요."

수만 가지 상념에 들끓는 가슴을 억누르려고 안간힘을 쓰던 나의 귓가에 웬 여자의 몰상식한 천둥소리가 들려왔다. 그때서야 나는 퍼뜩 정신이 들었다.

"미안해요, 내가 새끼를 잘못 키웠어요, 이따가 죽지 않을 만치 두들겨 팰 테니 그만해요, 어린것들이 노느라고 그랬겠지 뭘 알고 그랬을까요."

"그런 소리 말아요. 글쎄 사내들이 하는 행세를 그대로 따라 하더래요, 엄마가 하는 짓을 자세히 보았으니 알지 어떻게 알겠어요? 이번에는 내가 그냥 넘어가지만 또 그 짓거리를 하는 걸 보면 동네에서 몰아낼 거라고요."

"미안해요, 번번이."

"애를 데리고 술집을 하니 그 애가 뭘 배우겠어. 반반한 낯짝 하나 가지고 남의 남자 홀려 돈 다 발려 내더니 애새끼까지 그 모양이야."

그녀는 이웃집 여자가 퍼붓는 폭언을 듣고도 분노를 일으
키지 않았다. 어떤 동요도 일어나지 않는 모양이었다. 늘 겪
는 일상인 듯 했고 무안해 하거나 조카딸 보기에 망신스럽
다는 표정도 없었다.

"병신 새끼가 못된 것부터 배운다더니 지 애비 안 닮았다
고 할까봐 그 짓이야. 꼭 닮았어. 꼭 닮아. 차라리 뒤져버리
기나 하지."

"고모년도 화냥년이라니까."

그녀가 꼬마한테 내뱉는 욕설을 흘려들으며 그녀한테 화
냥년이라고 호명하며 독설을 퍼붓던 늙은 무녀가 떠오르며
피식 웃음이 나왔다.

"새끼 하나 있는 것이 기집만 보면 꼴에 밝혀서 이 동네에
서 쫓겨나겠어. 지애비가 죽기 전에 기집들만 보면 환장을
하더니만. 피는 못 속인다고, 지난번에도 동내 가시나 옷을
벗겨놓고 올라타고 염병하는 바람에 걔들 엄마한테 뒤지게
얻어맞았지 뭐야. 저러다가 이제 맞아 뒤지지."

그녀는 내가 들어 난처한 화제를 일부러 골라 꺼내서 자신
의 곤혹스러운 입장을 피하려는 속셈인 것 같았다. 맹한 머
리가 나이가 들면서 잔머리 굴리는 곳으로 발달한 모양이었

다. 그녀는 내가 알아챈 것도 모르고 자꾸만 자신의 추잡한 한탄을 이어 나갔다.

"지난번에도 동네 여자들이 한패거리 몰려와서 성치도 않은 애를 내가 보는 앞에서 뺨을 갈기고 당장에 이 동네를 떠나라고 했었어. 애새끼 하나 데리고 먹고 살자고 술장사 하는 것이 뭐가 그리 죄가 되는지. 툭하면 몰려와서 행패를 부리니 죄 많은 년이라 그런지, 그런 일이 있은 후부터 새끼를 밖으로 나가지 못하게 가두어 놓아도 어느새 나가서 계집애들만 보면 꼬드겨서 옥상이고 집 안이고 들어가니 앞으로 어떻게 해야 할지 모르겠어."

"엄마 산소는요?"

내가 먼저 화제를 돌려 다른 말을 꺼내지 않으면 자신의 추잡한 신상푸념만으로 밤을 새울 것 같았다.

"응? 너의 엄마 말이니? 저기 네 아버지 곁에 묻었다. 원망 들을까도 생각해 보았는데, 사실 따지고 보면 부부 아니냐?"

당신 목숨 당신이 끊은 것이나 다름없는 것 아니냐며, 나의 눈치를 흘끔 보았다. 이제 더 이상 그녀의 목소리만 들어도 구토증이 날 것만 같았다. 나는 자리에서 일어나지 않고는 견딜 수 없었다. 자리에서 벌떡 일어섰다. 그때 미닫이가 스르륵 밀리더니 작은 머리통이 하나 슬그머니 빠져 나온다.

작고 창백한 꼬마의 얼굴은 설명을 하지 않아도 누구라는 것을 짐작하게 했다.

"저, 병신새끼가 왜 또 나와? 문 닫고 빨리 들어가. 여기 나오지 말라고 했지. 너 때문에 더 손님이 없어, 니가 여길 나오면 재수가 없단 말이야."

난데없이 터지는 우렁찬 소리에 나는 소스라치게 놀랐다. 녀석은 욕설 같은 것은 개의치 않는 것 같았다. 그저 신기한 듯 나를 쳐다보며 왼쪽으로 틀어진 입을 열어 히쭉 웃는다.

'죄는 벌로 간다는 옛말이 틀리지 않아, 그년이 벌을 받았지.'

녀석의 뒤틀린 형상을 확인하자 내 귀에선 늙은 무녀가 지껄이던 말들이 퍼뜩 떠올랐다.